타이베이

소박하고 느긋한 행복의 도시

타이베이 소박하고 느긋한 행복의 도시

1판 1쇄 인쇄 2015년 6월 1일
1판 1쇄 발행 2015년 6월 5일

지은이 최창근
펴낸이 김현정
펴낸곳 도서출판리수

책임편집 김현주

인쇄 한영문화사
제본 영신사

등록 제4-389호(2000년 1월 13일)
주소 서울시 성동구 행당로 76 한진노변상가 110호
전화 2299-3703
팩스 2282-3152
홈페이지 www.risu.co.kr
이메일 risubook@hanmail.net

ISBN 979-11-86274-01-9 04810
※책값은 뒤표지에 있습니다.
※잘못 제본된 책은 바꾸어 드립니다.

※이 도서의 국립중앙도서관 출판시도서목록(CIP)은 서지정보유통지원시스템 홈페이지(http://seoji.nl.go.kr)와
   국가자료공동목록시스템(http://www.nl.go.kr/kolisnet)에서 이용하실 수 있습니다.
   (CIP제어번호 : CIP2015012830)

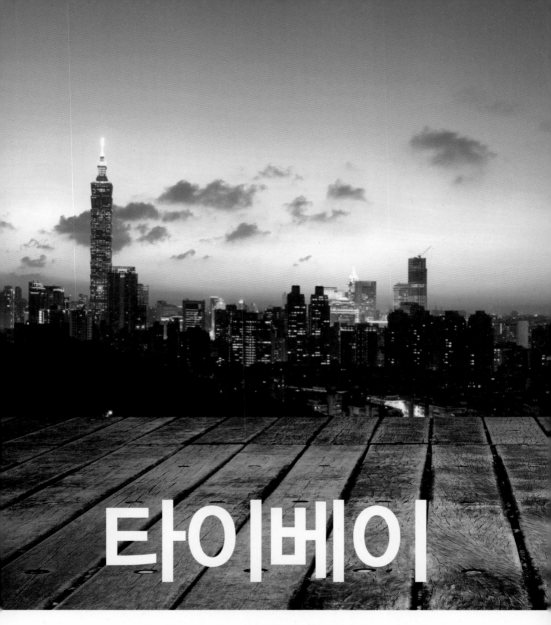

타이베이

소박하고 느긋한 행복의 도시

최창근 지음

리수

일러두기

* 기본적으로 국립국어원의 중국어-한국어 표기법을 준수하였다.
* 지명은 현지발음에 가깝게 표기하는 원칙에 따랐다.
* 우리식 한자 발음이 더 익숙한 일부 고유명사는 예외적으로 우리식 한자 발음으로 표기하였다. 예) 자금성(紫禁城)
* 인명의 경우 근·현대를 기점으로 이전 인물은 우리식 한자 발음으로, 이후 인물은 원어 발음에 가깝게 표기하였다. 예) 공자(孔子), 관우(關羽)
* 각종 기관 명칭의 경우에도 의미 전달에 주안점을 두어 표기, 필요시 의역하였다. 예) 국립고궁박물원(國立故宮博物院), 타오위안국제공항(桃園國際機場)
* 이미 표현이 굳어진 고유명사는 굳어진 표현으로 표기하였다. 예) 딘타이펑 (○), 딩타이펑 (×)

이순(耳順)! 한국 나이로 환갑을 넘긴 제가 외교관 생활을 한 지도 어느덧 30년이 넘어갑니다. 강산이 세 번 바뀌는 세월 동안 한국-대만 외교의 최전선에서 일해오고 있습니다. 저는 직업 특성상 셀 수 없이 많은 사람들을 만납니다. '옷깃만 스쳐도 인연'이라는 한국 속담에 비춰본다면 사람들과의 인연을 쌓는 것을 업(業)으로 삼고 있는 셈입니다.

최창근 씨는 저의 외교관 생활 후반기에 맺은 인연으로, 2006년 서울에서 열린 한 국제회의장에서 같이 일하면서 처음 만난 후 어느덧 10년에 가까워오고 있습니다. 처음 만났을 때 20대 중반 대학생이던 최창근 씨는 3년 간의 대만 유학을 마치고 한국으로 돌아와 박사과정에 입학한 30대 초학자(初學者)가 되었고, 그의 평소 관심 분야이기도 한 한국과 대만 관계 발전을 위해 활발하게 활동하고 있습니다.

특히 유학을 마치고 귀국하자마자《대만, 우리가 잠시 잊은 가까운 이웃》이라는 두툼한 개론서를 낸 데 이어, 이듬해에는《대만, 거대한 역사를 품은 작은 행복의 나라》라는 책을 통해 한국에게서 '잠시 멀어진 가까운 이웃' 대만을 본격적으로 소개하여 한국 독자들이 대만을 새롭게 인식하는 데 큰 도움을 주었습니다.

최창근 씨를 처음 만났을 때 '언젠가 일을 제대로 낼 사람'이라는 느낌을 받았는데, 이 책은 저의 기대가 틀리지 않았음을 여실히 보여주는 성과물이라 생각합니다.

저는 외교관으로 보낸 30년의 세월을 오로지 서울과 타이베이만을 오가며 보냈습니다. 지난 세월 속에서 '한강의 기적', '대만의 기적'이라 불리는 놀라운 발전을 거듭하며 면모일신(面貌一新)해가는 서울과 타이베이의 모습을 비교해보는 것도 큰 즐거움이었습니다. 다만 '비슷한 듯 다른' 두 도시의 모습이 왜 그리 되었는지에 대한 의문은 항상 남았습니다. 이러한 와중에 저와는 1년여 '타이베이 생활'을 같이 하기도 하였던 최창근 씨가 대만에 관한 책들에 이어 '타이베이'를 본격 소개하는 책을 출판한다는 소식을 듣고 기쁘기 그지없습니다.

저는 이번에도 정식 출간되기 전에 원고를 읽어볼 수 있는 행운을 누렸습니다. 이미 지난 책들에서 보여주었듯, 최창근 씨 특유의 관찰력과 왕성한 지적 호기심으로 세밀하게 공부하고 분석하여, 타이베이라는 도시를 한 권의 책에 담았습니다. 저의 경우 타성에 젖어 쉽사리 지나쳤던 문제들에 대해 그는 자신의 장점이기도 한 집요함을 가지고 파고들어, 타이베이만의 숨은 매력을 한국 독자에게 들어내 보여줍니다. 외교관인 제게는 최창근 씨야 말로 샤오펑유(小朋友: 작은 친구)인 셈입니다. 이 책은 타이베이를 찾는 한국 사람에게 좀 더 깊게 여행하고 들여다볼 수 있는 길잡이가 되어줄 것입니다.

사실 많은 한국 독자들은 기억하지 못하시겠지만 한국의 수도 서울에게 타이베이는 첫 번째 자매결연 도시입니다. 1968년 자매도시의 연을 맺은 후 반세기에 가까운 세월 동안 좋은 인연을 이어오고 있습니다. 그럼에도 1992년 여름 한국과 대만의 단교 이후, 대만과 더불어 타이베이도 점점 한국인의 기억 속에 잊혀진 것이 안타깝습니다.

이런 현실 속에서 타이베이를 주제로 하여 '가깝지만 멀어진 이웃' 대만을 조망해주는 이 책이 한국 독자 여러분께 선보이게 된 점에 대해 기쁘게 생각하며, 꼭 읽어보시기를 정중히 청합니다.

끝으로 《대만, 거대한 역사를 품은 작은 행복의 나라》에 이어 한국 독자들에게 오랜 사랑을 받아온 타산지석 시리즈의 20번째 책으로 《타이베이, 소박하고 느긋한 행복의 도시》가 출판되게 된 점을 기쁘게 생각하며, 출간에 심혈을 기울여주신 도서출판리수 관계자 분들께 심심한 감사의 말씀을 전합니다.

2015년 봄
주한국타이베이대표부 고문
샤광후이(夏廣輝)

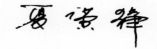

"타이베이(臺北)는 저의 두 번째 고향입니다."

누군가 "당신의 고향은 어디인가요?" 하고 물어볼 때면 제가 자주 하는 말입니다.

저의 고향은 한반도의 남쪽 끝 '한려수도' 어귀의 경상남도 고성입니다. 태어나 쭉 그곳에서 자랐고, 대학에 입학해서야 처음 떠나게 되었습니다. 이렇게 시작된 타향살이가 벌써 10년을 훌쩍 넘었습니다. 그중에서도 타이베이에서 보낸 3년! 여행자로서는 아주 길고, 거주민이라고 하기에는 짧디짧은 시간이지만, 저에게는 태어나서 첫 외국살이를 한 곳이고, '타향살이란 이런 것이구나?' 하는 것을 본격적으로 경험한 곳이기에 그곳에서 보낸 '1,000일 동안'은 평생 잊지 못할 듯합니다.

3년 간 타이베이에서 살았던 저에게 타이베이를 방문하고자 하는 사람들은 자주 묻곤 합니다.

"타이베이의 매력은 무엇인가요?"

조금 부끄러운 이야기지만 이런 질문을 받으면 저는 우물쭈물하고 맙니다. 그건 '타이베이의 매력'에 대해서 콕 집어 말씀드릴 수 없기 때문입니다. 타이베이는 유럽의 고도(古都)와 같은 에스러움이 있는 도시도 아니고, 마천루(摩天樓)가 즐비한 화려한 도시도 아닙니다.

이러하기에 역사의 자취가 흠뻑 묻어나는 유럽을 경험하신 분들이나, 밤이면 더욱 화려해지는 홍콩, 상하이, 싱가포르 등 아시아의 대도시에 가보신 분들에게는 실망감을 줄 수도 있습니다. 그것은 타이베이가 역사가 오랜 도시도, 화려한 볼거리를 가진 도시도 아니기 때문입니다. 따라서 저에게 '타이베이의 눈에 보이는 매력'에 대해 물으신다면, 자신 있게 대답해드릴 수 없습니다. 다만 "타이베이는 살면 살수록 정이 드는 곳이고, 타이베이의 매력은 시간이 흐르면 흐를수록 더욱 깊게 느낄 수 있다"고 장담할 수 있습니다.

모든 것이 낯설기만 하던 어리바리한 유학생으로 타이베이에 첫발 디딘 후, 학교 수업 쫓아가랴, 중국어 배우랴, 매일 신문과 방송을 보면서 '여기 사람들은 어떻게 사나?'며 눈을 번뜩이고, 귀를 기울이며 지낼 무렵, 한 선배가 제게 이런 이야기를 해준 적이 있습니다.

"타이베이는 살면 살수록 정이 드는 곳이야. 눈에 보이지는 않지만 뭐라 설명할 수 없는 묘한 매력을 가진 도시지. 그러다 언젠가 이곳을 떠나고 나면 그리워하게 되는 곳, 반드시 돌아오고 싶은 떠나온 고향 같은 도시가 바로 타이베이야."

처음에는 선배의 말에 전혀 동의할 수 없었습니다. 세계적인 경제 대국의 수도라 하기에는 좋게 표현하여 밋밋하고 나쁘게 말하자면 초라한 타이베이가 전혀 매력적이지 않았기 때문입니다. 게다가 아열대 기후 특유의 덥고 습한 날씨는 저를 지치게 하였고, 타이베이에 오래 머물고 싶다기보다는 어서 빨리 유학을 마치고 떠나고 싶게 만들던 시기였습니다.

시간은 흘러갔고, 시간은 선배의 말이 맞았음을 증명해주었습니다. 타이베이에서의 삶이 하루하루를 더해가면서 도시의 숨겨진 매력들이 하나둘 눈에 들어오기 시작했습니다. 첨단 문명을 상징하는 고층 빌딩과 오래된 집들이 공존하고, 동양적 가치와 서양적 가치가 한데 어우러지는 도시 타이베이! 이곳에 살면서 어느새 타이베이의 매력에 점점 빠져들고 있는 저를 느낄 수 있었습니다.

무엇보다도 타이베이가 가진 매력은 '편안함'입니다. 비록 조금 낡았지만 옛 자취를 고스란히 간직하고 있는 뒷골목, 소박하고 친절한 사람들 속에서 살아가다보면, 푸근함이 느껴져 타향살이를 하고 있다는 생각은 절로 잊게 됩니다. 3년의 유학 기간이 끝나고 한국으로 돌아가야 할 때는 '타이베이와의 이별'이 슬퍼졌고, 한국으로 돌아와서는 저도 타이베이를 그리워하고 있습니다. 이런 저에게 타이베이는 '이방지도(異邦之都)'가 아닌 고향 같은 도시이기에, 고향을 묻거나, 혹은 타이베이에 대해 이야기를 나눌 때면, "타이베이는 제2의 고향입니다."라고 말하곤 합니다.

지금도 눈을 감으면 타이베이의 풍경이 아스라이 떠오릅니다. 우리네 재래시장과 너무나 닮은 아침시장 풍경, 거리를 가득 메운 스쿠터 물결, 시내 곳곳의 공원들, 하늘 높이 솟은 타이베이101빌딩, 책향기 가득하던 헌책방, 매일 아침이면 먹던 단빙과 더우장, 더위를 식혀주는 빙수, 펑리수와 전주나이차, 도시 곳곳에 숨어 있는 맛집들…. 이런 생각을 하다보면 어느샌가 코끝으로는 처우더우푸(臭豆腐) 향이 느껴지고, 귀로는 중국어가 들려오는 듯합니다.

이렇듯 그리움이 더해가던 찰나에, 이왕이면 한국 사람에게는 아직 낯선 도시 타이베이를 본격적으로 소개하자는 생각을 하게 되었고, 드디어 한 권의 책으로 열매를 맺었습니다. 제가 타이베이에서 살았던 3년 간 보고, 느끼고, 관찰하고, 공부한 것들을 통하여 '눈에 잘 보이지 않는 타이베이의 매력'을 여러분께 보여드리고자 합니다. 이 책을 통하여 독자 여러분도 수수하고 편안한 매력이 있는 도시 타이베이에서 제가 느꼈던 푸근함과 정겨움을 느껴보시기를 소망합니다.

책에 들어간 사진은 주한국타이베이대표부 공보팀을 비롯하여 많은 분들의 도움하에 실을 수 있었습니다. 귀한 사진을 내어주셔서 책의 가치를 빛내주신 정은희, 조현규, 조현숙 님께 다시 한 번 감사드립니다.

마지막으로 의욕만 앞서는 서툰 필자를 격려하여 또 하나의 열매를 맺게 해주신 도서출판리수 김현정, 김현주 두 분께 다시 한 번 감사의 말씀을 드립니다.

2015년 5월
최창근

다산지석시리즈 ⑳

타이베이 소박하고 느긋한 행복의 도시 차례

일러두기 • 4
추천의 글 • 5
프롤로그 • 8

제1부
타이베이의 소박한 취향에는
이유가 있다

느긋한 도시를 깨우는 아침 풍경 **타이베이에서 아침을** • 18

타이베이가 회색빛인 이유 **회색빛 은은한 매력을 발견하다** • 24

겉모습보다 내실을 중요시하는 사람들 **소박하고 느긋한 삶** • 30

미식천국 타이베이 **타이베이는 어떻게 미식천국이 되었나** • 36

제2부
국립고궁박물원,
5,000년 중화 문명을 만나다

타이베이에 있는 또 하나의 중국 **국립고궁박물원** · 42

황실 애장품 컬렉션 **정교함의 극치, 황실의 수공예품** · 48

도자기실 **'차이나'가 '도자기'로 통하기까지** · 60

서화 **붓으로 세상을 움직인 당대 서예가를 만나다** · 74

제3부
대만의 역사를 알아야
타이베이의 오늘이 보인다

총통부 **대만 현대 정치사의 주역들** · 82

케타갈란대로 **대만 원주민의 슬픈 역사를 기억하라** · 102

2.28평화기념공원 **대만 현대사 최대의 트라우마** · 111

텐무 **돈으로 우정을 사야만 하는 슬픈 대만의 현주소** · 118

국립국부기념관 **국부로 기억되는 미완의 혁명가 쑨원** • 125

국립중정기념당 **장제스는 제2의 국부인가 독재자인가** • 133

스린관저공원 **장제스 · 쑹메이링 부부의 자취가 어린 곳** • 142

제4부
타이베이 사람처럼 즐기는 타이베이

시먼딩 **타이베이의 명동** • 152

완화구 **청대 말 모습 그대로, 올드 타이베이** • 161

야시장 **타이베이의 밤문화를 즐기는 법** • 167

다안산림공원 **타이베이 사람들의 주말 휴식 풍경** • 176

마오쿵 **야심한 밤 깊은 산속에서 음미하는 차 한잔** • 182

남 비탄 북 메이리화 **연인들의 데이트 코스** • 188

타이베이101빌딩 **태평양 동쪽 끝에서 하늘을 떠받치다** • 193

융캉가 **맛있는 걸 먹으려면 어디로 가나요** • 200

타이베이의 대학가 **지성의 공간, 타이베이의 교정을 거닐다** • 207

충칭난로 서점 거리 **책 순례자를 기다리는,**

역사와 개성을 간직한 서점들 · 219

타이베이의 궁 **귀신과 더불어 사는 삶, 소원 비는 사람들** · 231

타이베이 카페 스토리 **세계 10대 커피 도시, 타이베이** · 241

화산1914와 쑹산 **폐공장과 예술의 절묘한 만남** · 250

우라이 **천연 온천 + 원주민 마을 전통 문화 체험** · 258

단수이 **'말할 수 없는 비밀'의 도시** · 263

주펀 **좁디좁은 계단을 따라 시간을 거스르다** · 271

스펀 **협궤열차가 지나는 마을에서 천등을 날리다** · 278

부록1 한눈에 보는 타이베이 · 283
부록2 타이베이 연표 · 284
부록3 타이베이 개관 · 285
참고문헌 · 287

제1부

타이베이의 소박한 취향에는
이유가 있다

타이베이와 처음 마주하면 칙칙한 회색과 낡은 모양새에 실망하기 쉽다. 칙칙한 색
깔의 빌딩과 집들, 그나마도 칠이 벗겨져 콘크리트 맨살이 드러나거나 이끼가 끼어
있다. 사람들의 모습도 수수하다 못해 초라하게 느껴진다. 탄탄하다는 대만의 경제
력을 생각하면 실망감은 배가 된다. 그러나 실망은 이르다. 타이베이는 보면 볼수
록 매력 있는 도시이기 때문이다. 타이베이는 겉보다는 속을, 보이는 것보다 내실
을 중시하는 내공의 도시다. 칙칙해도 당당한 도시, 초라해도 행복한 사람들. 1부에
서는 그럴 수밖에 없는 이유가 소개된다. 소박한 타이베이에서 은은한 매력을 느낄
수 있다면, 타이베이와 제대로 만나고 있다는 증거다.

타이베이에서 아침을

느긋한 도시를 깨우는 아침 풍경

"자오(투)."

타이베이(臺北)의 아침은 'Good Morning'이라는 뜻의 아침 인사 '자오(투)'로 시작한다. 원래는 '자오상 하오(투上好)'지만, 대만에서는 보통 줄여서 '자오'라고 한다.

대학원 1학년 때 살던 기숙사는 나지막한 산꼭대기에 있었다. 아침이면 기숙사를 끼고 도는 등산로를 따라 이른 시간부터 산책을 즐기는 부지런한 사람들이 주고받는 '자오' 소리에 잠이 깨곤 했다. 잠을 깨기 위해 부스스한 얼굴로 기숙사 밖으로 나가면, 처음 보는 나에게도 사람들은 "자오!"라고 반갑게 인사하며 활짝 웃어주었다. 수마(睡魔 : 잠 마귀)의 손길에서 '아직은' 덜 벗어난 나도 웃으며 덩달아 "자오!"라고 인사했다. 처음에는 낯선 사람과 이른 아침부터 인사하는 것이 익숙하지 않았으나 '타이베이에 가서 타이베이 법을 따르다보니' 곧 익숙해졌다. 이렇게 타이베이의 아침은 '자오'라는 인사와 함께 시작한다.

아열대 지방 특유의 '느릿한' 분위기를 흠씬 풍기는 타이베이. 그럼에도 아침만큼은 일찍 시작한다. 보통 새벽 5시 정도면 잠들었던 도시가 깨어나 움직이기 시작한다.

아침의 활기를 제대로 느낄 수 있는 곳은 새벽시장이다. 시내 곳곳에

❶❷❹ 새벽시장.
타이베이 주부들은 매일
아침거리를 사는 것이
주요 일과다.
❸ 서울의 관악산처럼
타이베이를 남쪽에서
감싸 안고 있는
즈난산에 자리한
즈난궁의 아침 풍경.
❺ 아침 출근길 거리를
가득 메운 스쿠터.
타이베이를 대표하는
풍경 중 하나다.

는 한국 시골 장터 풍경을 떠올리게 하는 시장이 선다. 시장에 가면 상인들의 호객 소리에, 그나마 남아 있던 잠이 달아나버린다.

징그러워 제대로 볼 수 없었던 통돼지, 비릿한 냄새가 나는 생선에서부터 신선한 과일까지 별의별 게 다 있는 새벽시장의 주요 품목 중 하나는 그날 아침거리다. 한국에서야 음식점을 경영하거나 극소수의 부지런하고, 전통적인 주부만이 새벽시장에 가서 식구들이 그날 먹을 신선한 찬거리를 사는 데 비해, 타이베이 주부들은 매일 아침거리를 사는 것이 주요 일과다. 타이베이 주부들이 '부지런하고, 전통적인' 가치관을 가져서라기보다는 대만에서는 아침 식사부터 밖에서 사오는 것이 예삿일이기 때문이다. 허름하지만 정겨운 분위기를 흠씬 풍기는 재래시장 곳곳에는 간단한 아침식사 거리를 팔거나, 포장해주는 식당들이 새벽이면 문을 연다.

타이베이 사람들 아니, 대만 사람들이 아침식사로 주로 먹는 것을 이야기하자면 '쌴밍즈(三明治)'라 부르는 샌드위치와 '한바오(漢堡)'라 음차 표기해 쓰는 햄버거, 베이컨, 단빙(蛋餅), 유타오(油條) 등이다.

단빙은 '대만 특산' 계란부침개로 대표적인 대만식 아침식사 중 하나다. 계란 반죽으로 얇게 부쳐낸 피 속에 참치, 베이컨, 옥수수 등 취향대로 소를 넣어 먹는다. 여기에 빠트릴 수 없는 것이 간장과 설탕을 넣어 만든 달짝지근한 소스다.

단빙과 더불어 대만 등 중화권에서 아침으로 먹는 유타오는 '중국식 도넛'이라 할 수 있다. 발효시킨 밀가루 반죽을 소금으로 간한 다음, 20~30㎝ 길이로 만들어 기름에 튀겨낸 '밀가루 스틱'이다.

유타오는 중국 항저우(杭州)가 원산지다. 유타오의 탄생에는 중국 역사상 대표적인 충신과 간신에 얽힌 이야기가 있다. 악비(岳飛)와 진회(秦檜) 이야기다.

송(宋)은 1126년 이른바 '정강(靖康)의 변(變)'으로 여진족의 금(金)

이 수도 카이펑(開封)을 함락시키자 강남(江南)지역의 항저우로 수도를 옮겨 '임시 안식처'라는 뜻의 린만(臨安)이라 이름 지었다. 이 시기를 남송(南宋)시대라 한다. 남송은 북방의 패자(覇者)가 된 금과 양쯔강(揚子江)을 사이에 두고 대치하였다. 당시 남송 조정은 싸움을 주장하는 주전파와 화친을 주장하는 주화파로 나뉘었다. 주전파의 대표 인물은 악비였고, 주화파의 대표는 진회였다.

명장 악비는 금군의 침략에 맞서 연전연승하였다. 다만 송 조정의 실권은 주화파이자 사실상 '이중 간첩'이었던 재상 진회가 장악하고 있었다. 그는 연일 승전보를 알려오는 악비를 못마땅하게 여겼다. 그러다 '조정의 명령에 따르지 않는다'는 누명을 씌워 악비를 살해하였다. 훗날 진회가 죽고 난 후 악비에게 씌워졌던 누명은 벗겨지고, 악비는 충신의 대명사가 된다. 특히 민중들은 유난히 악비를 존경하였는데, 그가 진회의 음모에 빠져 살해당한 것에 크게 분노하였다. 악비가 죽은 후 린만과 서호(西湖) 일대 주민들은 밀가루 반죽 2개를 꼬아 진회 부부의 형상을 만들어 팽형(烹刑 : 삶아 죽이거나 끓는 기름에 튀겨 죽이는 형벌)을 해서 응어리진 마음을 풀었는데, '유타오'의 탄생이다. 당시 사람들은 아침마다 '진회, 천하의 나쁜 놈!'이라 생각하며 유타오를 씹어 먹었던 것이다.

이런 유래가 전해오는 유타오는 기름에 튀긴 음식이다보니 느끼한 것은 어쩔 수 없어, 대부분 음료를 곁들여 먹는다. 여기서 '바늘 가는 데 실 가듯' 빠지지 않는 것이 더우장(豆醬)이다. 두유 비슷한 콩음료로 오리지널 더우장에는 첨가물이 들어가지 않는다. 원산지인 중국에서는 소금으로 간을 해서 먹는 것이 보통이지만, 설탕을 좋아하는 대만 사람들은 달게 해서 먹는 것이 일반적이다. 사실, 대만은 일제강점기부터 세계에서 손꼽히는 설탕 생산지로 명성을 얻었는데, 이런 환경 때문에 대만 사람들은 설탕을 무척 좋아하는 편이다. 타이베이에서 더우장의 대표 브랜드는 타이베이시 외곽 신베이시(新北市) 융허구(永和區)의 '융허더우장(永和豆漿豆漿)'이다. 융허더우장은 타이베이뿐만 아니라 대만 전역과 중국에까지 명성이 높은 더우장 브랜드로 대만을 대표하는 식품 브랜드이기도 하다. 타이베이 시내 곳곳에서도 '융허더우장'이라 써 붙인 더우장 집들을 볼 수 있다.

'주부'가 있는 가정에서는 '아내이자 어머니이기도 한' 여성이 대부분 아침거리를 사오지만, 혼자 살거나 시간에 쫓기는 사람은 아침을 아예 밖에서 해결한다. 따라서 '조찬(早餐)'이라는 간판이 붙어 있는 아침 가게들도 성업 중이다. 비혼자(非婚者)인 나도 아침은 학교 구내식당이나 근처 식당에서 해결하곤 했다. '단빙+더우장' 혹은 '샌드위치+커피' 등 세트 메뉴로 파는데, 가격은 40~50NTD(1,600~2,000원) 사이였다. 아직까지는 '엄마손 표' 아침식사가 일상적인 한국에 비해 아침도 사와서 먹거나, 밖에서 해결하는 대만식 아침 문화는 '여성 해방'을 앞서 실천하고 있는 셈이다. 사실 아침 식사를 비롯하여 끼니를 밖에서 해결하는 외식 문화는 대만뿐만 아니라 중화권에서 일반적인 일이다.

대만식 외식 문화를 이야기할 때 빠트릴 수 없는 것은 쯔주찬(自助餐)이다. '스스로 가져다 먹는 식당' 혹은 '셀프 서비스 식당'이라 할 수 있는 쯔주찬은 서민 뷔페 식당이다. '뷔페' 하면 상당히 고급스러운 분위기를 떠올리겠지만, 쯔주찬은 대개 허름한 분위기의 음식점으로, 집에서 해먹을 만한 음식들을 판다. 대개 20~30가지 반찬을 뷔페식으로 차려놓는데, 각자 알아서 골라 먹거나 포장해가면 된다. 가격은 음식의 종류나 무게에 따라 달라진다. 자주 가던 학교 앞 쯔주찬의 경우 반찬을 골라서 계산대 위 저울에 올리면, 50대 중반 정도 되신 주인 아저씨가 손가락을 사용해가며, 특유의 큰 목소리로 "이거 몇 개, 이건 몇 그램 합쳐서 얼마!"라며 계산해주시곤 했다. 이런 쯔주찬은 비록 아침이지만 밥과 국과 반찬이 있는 제대로 된 식사를 하고 싶을 때 종종 들르던 곳이다.

이런 '전통 대만식' 아침식사와 함께 날로 인기를 더해가는 것은 패스트푸드점이다. 맥도날드, KFC, 서브웨이 등 미국 프랜차이즈들에 더하여, 일본계 체인 모스버거(MOS BURGER) 등이 서구식 문화에 길들여진 젊은이들을 끌어모으고 있다. 여기서는 한국에서도 흔한 '모닝 세트'를 파는데, 대만식 아침식사가 입에 물린다 싶을 때 찾곤 하였다.

'휴일의 아침'을 느긋하게 즐기고 싶을 때 즐겨 찾던 곳은 카페들이다. 대만 카페들은 커피와 차에 더하여 가게마다 특색 있는 '브런치 메뉴'를 판매한다. 가격은 100NTD(4,000원) 전후로 일반적인 아침식사에 비하면 살짝 비싼 편이긴 하지만, 카페 특유의 분위기나 커피 맛을 생각해보면, '순간의 호사'를 즐긴 셈이었다. 여기에 각 카페마다 서로 다른 메뉴와 분위기를 비교해보는 것도 또다른 즐거움이었다.

새벽 시장과 아침 가게부터 일찌감치 잠에서 깨어난 타이베이는 아침 7시경이면 더욱 활발히 움직이기 시작한다. 학생들은 학교로, 직장인들은 일터로 가기 위해 준비하느라 바빠진다. 학교 일과 시간도 한국에 비해 빠른 편이라 국민소학(國民小學)이라 부르는 초등학교는 등교 시간이 7시 30분이고, 대학도 1교시를 8시에 시작하는 것이 보통이다.

'아침형 도시' 타이베이에 살다보니 내 생활 리듬도 자연스레 바뀌었다. 아침식사를 건너뛰던 생활 습관을 버리고 아침식사도 꼬박꼬박 챙겨 먹게 된 것이다. 어느덧 '대만식 아침식사'에 익숙해져, 아침 가게가 문을 열 때를 기다려 첫 손님으로 아침을 사먹기도 했다. 좀 더 지나니 느긋하게 앉아서 '더우장 한 잔의 여유'를 즐기고 있는 '낯선 나(?)'를 발견할 수 있었다.

회색빛 은은한 매력을 발견하다

타이베이가 회색빛인 이유

일본 작가 시오노 나나미는 르네상스 시대 이탈리아 3개 도시를 배경으로 한 색채 3부작 시리즈에서 각 도시를 세 가지 색깔로 표현했다. '주홍빛' 베네치아, '은빛' 피렌체, '황금빛' 로마. 타이베이에 색깔을 붙인다면 어떻게 될까? '회색빛 타이베이' 정도가 아닐까?

타이베이에서 몇 년 살지 않은 외국인 주제에 많고 많은 고운 빛깔을 두고서 칙칙한 무채색을 타이베이에 짝지어준다고 타이베이 사람들은 원망할지 모른다. 그래도 나는 '회색빛 타이베이'라고 하고 싶다.

내실 있다고는 하지만 소박한 사람들의 터전 타이베이는 겉보기에는 수수하다. 빌딩들도 집들도 칙칙한 색깔이고 그나마 상당수는 칠이 벗겨져 콘크리트로 된 맨살이 드러나거나, 이끼가 끼어 보기 좋지 않다. 이러하기에 나에게 타이베이는 회색빛 이미지로 다가온다.

내가 더욱 자신 있게 '회색빛 타이베이!'라고 외칠 수 있는 계절은 겨울이다. 11월 중순부터 이듬해 2월 정도까지 도시의 명도(明度)는 더욱 낮아진다. 이 시기 타이베이를 수채화로 그린다면, 한 톤 더 어두운 회색을 써야 할 것이다. 타이베이의 겨울은 우기(雨期)인데, 거의 매일같이 비가 내리거나 비는 내리지 않아도 하늘은 잔뜩 찌푸려 있다. '겨울에 타이베이에 와서 비를 보세요(冬季到臺北來看雨)'라는 노래까지 있을 정도다.

'회색빛 타이베이'라고 할 만큼 결코 화려하지 않은 타이베이. 전반적인 도시 풍경은 약간 빛바랜 느낌이다. 빈티지 스타일의 도시라고나 할까?

타이베이를 처음 가봤을 때, 대부분의 사람들이 느끼는 감정은 초라함이다. 여기에 대만이 세계 25위권의 경제력에 세계 4~5위 정도로 랭크되는 막대한 외환보유액을 가진 경제강국임을 알고 간다면, 피부로 와닿는 초라함의 정도는 더 심해진다. '대만 잘산다더니 명색이 수도 꼴이 왜 이래?' 하는 생각이 들 정도다.

타이베이서는 도쿄(東京), 홍콩(香港), 상하이(上海) 등 아시아 대도시에 즐비한 마천루(摩天樓) 숲은 찾아볼 수 없다. 그나마 조금 높다는 빌딩이라 해봤자, 중간키 정도 높이다. 그 외에 결코 높지 않은 낡고 오래된 건물들이 도시를 가득 메우고 있어 우중충한 느낌을 더한다. 경제 수준이 엇비슷한 한국의 수도 서울과 비교해봐도 타이베이의 도시 풍경은 밋밋하다.

타이베이 상공에 다른 나라 대도시에서 흔히 볼 수 있는 마천루들이 눈에 띄지 않는 이유는 크게 두 가지다. 하나는 환태평양지진대에 자리한 대만에서 고층빌딩은 자체가 위험하기 짝이 없기 때문이다. 건축공법의 발달로 강도 높은 지진에도 견딜 수 있는 빌딩을 건설할 수 있게 되었지만, '그래도' 대만에서 고층빌딩은 아직은 위험하다. 다른 하나는 타이베이를 '임시수도'로만 여겨온 중화민국(대만) 정부의 정책 때문이다. '어차피 중국 본토를 수복하여 돌아갈 건데, 뭐 하러 돈 들여 빌딩 짓고 부산 떨어? 그냥 있는 대로 대충 살지 뭐.' 하는 것이 2000년대 이전까지 기본 생각이었다. 자연 타이베이는 도시 계획 자체가 늦어졌고, 오랜 기간 동안 일제강점기 일본인들이 그린 청사진 바탕에 그때그때 필요한 만큼 임시방편으로 도시를 확장해왔기 때문에 도시의 외관이 초라할 수밖에 없다.

그건 그렇다 쳐도 처마 낡고 이끼가 잔뜩 낀 낡은 건물들은 심미안이 높지 않다 하더라도 보기 좋지 않은 것은 사실이다. 그건 왜일까? 기본적으로 온고지신(溫故知新)을 중요시하는 대만 사람들은 낡았다 하여 부수고 새로 짓는 것 자체를 즐기지 않는 편이다. 종교적인 문제도 있다. 대만 사람들의 다수는 민간신앙의 토착신을 믿으며, '미신'이라 치부할 만한 것도 정말 잘 믿는 편이다. 다수의 대만 사람들은 토지공(土地公 : 토지와 가정의 수호신)을 믿으며, 집집마다 수호신을 모시고 산다. 이러하기에 집을 새로 짓거나 이사를 가거나 하면 토지공이나 수호신의 노여움을 사서 화를 입는다고 철석같이 믿고 사는 사람들이 많다. 이런 이유로 집을 짓거나 수리를 하는 것은 되도록 하지 말아야 할 '금기(禁忌)'다. 실제 도시 재정비를 위해 정부나 타이베이시에서 재개발을 추진하려 해도 주민들의 반대에 부딪혀 지지부진한 경우가 많은데, 주민들이 반대하는 가장 큰 이유 중 하나가 이런 민간 신앙이다.

현실적인 이유도 빠트릴 수 없다. 그건 건물의 구조다. 타이베이의 집들은 대개 한 블록 단위로 옆집과 어깨를 맞대고 있거나, 여러 세대가 한울타리에 사는 다세대 주택인 경우가 대부분이다. 이는 지진이 자주 일어나는 타이베이라는 '환경의 특수성'으로 인해 생긴 것으로, 붙어 있는 집들이 서로 지지대 역할을 하며 지진에 견딜 수 있게 한 것이다. 다만 이런 주택 구조 때문에 집을 새로 짓거나 수리를 하려면 내 집뿐만 아니라 이웃집들과 같이 해야 하는 문제가 생긴다. 게다가 다세대 주택은 대부분 소유 구조가 복잡한 경우가 많기에 머리는 더 아파진다.

민간 신앙, 건물 구조 문제도 있고 하니 다 이해한다 쳐도, '낡은 집이지만 제대로 꾸미기라도 하고 살지?' 하는 생각은 여전히 남는다. 의문을 풀어주는 것은 기후 사정이다. 아열대 기후대에 자리하여 습하고 비도 자주 오는 타이베이는 이끼, 곰팡이가 자라는 데 천혜의 환경이다.

▶
내실을 중요시하는 사람들의 성향을 반영한 듯 겉보기에는 초라한 타이베이의 집들. 타이베이의 집들은 대개 옆집과 어깨를 맞대고 있다. 지진이 자주 발생하는 환경의 특수성이 만든 것으로, 서로 지지대 역할을 하며 지진을 견딜 수 있게 한다.

그렇다 보니 제 아무리 건물에 새로 페인트칠을 하고, 외벽 청소를 해도 얼마 지나지 않아 보기 흉해진다. 이런 이유로 타이베이 사람들은 '어차피 또 더러워질 텐데 뭐.'라고 생각하며, 건물 외부를 꾸미거나 청소하는 것에는 기본적으로 무심한 편이다. 다만 내실을 중요시하는 사람들답게 내부는 잘 꾸며놓고 사는 경우가 많아 초라한 외관만 보고 약간의 실망감을 가졌다가 막상 집안으로 들어가면 깜짝 놀라는 경우가 많다. 아무튼, 이유는 다 있지만 타이베이는 좋게 말해서 소박하고 나쁘게 말해서 초라한 빛바랜 느낌의 도시, 빈지티한 도시인 것만은 사실이다.

타이베이에 처음 간 사람들의 대부분은 타이베이의 매력을 느끼지 못한다. '그냥 좀 별로네.' 혹은 '그저 그러네.'라고 생각할 뿐이다. 아니 나쁘게 말해서 '후지다'는 생각을 많이 하게 된다. 나만 해도 여행지로 처음 방문했을 때나, 타이베이 주민으로 살았던 초기에는 나에게 있어 타이베이는 '살짝 못생겼거나, 좀 좋게 봐주려 해도 밋밋하게 생기기 그지없는 여자' 같은 존재였다. 다만 해를 거듭할수록 별다른 매력 없어 보였던 타이베이의 숨은 매력이 하나둘씩 보이기 시작했고, 유학기간이 끝나 떠나야 할 시간이 다가오자, 타이베이와의 작별이 아쉬워졌다. 한술 더 떠서 한국으로 돌아온 후에는 그리워하는 지경에 이르렀다.

사실, 유학 생활 초기 한 선배 유학생은 이런 이야기를 해주었다.

"타이베이는 살수록 정이 들고, 막상 떠나고 나면 많이 그리워지는 곳이지."

처음 이 말을 들었을 때, 나는 코웃음을 쳤다. '아니 뭐 이런 데 정이 들고, 그리워하기까지 해? 빨리 학위 따고 떠나고 싶은데….' 허나 막상 살아보니, 선배 유학생의 이야기는 '진실'이었고, 한국에 돌아와서 보니 '진리(?)'였다.

타이베이의 매력은 도대체 뭘까? 빛바랜 색감의 도시 타이베이의 매력은 싫증나지 않는 은은한 매력이다. 무채색이 그러하듯, 눈에 확 뛰는 매력은 없지만, 봐도 봐도 싫증이 나지 않는 은은함이 질리지 않게 한다. 여기에 무채색이 자신을 숨기고 다른 색의 색감을 살려주는 역할을 하듯 타이베이는 저마다 개성을 지닌 사람들이 가진 고유한 색깔을 자유롭게 한껏 뽐내며 살아갈 수 있게 해준다. 더하여 오래되었지만, 낯익고, 편안한 매력도 타이베이가 지닌 빠트릴 수 없는 매력 포인트다. 비록 낡은 건물들로 가득 차긴 했지만 정겨운 뒷골목을 거닐다보면, 마음이 편안해지고 여유로워진다.

무엇보다 타이베이가 가지는 매력은 다채로움이다. 옛것과 새로운 것이 공존하고, 동양과 서양이 만나는 도시가 타이베이다. 타이베이라는 은은한 배경을 가진 도시 속에서 서로 다른 배경, 다른 사연을 가진 사람들이 한데 어울려 살아간다.

소박하고 느긋한 삶

겉모습보다 내실을 중요시하는 사람들

일중독 재벌 2세(험프리 보가트)와 운전기사의 딸(오드리 헵번)의 로맨스를 그린 영화 '사브리나(Sabrina)'에서 프랑스 파리 요리학교에서 공부하고 미국으로 돌아온 오드리 헵번은 "파리에 가면 무엇을 해야 하지?"라고 묻는 험프리 보가트에게 이렇게 답한다. "파리에 가면 서류 가방과 우산을 버리고 내리는 비를 맞으며 걸어보세요."

"타이베이에 가서는 무엇을 해야 하나요?" 라고 묻는다면 어떤 이야기를 해야 할까? 길지 않다고는 하지만 그래도 짧지 않은 시간 동안 '타이베이 시민'이었던 입장에서 나는 이렇게 이야기해주고 싶다.

"한국에서 남을 의식해서 입던 거추장스런 옷은 벗어버리세요. 타이베이 사람들의 밝고 친절한 미소를 배우세요. 생활 리듬을 한 템포 늦추세요."

타이베이는 도시 풍경만큼이나 사람들의 옷차림도 수수하다. 아니, 한국 사람 입장에서 보면 초라하게 느껴질 정도다. 짧은 겨울을 제외하고는 연중 30도를 웃도는 기온과 높은 습도 때문에 옷을 차려 입기에 부담스러운 기후도 한몫하지만, 겉모습보다 내실을 중요시하는 사람들의 성향도 소박하기 짝이 없다. 사람들은 한국에서라면 '남에게 보이기 민

▶
소박하다 못해
초라해 보이는 도시와
사람들이지만
타이베이 사람들의
표정만큼은 밝다.

30

망해서' 버렸거나 집에서만 입을 만한 빛바랜 옷을 입고 다니고, 발에는 흔히 조리샌들이라 부르는 플립플랍을 신고 다닌다. 거리에서 눈에 띄는 옷차림을 한 사람을 발견했다면 십중팔구 외국인일 가능성이 높다.

사정이 이렇다 보니 전부터 알고 지냈던 대만 지인들도 타이베이에만 오면 '반전 패션'을 보여주곤 했다. 서울서는 늘 말쑥한 정장 차림이던 그와 그녀가 타이베이에서는 후줄근한 옷차림에다 맨발에 샌들 차림으로 나타나 '빈티지한 매력'을 보여주었다. 때로는 "타이베이 왔으면 타이베이 법을 따라야지."라며, 자신들 눈에 지나치게 차려 입고 다니는 나를 책망하기도 했다. "서울서는 옷부터 차려 입고, 긴장하고 사람을 만나야 하니 너무 힘들었어요. 답답했죠. 여긴 얼마나 좋아. 대충 입고 다녀도 누가 신경이나 써요? 창근 씨도 좀 대충 입고 다녀요."

이런 책망에도 불구하고 '동방예의지국'의 후손에다, 원래 대충 입고는 집 밖을 잘 못 나가는 까탈스러운 성격까지 더해져서, '타이베이 시민'으로 살았던 초기에는 그래도 제대로 차려 입고 다녔지만, 현지화가 진행되다 보니, 곧 편한 차림에 익숙해졌다. 그럴 수밖에 없는 것이 좀 차려 입고 다니려 해도, 덥고 습한 데다, 변덕이 심한 현지 기후 사정이 이를 도와주지 않았다. 기분 좀 내느라 차려 입고 나가도 절묘한 타이밍(?)에 내려주고 불어주는 비바람 때문에 옷이 다 젖어버리곤 하였다. 게다가 여름이면 땀에 절어 곧 후줄근해졌다. 자연스레 나도 '대충 입지 뭐.' 하게 되었고, 점점 '패션의 현지화'를 실천하게 되었다. 그러다 보니 이번에는 한국에서 온 지인들로부터 "너 한국서는 안 그러더니 왜 이리 후줄근해졌냐?"는 핀잔을 들어야만 했다. 속으로 '너도 여기서 좀 살아봐.'라고 되내면서 말이다.

이렇듯 '타이베이 시민'들은 이런 저런 이유로 편안한 차림으로 지낸다. 상식적으로 옷이라는 것이, 여러 벌 껴입으면서 저마다 개성을 연출하는 것인데, 타이베이의 덥고 습한 날씨는 철저할 만큼 비협조적이다. 그나마 찬 기운이 몸을 파고드는 겨울은 좀 낫지만, 그 외에는 옷을 제대로 갖춰 입기가 사실상 힘들고 입어도 태가 나지 않는다. 여기에다 대만은 기본적으로 이주자들이 만든 나라이므로, 소박하고 실용적인 것을 중요시하는 이들의 성품은 옷차림에도 그대로 반영되어 있다. 이를 이해하는 키워드로 '식의주(食衣駐)'를 들 수 있다. 사람이 생활하는 데 반드시 필요한 세 가지를 한국에서는 '의식주(衣食住)' 라 표현하지만 중화권 사람들은 '식의주' 라 표현한다. 앞의 글자 순서만 바뀐 것 같지만, 여기에는 중요한 함의(含意)가 있다. '체면'을 중요시하는 한국인들이 일단 '입는 것'을 우선시한다면, 보다 실용적인 중화권 사람들은 '먹는 것'을 더 중요하게 생각한다. '먹는 게 우선이지, 입는 게 뭐 대수냐?'라는 생각이다. 이런 이유로 다수의 대만 사람들은 입는 데 돈을 많이 쓰는 것을 낭비라고 여긴다. '옷 입는 데 돈을 쓸 거면, 그 돈으로 맛있는 것 먹는 게 낫다'는 것이 기본 사고방식이다. 그들 눈에 유독 옷차림에 신경을 많이 쓰는 한국인들은 '폼생폼사'로 보인다.

소박하다 못해 초라해 보이는 도시와 사람들이지만, 타이베이 사람들의 표정만큼은 밝다. 누구를 만나도 친절하게 대하고, 도움을 청하면 자기 일처럼 발 벗고 나서서 도와준다. 이런 그들의 얼굴에는 '가진 자의 여유'를 보여주는 듯한 해맑은 미소가 넘친다. 대만을 찾은 많은 사람들이 대만에서 가장 인상적인 것으로 사람들의 미소와 친절함을 꼽는데, 타이베이도 예외는 아니다. 다만, 타이베이는 대도시이기에 '도시 사람들' 특유의 '깍쟁이' 근성이 있다고는 하지만, 밝음과 친절함 수준에서 '서울 깍쟁이'보다 한 단계 높다는 것은 부인할 수 없는 사실이다.

타이베이 사람들이 밝은 이유를 나름 분석해보자면, 우선 이른바 '남방계'가 다수를 이루다보니 사람들 자체가 낙천적인 성격이다. 더불어 한국보다 조금 앞서 경제적 번영을 실현한 대만은 '가진 자의 여유'를 좀더 앞서 가질 수 있게 되었다. 여기에다 무시할 수 없는 원인은 정치 체제다. 1949년부터 1987년까지《기네스북》에도 오른 38년 간 이어진 '세계에서 가장 긴 계엄령'이 말해주듯, 정치적으로는 오랜 권위주의 체제를 겪었지만, 기본적으로 민주공화정 체제를 유지해왔다. 이후 빠른 속도로 진행된 민주화 과정을 거치면서 대만은 '경제 발전'과 '민주화'라는 두 마리 토끼를 다 잡은 발전 국가의 모범생이 되었다. 이런 대만은 중화권의 3개 국가와 1개 지역—중국, 대만, 싱가포르, 홍콩—에서 경제적 번영과 정치적 자유를 다 누리는 유일한 곳이다.

'G2'라는 표현이 등장할 만큼 무섭게 성장하고 있는 중국은 종합 경제력 차원에서는 미국을 위협할 만큼 성장하였지만, 질적 수준에서는 아직 갈 길이 멀다. 정치적으로는 여전히 중국공산당 독재 체제를 유지하고 있다. 이른바 '중국식 사회주의'다. 싱가포르야 경제력에서는 일찌감치 선진국 대열에 합류했지만, 정치체제 면에서는 겉으로 보기에는 민주주의 체제라 해도, 실제로는 인민행동당(PAP)이 장기 집권하는 반(半)민주주의(Semi-Democracy) 체제다. 게다가 형식적인 선거 절차를 거쳤다고는 하지만 리콴유-리셴룽 '부자(父子) 총리'가 권력을 세습하였다. 홍콩이야 아편전쟁의 결과 영국 식민지가 되었고, 1997년 주권이 중국으로 반환된 이래 '중화인민공화국 홍콩특별행정구'가 되었다.

중국 사람들의 표정에서는 사회주의 국가 특유의 경직성이 묻어난다. 싱가포르 사람들은 '컴퓨터의 도시'라는 별칭에 걸맞게 사방에서 물 샐 틈 없이 국민들의 일거수일투족을 감시하는 곳에서 사는 피곤함이 묻어나며, 홍콩 사람들에게서는 다소 거만함이 느껴지는 것과 비교해보면, 타이베이 사람들의 밝고 따사로움은 더욱 도드라진다. 이들은 중화권에서 정치적으로는 가장 자유롭고, 경제적으로도 풍요로운 곳에서 살고 있기 때문이다. 게다가 개방적인 사회 풍토까지 더해져, 타이베이 사람들은 이방인에게도 항상 밝은 미소로 다가온다.

타이베이 사람들이 한결 더 여유로워 보이는 이유는 잘 갖추어진 사회보장제도 때문이다. 세계 수위로 꼽히는 의료보험제도에 더하여 기초적인 생활은 삼민주의(三民主義)를 국가 이념으로 채택하고, 그중 '민생주의(民生主義)'를 중요시하는 대만답게 국가가 잘 보장하고 있다. 이 가운데서 본래 낙천적인 타이베이 사람들은 한결 여유로운 삶을 즐기고 있는 것이다.

소박하지만 밝은 타이베이 사람들의 삶은 여유가 넘친다. 서울에서의 삶이 '프레스토(Presto)'라면, 타이베이에서는 '라르고(Largo)'다. 무엇을 하든 서두르는 법이 없다. 이런 더운 지방 특유의 느릿함과 중화권 특유의 '만만디(慢慢的)' 문화의 선율이 연주하는 변주곡의 템포에 처음에는 적응하기 힘들다. 다만 서울에서의 삶의 템포가 세계 평균보다 상당히 빠르고, 타이베이의 그것이 조금 느리다는 것을 감안하면, 그리 못 견딜 수준은 아니다. 적응하는 데 약간의 시간과 관점의 전환이 필요할 뿐이다.

타이베이 사람들은 비록 한국 사람 입장에서 봤을 때 느려 보이지만, 무엇을 하든 확실히 해내는 것을 추구한다. '만만디'를 영어로 번역하자면, 단순히 '느리게(Slowly)'가 아니라 '확실히(Surely)'가 더해져서 'Slowly but Surely'라고 해야 의미가 정확해진다.

나만 해도 처음에는 타이베이 템포에 적응하기 무척이나 어려웠다. 서울에서 오래 산 데다, 타고난 성격도 살짝 급하기 때문이다. 하지만 몇 개월이 지나자 조금씩 익숙해졌고, '이제까지 너무 빠른 속도로 살고 있지 않았나?' 하는 생각이 들었다. 그러면서 하루하루 쫓기듯 살아온 지난 삶 속에서 놓치고 살아온 것은 무엇인지, 내 삶의 방향은 어디로 가고 있는지를 되돌아보게 되었다. "삶에서 중요한 것은 속도가 아니라 방향이다."라는 말을 생각해보면서 말이다. 그러다 어느 날부터 타이베이 사람들의 여유로운 삶이 어느새 몸에 맞기 시작했고, 서울에 돌아온 후에도 가끔씩 정신이 아찔해지는 경험을 하기도 했다.

타이베이는 어떻게 미식천국이 되었나

미식천국 타이베이

"하늘에는 천당이 있고, 하늘 아래에는 쑤저우(蘇州) · 항저우(抗州)가 있다(上有天堂 下有蘇抗)."는 속담이 생길 정도로 중국 쑤저우 · 항저우 지역은 경치가 아름답고, 물산이 풍부하고 미인도 많은 살기 좋은 곳이었다. 이런 이유로 이 지역을 '하늘 아래 천당'이라 표현해도 지나침이 없다 하였다.

이 구절에 '쑤저우 · 항저우' 대신 '타이베이'를 넣어도 될 만큼 오늘날 타이베이도 천국, 그중에서도 '미식(美食) 천국'이다. 타이베이에서는 대만 고유의 미식뿐만 아니라, 중국 각지, 세계 각국의 음식들을 두루 맛볼 수 있다.

타이베이에 살 때, 주말이면 즐겨 찾던 곳은 휘궈(火鍋 : 중국식 샤브샤브)식당이다. 더 설명할 것도 없이, 육수를 끓여 각종 고기, 야채, 해산물을 데쳐 먹는 간편하지만 맛있는 요리다. 그중 타이베이 곳곳에서 볼 수 있는 것은 알싸한 매운맛이 일품인 쓰촨(四川)식 마라(麻辣) 휘궈집이다. 선지에다 매운맛을 내기 위해 고추를 넣고, 마(麻)와 각종 한약재를 넣어 끓인 육수가 강한 중독성이 있다. 휘궈식당은 대개 뷔페식인데, 기본 2시간 동안 하늘과 땅과 바다의 온갖 재료들을 무제한으로 가져다 먹을 수 있어, '주머니는 가볍고, 배는 고픈' 유학 시절 입을 즐겁

게 해주던 곳이다. 가격은 대개 2시간 기준 400~500NTD(16,000~
20,000원) 사이다. 먹거리가 싼 현지 물가에 비해서는 조금 비싼 편이지
만, 가격 대비 만족감을 고려하면 한국에서는 상상할 수 없는 가격으로
입의 호사를 누릴 수 있다.

휘귀를 먹기에 가격도 위장도 부담을 느낀다면 찾을 수 있는 곳은 중
국어로 '멘(麵)'이라 발음하는 각종 면집들이다. 인천이 원조인 한국식
과는 사뭇 다른 원조 짜장면을 비롯하여, 타이베이 전통의 번화가 시먼
딩(西門町)의 명물로 자리잡은 곱창국수 아종멘셴(阿宗麵線), 청(淸)대
로 거슬러 올라가 오랜 역사를 자랑하는, 남부 타이난(臺南)이 원조인
단자이멘(擔仔麵), '전 중국을 통틀어 가장 맛있는 면'이라는 평가를
받기도 하는 간쑤성(甘肅省)의 란저우멘(蘭州麵) 등, 착한 가격으로 끼
니도 때우고 입도 즐겁게 할 수 있는 맛있는 면집들이 흔하디 흔하다.

'골라 먹는 재미'를 주는 식당들도 있다. '입에 맞는 메뉴'라는 뜻
의 '커거우차이단(可口菜單)' 음식점들이다. 이른바 '중국 4대 요리'
로 불리는 베이징(北京)·상하이(上海)·쓰촨(四川)·광둥(廣東)요리
에 대만 향토요리, 미국, 일본, 유럽, 태국, 베트남, 인도네시아, 티베트
에 더하여 한류 열풍에 힘입어 날로 인기를 더해가고 있는 한국요리까
지 다양한 분위기와 맛을 자랑하는 식당들이 시내 구석구석에 자리하
고 있다.

'작은 대나무 바구니(小籠)에 쪄낸 만두'라는 뜻의 '사오룽바오(小
籠包)'가 대표하는 딤섬(點心) 전문점들도 빠트릴 수 없다. 한국에도 지
점이 있는 딘타이펑(鼎泰豊)을 비롯하여, '대만 딤섬의 원조'라 할 수
있는 가오지(高記), 한국에서는 딘타이펑만큼 알려지지는 않았으나, 딘
타이펑과 쌍벽을 이루는 뎬수이러우(點水樓) 등 갖가지 딤섬들을 한국
보다 훨씬 저렴한 가격에 즐길 수 있다.

오늘날 타이베이가 '미식 천국'이라는 별칭을 얻게 된 이유는 몇 가

지로 요약할 수 있다. 우선 아열대 기후대에 위치한 대만 섬 자체가 먹을 것이 풍부한 지역이다. 쌀농사도 1년 2모작이 가능하고, 망고, 바나나 등 열대 과일들도 풍성하다. 이런 이유로 대만 섬에 살던 사람들은 비교적 이른 시절부터 먹거리 걱정에서 해방되었다. 더 나아가 이왕이면 좀 더 맛있는 것을 찾고, 만들고, 즐길 수 있게 된 것이다.

여기에 대만은 기본적으로 '이민자의 나라' 다. 이주한 시기도 이유도 저마다 다르지만, 중국 각지에서 대만 섬으로 터전을 옮겨온 사람들은 '고향의 맛' 을 대만에 옮겨 심었다. 특히 1949년 국·공 내전에서 완전히 패배한 국민당 정부와 함께 대만으로 온 외성인(外省人)에는 중국 전역의 사람들이 두루 포함되어 있어, 이들로 인해 타이베이 사람들의 식탁은 더욱 풍성해졌다. 대만을 대표하는 음식 중 하나로 꼽히는 뉴러우몐(牛肉麵 : 쇠고기면)도 그중 하나이다.

얼큰한 쇠고기 국물 맛이 일품인 뉴러우몐의 원산지(?)는 중국 쓰촨성(四川省)이다. 국민당 정부와 함께 대만으로 이주한 군인, 경찰과 그 가족들을 '영민(榮民)' 이라 부르는데 이들은 각지에 권촌(眷村)이라는 집단 거주지를 만들어 살았다. 그중 가오슝(高雄) 공군 권촌에 살던 어느 쓰촨성 출신 군인이 대만산 쇠고기를 사용하여 '고향의 맛' 을 재현한 것이 대만식 뉴러우몐의 시초다. 이후 뉴러우몐은 대만 각지로 퍼지게 되었고, 타이베이에서도 각기 다른 독특한 맛으로 승부하는 유명 뉴러우몐집들이 생겨나게 되었다.

타이베이 장기 거주 이방인들도 먹거리를 풍성하게 하는 데 일조하였다. 50년 간 대만 섬의 주인 행세를 했던 일본인들은 화풍(和風)이라 불리는 일본 요리를 깊숙이 심어놓고 갔다. 더불어 한때 '최고의 우방' 이었고, 군부대를 양밍산(陽明山) 자락에 주둔시켰던 미국은 타이베이 사람들이 아침 식사로 샌드위치와 햄버거, 베이컨을 먹게 하는 데 기여하였다. 더하여 태국, 인도네시아의 이주 노동자들, 티베트 승려, 정치

❶❷ 딘타이펑의 대표
메뉴이기도 한
샤오룽바오.
❸ 타이베이 시내
음식점 거리.
❹ 중국식 샤브샤브인
휘궈. 2가지 육수를
담아낸 휘궈는 부부
또는 한 쌍을 상징하는
새 '원앙' 의 의미로
원앙궈라 부른다.
❺ 대만 남부 타이난이
원조인 단자이몐.

①②③④⑤

적 망명자 등 서로 다른 곳으로부터, 다른 이유로 머물게 된 외국인들도 각자 고향의 먹거리를 타이베이로 가지고 왔다. 여기에 본래가 개방적이기 그지없는 타이베이 사람들은 이를 거부감 없이 받아들였다.

이렇듯 대만 섬의 원주인이던 원주민에, 인구의 다수를 이루는 민남인(閩南人 : 대만인의 약 73%를 이루는 종족으로 중국 푸젠성이 고향이다. 가장 좁은 의미의 대만인 혹은 본성인이다.), 객가인(客家人 : 북방 민족의 침략을 피해 중국 중남부, 동남아시아 일대로 이주한 종족으로 대만 인구의 약 12%를 차지한다.), 1949년 국민당 정부와 함께 건너온 중국 각지의 외성인(外省人 : 1949년 국민당 정부의 대만 천도시 이주해 온 중국 각 지역의 주민을 말한다. 약 13%를 차지하며 한족, 몽골족, 티베트족, 만주족 등을 망라한다.)에 더하여 각양각색의 외국인들이 한데 어우러져 사는 타이베이의 먹거리는 다양하고 풍부하다. 금상첨화로 먹거리가 싼 대만이기에, 큰 부담 없이 미식천국에서 미쾌(昧快)함을 즐길 수 있다.

제2부

국립고궁박물원,
5,000년 중화 문명을 만나다

국립고궁박물원을 다녀오지 않고서는 타이베이를 제대로 다녀왔다고 할 수 없다.
"타이베이 고궁박물원에는 고궁(古宮 : 자금성)이 없고, 베이징 고궁박물원에는
박물(유물)이 없다."는 말처럼, 타이베이 국립고궁박물원에는 중국의 국보 중에서도
가장 가치 있는 작품 69만 점이 보관되어 있다. 따라서 5,000년 역사의 '중화
문명의 진수'를 보기 위해서는 베이징이 아닌 타이베이로 가야 한다.
국립고궁박물원은 비록 중국 본토는 내주었지만 '중화 문화의 계승자'임을
자부하는 대만의 문화적 저력을 한눈에 보여준다.

국립고궁박물원

타이베이에 있는 또 하나의 중국

타이베이를 찾는 사람들 중 열에 아홉은 들르게 마련인 국립고궁박물원(國立故宮博物院)은 그 자체가 하나의 거대한 상징물이다. '중국식 근대화의 상징'이고, '중화 문화 계승의 상징'이자 '분단의 상징'이다. 국립고궁박물원은 1925년 중국 베이징(北京)에서 개관한 국립고궁박물원이 모체다. '마지막 봉건왕조' 청(淸)의 수도 베이징, 그중에서 황성(皇城) 자금성(紫禁城)에 궁정유물을 중심으로 중국 최초의 근대식 박물관이 문을 열었다.

18세기 영국에서 시작된 산업혁명으로 이른바 '근대화'가 본격적으로 시작된 후 각 나라들은 근대화의 상징물을 하나둘씩 짓기 시작하였다. 대표적인 것이 박물관이다. '산업혁명의 원조 국가' 영국에서는 과학자 슬론(Sir Hans Sloane)의 개인 수집품을 모체로 1759년 대영박물관(The British Museum)을 열어, 본격적인 상설 박물관의 모체가 되었다.

34년 후인 1793년 프랑스 파리에서는 프랑스대혁명 후 앙시앵 레짐(Ancien Regime : 프랑스 혁명 전 구제도)을 타도하고 성립한 국민의회가 구제도의 상징이자 옛 궁전인 루브르궁에 역대 프랑스 국왕들이 수집한 미술품들을 전시·공개하기로 결정하였다. 루브르미술관의 탄생이다.

▶
국립고궁박물원.
5,000년 중화 문명을
제대로 맛보려면
베이징이 아닌
타이베이에 가야 한다.

루브르미술관이 문을 연 해 로마노프(Romanov) 왕조의 제정(帝政) 러시아도 수도 상트페테르부르크(Saint Petersburg)의 미하일로프궁전에 제실(帝室)미술아카데미, 에르미타주궁전, 아니치코프궁전, 알렉산드로프스키궁전 등의 기탁 유물을 기본 컬렉션으로 하여 국립러시아박물관(Staatliches Russisches Museum)을 개관했다. 1852년에는 여제(女帝) 예카테리나 2세(Ekaterina II)의 개인 수집품을 바탕으로 겨울궁전(冬宮) 에르미타주도 외부인들에게 전시품을 개방하기 시작하였다. 오늘날 에르미타주 미술관(State Hermitage Museum)은 전시품만도 250여만 점에 달하며 대영박물관, 루브르미술관과 더불어 세계 3대 박물관으로 꼽힌다. 여기에 국립고궁박물원은 미국 메트로폴리탄 박물관을 포함하여 세계 5대 박물관으로 꼽힌다.

서구 국가들이 박물관 건립 경쟁에 열을 올릴 때, 메이지유신(明治維新)으로 아시아 첫 서구식 근대화에 성공한 일본은 1872년 도쿄 우에노공원(上野公園)에 일본 최초의 박물관인 도쿄국립박물관(東京國立博物館)을 개관하였다. 원래는 도쿠가와막부(德川幕府)를 위한 사원 터로, 이곳에 박물관을 세운 것은 봉건시대를 끝내고 근대국가로 진입한다는 의미도 있었다. 이후 도쿄국립박물관은 이른바 '대동아 공영권'을 내세운 일본의 대외 침략기에 아시아 각국들에서 약탈한 유물을 보강, 아시아를 대표하는 박물관 중 하나로 자리매김하였다.

이렇듯 박물관은 '근대화의 상징'이라 할 수 있고, 박물관이 소장한 유물의 양과 질이 곧 그 나라 국력을 상징하기도 했다.

이런 조류 속에서 1911년 신해혁명(辛亥革命)의 결과, 1912년 탄생한 '새로운 중국(新中國)'은 1914년부터 옛 왕조의 황성 자금성 내에 고물진열소(古物陳列所)를 설치하여 황실에서 보관하고 있던 각종 유물들을 전시하기 시작하였다. 1924년에는 군벌 펑위샹(馮玉祥)이 황제 퇴위 후 자금성에 머무르고 있던 청(淸)의 '마지막 황제' 푸이를 쫓아낸

후, 변리청실선후위원회(辨理淸室善後委員會)를 만들어, 궁전의 물품들을 체계적으로 조사하였고 1925년부터 일반인에게 공개함으로써 본격적인 중국 박물관사(博物館史)의 첫 장을 열었다.

이후 고궁박물원의 유물들은 수난을 면치 못했다. 1928년 군벌 소탕 전쟁인 북벌(北伐) 종료 후, 1931년 만주사변과 1937년 중·일전쟁으로 이어지는 일본의 침략, 1946년 재개된 제2차 국·공내전의 전란기 속에서 난징(南京), 충칭(重慶), 쓰촨(四川) 등으로 옮겨졌다. 그러다 1948년 국·공내전의 전세가 공산당으로 완전히 기운 후부터 상하이를 거쳐 대만으로 옮겨졌고, 1965년 타이베이 현재의 자리에 국립고궁박물원이라는 이름으로 재개관하여 관람객을 맞고 있다. 다만 유물들은 가지고 왔으나 고궁(故宮 : 자금성)은 뜯어오지 못하여, "베이징 고궁박물원에는 '박물(유물)'이 없고, 타이베이 고궁박물원에는 '고궁(자금성)'이 없다."라는 말이 생기기도 했다. 그럼에도 타이베이 국립고궁박물원은 중국의 근대화를 나타내는 하나의 거대한 상징임에는 틀림없다.

국립고궁박물원은 비록 국·공내전에서 패하여 중국 본토는 공산당에 내어주었지만, '대만의 중화민국(中華民國在臺灣)'이 '중화 전통의 계승자'임을 자부하는 상징이기도 하다. 국립고궁박물원에는 베이징 고궁박물원에 보관되어 있던 유물 중 약 22%인 69만 점이 보관되어 있다. 비록 양적으로는 전체 유물의 1/4 정도에 불과하지만, 유물 중 최상급들만 골라서 가져왔으므로 질적으로는 중화 문화의 정수(精髓)를 모아놓았다고 할 수 있다. 따라서 5000년 중화 문명을 제대로 맛보려면 베이징이 아닌 타이베이로 가야 한다.

연면적 20만 6,000㎡에 달하는 본관 전시실은 중국 전통 궁전 설계 양식으로 황금색 벽돌로 된 몸체에 추녀 끝이 하늘로 날아갈 듯한 에메랄드색 유리기와 지붕을 얹은 것이 인상적이다. 1961년 경쟁 설계 공모에서 채택된 당대 유명 건축가 왕다훙(王大雄)의 설계안을 바탕으로 1962년 공사에 들어가 약 3년 만인 1965년 8월 낙성하였고 그해 11월 정식 개관하였다. 당시 공사 비용은 미화 300만 달러가 소요되었다.

전시 가능한 유물은 약 1만 점으로, 69만 점에 달하는 전체 소장품 규모에 비해서는 전시 공간이 턱없이 좁은 편이다. 이런 이유로 상설 전시관을 제외하고는 로테이션 전시를 하고 있으며, 국립고궁박물원 뒤편에 거대한 규모의 수장고를 세워 유물들을 보관하고 있다.

송(宋)—원(元)—명(明)—청(淸)으로 이어지는 근세~근대 4대 왕조의 궁정 유물들을 바탕으로 후세의 수집품들이 더해져 만들어진 국립고궁박물원 컬렉션은 그 자체만으로 장구한 역사의 흐름 속에서 살아 숨쉬던 중국 선인(先人)들의 자취를 느낄 수 있게 한다. 더불어 이는 중화민국이 황하(黃河) 문명에서 발원한 5,000년 중국사의 전통을 잇고 있음을 보여준다.

국립고궁박물원은 1949년 이후 분단된 양안관계를 보여주는 상징이기도 하다. 이미 이야기했듯이, 본래 베이징 고궁(자금성)의 유물 중 약 1/4은 대만으로 건너왔지만, 나머지 3/4은 본토에 남아 이산가족 신세를 면하지 못하고 있다. 그중에는 작품 자체가 쪼개어져 한쪽은 중국에 다른 한쪽은 대만에 남아 있는 경우도 있다.

회화전시실의 백미로 꼽히는 '부춘산거도(富春山居圖)'는 원(元)대 화가 황공망(黃公望)의 대표작이다. 오진(吳鎭), 예찬(倪瓚), 왕몽(王蒙)과 더불어 '원말4대가(元末四大家)'로 꼽히는 그는 학식이 높을 뿐만 아니라 서예, 음률, 시문, 그림 등 다방면에 뛰어난 재능을 보였다. 황공망은 50세 무렵부터 본격적으로 그림을 배우기 시작하였는데, 특히 산수화에 뛰어났다. 노년에 노장(老莊) 사상에 심취한 그는 저장성(浙江省) 부춘산(富春山) 자락에 은거하면서 오늘날 '중국 10대 명화'로 꼽히는 '부춘산거도'를 그렸다. 72세 때 무용(無用) 스님을 위하여 그리기

▶
부춘산거도.
이 작품은 쪼개어져
한쪽은 중국 본토에
다른 한쪽은 대만에
남아 있다. 분단된
양안관계를 상징하는
작품이다.

시작하여 81세가 되던 1350년 완성하였다.

후에 그림은 명(明)말 청(淸)초 유명 소장가 오홍유(吳洪裕)의 손에 들어갔다. '부춘산거도'를 애지중지하던 그는 생전에 "자신이 죽거든 그림도 함께 태워 묻어달라."는 유언을 남겼다. 왕조가 바뀐 청 순치(順治) 7년인 1650년 그가 사망하자, 유언에 따라 그림은 불에 던져졌고, 이를 안타깝게 여긴 조카 오자문(吳子文)이 그림을 급히 불구덩이에서 꺼냈지만 그림의 일부는 불에 타 큰 부분과 작은 부분으로 분리되고 말았다. 이후 '잉산도권(剩山圖卷)'으로 불리는 51.4㎝의 앞부분은 중국 항저우(杭州) 저장성박물관(浙江省博物館)에 남았고, '무용사권(無用師卷)'으로 불리는 639.9㎝의 뒷 부분은 타이베이 국립고궁박물원에 전시되어 있다.

분단된 양안관계를 단적으로 보여주는 '부춘산거도'는 2011년 6월, 양안 분단 62년 만에 처음으로 합체(合體)되어 국립고궁박물원에서 전시되었다. 처음 갈라진 1650년부터 헤아리면 361년 만의 일이었다.

정교함의 극치, 황실의 수공예품

황실 애장품 컬렉션

국립고궁박물원 본관 1층에 들어서면 발권 카운터가 보인다. 1층에서 가장 먼저 들러야 할 곳은 102 전시 구역이다. 이곳은 박물원 역사와 유물에 대한 오리엔테이션을 하는 공간으로 효과적인 박물관 관람을 위해서는 반드시 들러야 할 곳이다. 더불어 음성안내기를 대여하거나, 한국어로 된 카탈로그를 한 부 챙기는 것으로 본격적인 관람은 시작된다. 입장권을 산 후 계단을 올라 3층 전시실에 들어서면 가운데 계단을 중심으로 동쪽의 특별 전시실과 서쪽의 상설 전시실로 나누어진다.

302호 전시실에는 국립고궁박물원을 대표하는 유물로 자리매김한 취옥백채(翠玉白菜)가 있다. 가로18.7㎝, 세로 9.1㎝의 결코 크지 않은 작품은 경옥(硬玉)을 원재료로 하여 배추 위에 여치 두 마리가 살포시 앉아 있는 형상의 조각품이다. 흰 줄기에 잎사귀가 푸른 배추는 청백(清白)한 집안과 함께 신부(新婦)의 정결을 뜻하고, 번식력 좋은 곤충인 여치 두 마리는 자손이 많으라는 뜻을 담고 있다. 청 광서제(光緒帝)의 후비(后妃)로 자금성 영화궁(永和宮)에 거주하던 근비(瑾妃)가 혼인 예물로 가져왔을 것으로 추정한다. 정교한 조각과 오묘한 빛깔이 어우러진 취옥백채는 국립고궁박물원을 대표하는 유물답게, 이곳을 찾은 사람이면 누구나 보고 오는 유물로 명성이 바다 건너까지 자자하다. 지난 2014

▶
취옥백채
국립고궁박물원을
대표하는 유물.
청 황제의 후비가 결혼
예물로 가져왔을 것으로
추정하며, 풍요와
다산을 상징한다.

2014년 6월 24일부터 7월 7일까지 2주간 일본 도쿄국립박물관에서 사상 첫 해외 전시를 하기도 하였다.

3층 전시실에서 '취옥백채'와 더불어 사람들이 몰려 있는 곳은 한국인들에게 '삼겹살돌'로, 중국인들에게는 '동파육석(東坡肉石)'으로 불리는 '육형석(肉形石)'이다. 천연석을 그대로 자른 후 약간의 가공 과정을 거쳐 만든 것으로 색깔과 질감이 껍질, 비계, 고기의 삼겹으로 되어 있는 돼지고기와 흡사하다. 국립고궁박물원을 대표하는 유물 중 하나로 지난 2014년 10월부터 11월까지 일본 규슈국립박물관(九州國立博物館)에서 160점의 다른 유물들과 함께 전시되었다.

옥공예품 중에서 빠트리지 말아야 할 것으로는 청백옥(淸白玉)으로 만든 '벽사(僻邪)'를 들 수 있다. 이름 그대로 '사악한 기운을 물리치다'는 뜻을 지닌 '벽사'는 고대 중국인들의 상상 속 동물 중 하나이다. '사불상(四不像)'이라고도 하는데, 보는 각도에 따라 이리저리 모양이 달라 보여서 붙여진 이름이다. 벽사가 용의 얼굴에 사자의 몸에, 봉황의 날개와 기린의 꼬리를 달고 있기 때문이다. 윤선도의 표현을 빌리자면, "용도 아닌 것이, 사자도 아닌 것이, 날개는 봉황 같고, 꼬리는 기린 같다." 한(漢)대의 것으로 역대 중국 황제들이 가까이 두던 애장품 중 하나다.

앙증맞아서 눈길이 가고 정교해서 한 번 더 보게 되는 유물로 '황제의 장난감' 컬렉션이 있다. 대표적인 것은 '죽사전지번련다보격원합(竹絲纏枝番蓮多寶格圓盒)'으로 일종의 휴대용 문방구 세트다. 명·청대 지배계층인 사신(士紳)들은 우리네 선비들이 그러했듯이 늘 문방사우(文房四友)를 가까이하였다. 이들은 여행을 가면서도 필기구를 휴대하였는데, 번거로움을 덜기 위해 나무나 대나무로 된 상자에 문방사우를 넣고 다녔다. 그중 천자를 위해 특별히 정교하고 세련되게 제작된 것이 '죽사전지번련다보격원합'이다. 나무로 된 몸체에 가는 '대나무실

▲ 육형석.

▲ 벽사.

(竹絲)'을 붙여 장식하였기에 이런 이름이 붙었다. 4개의 부채꼴 모양 장식장을 펼쳐놓으면 작은 병풍이 되는데, 원주형 선반은 360도 회전도 가능하다. 장식장에는 총 27점의 황제의 애장품이 들어 있다. 그중 서랍 속 두루마리는 길이 7㎝ 너비 3㎝로 '국립고궁박물원 전시품 중 가장 작은 그림'이라는 타이틀을 가지고 있다.

'황제의 장난감'을 보관하는 '보물 상자'도 있는데 자단다보격방갑(紫檀多寶格方匣)이다. 오므려두면 간수하기 편한 나무 상자 모양이지만, 펼치면 부채꼴 모양으로 펼쳐져 작은 병풍이 되었다. 다시 360도 돌려놓으면 작은 장식장이 되는, 큐브와 같은 정교하고 아기자기한 미술 상자다. 이 장난감의 주인공은 청 건륭제로 '보물 상자' 속에는 30점의 옥 장난감이 보관되어 있다.

황제의 장난감 컬렉션 중에서 스스로 '하늘의 아들(天子)'이라 칭하던 중국 황제가 가진 힘이 어마어마했다는 것을 단적으로 보여주는 것은 상아투화운룡문투구(象牙透花雲龍紋套求)와 '진조장조감람핵주(陳組章雕橄欖核舟)'다.

▶
죽사전지번련
다보격원합.

▶
자단다보격방갑.

'상아투화운룡문투구'는 청 건륭제 시절 제작된 것으로 상아로 만든 노리개다. 상아를 정교하게 조각하여 상아구슬 안에 겹겹이 상아구슬이 들어 있는 구조로, 모두 합쳐 17개의 상아구슬이 들어 있다. 구슬과 구슬 사이에는 미세한 틈이 있어 자유자재로 회전이 가능하다. 더 놀라운 사실은 17개 상아구슬이 전부 하나의 상아를 자르고 깎아 구슬 안에 구슬을 만드는 식으로 구성되어 있다는 점이다. 유난히 화려한 것을 좋아했던 건륭제는 궁궐 안에 공방을 두어 노리개를 만들게 하였는데, 이 상아투화운룡문투구를 만드는 데 꼬박 3대(代)가 걸렸다고 한다. 현대에 들어 한 공예가가 이를 모방하여 만들어보려 하였으나 14개밖에 만들지 못하였다고 하니, 당시의 우수한 수공예 기술과 이를 만들게 한 황제의 어마어마한 권력을 단적으로 보여주는 작품이다.

전시품 중에서 유독 사람들이 눈을 동그랗게 뜨고 보는 유물이 장인 진조장의 이름을 딴 '진조장조감람핵주(陳組章雕橄欖核舟)'다.《성경》에 무화과나무, 포도나무와 더불어 자주 나오는 감람(橄欖)나무는 올리브나무다. '감람핵(橄欖核)', 쉬운 표현으로 올리브씨앗에 '배(舟)'를 새긴 조각품으로 직경 1.6㎝, 지름 2.4㎝의 씨앗에 배와 뱃사공, 점원 등 7명과 한 사람의 시인을 새겼다. 각기 다른 표정과 옷차림으로 정교하게 새겨져 있으며 배 바닥에는 시인의 대표작 360글자가 촘촘히 새겨져 있다. 시인의 이름은 동파(東坡)라는 호로 더 잘 알려진 소식(蘇軾), 새겨진 시는 그의 대표작 '적벽부(赤壁賦)'다. 정말 손톱만한 크기이기에 확대경을 사용해야만 볼 수 있다. 국립고궁박물원의 인기 유물 중 하나이기에 사람들이 몰려, 까치발을 하고 눈을 크게 뜨고 보아야 하는 작품이다.

흔히 서태후(西太后)로 불리는 청 자희태후(慈禧太后)와 관련된 유물들도 빠트릴 수 없다. 함풍제(咸豐帝)의 후비(后妃)로 동치제(同治帝)의 생모이자, 광서제(光緒帝)의 이모로서 청 말기 47년에 걸쳐 섭정(攝

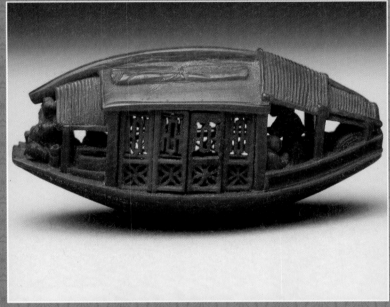

▶
진조장조감람핵주.

政)으로 실권을 쥐었던 여인이다. 그녀가 권좌에 올랐을 때, 청은 이미 황혼기에 접어들었고, 서구 열강들은 침략의 손길을 뻗어오고 있었다. 이 속에서 서태후는 시대의 흐름을 거부하고, 보수반동적인 정치를 펼쳤다. 더불어 사치로 인해 국고를 낭비했다는 비판을 받기도 하였다. 아편전쟁 때 파괴된 청의 여름궁전 이화원(蓬和園)을 재건했는데, 재건 비용으로 북양함대(北洋艦隊) 군함 구입비로 책정된 2,000만 냥을 사용한 것을 비롯, 한 기록에 따르면 그녀의 하루 생활비가 4만 냥에 달할 정도로 사치스러웠다고 한다.

이런 서태후는 일상 생활에서도 화려한 보석과 장식품을 즐겼다. 그 중 국립고궁박물원에는 '금칠삼다여의(金漆三多如意)' 라는 금노리개와 '상아루조제식합(象牙鏤雕提食盒)' 이라는 나들이용 찬합이 있다. '금칠삼다여의' 는 '금으로 칠한 여의' 라는 뜻인데, "본래 뜻대로 되다" 라는 뜻을 지닌 '여의(如意)' 는 양귀비와의 로맨스로도 유명한 당(唐) 현종(玄宗)과 관련 있다. 하루는 국정을 돌보던 황제가 등이 가려워 염치불구하고 손으로 등을 긁으려 하였으나, 손이 등에 닿지 않았다. 이를 보다 못한 신하 나공원(羅公遠)이 대나무를 꺾어 바쳤다. 현종은 이 '효자손' 으로 등을 시원하게 긁을 수 있었고, "마음 먹은 대로 다 되나니 (如人之意)." 라고 말한 것에서 '여의' 라는 표현이 생겼다. 원래 효자손을 가리키던 것이었으나, 그것 자체가 하나의 '길하고 상서로움(吉祥)' 의 상징이 되어, 금, 옥, 비취 등 고급 재료를 사용해서 만들게 되었다. 후에 승려들이 법회를 할 때 권위의 상징, 고위층의 부와 권력을 나타내는 도구로 사용되었다. 《서유기(西遊記)》에 등장하는 손오공이 사용하는 여의봉(如意棒)이나 여의주(如意珠)란 표현도 여기서 유래한 것이다. 서태후가 중국을 호령하던 당시 궁중에는 왕족이나 고관들끼리 고급 재료로 만든 여의를 선물로 주고받는 것이 유행이었다. 국립고궁박물원에 있는 그것은 서태후가 어느 왕족으로부터 받은 생일 선물이라

▶
금칠삼다여의.

▶
상아루조제식합.

전해진다.

　한눈에 봐도 가족 나들이 때 사용하는 대형 도시락처럼 보이는 '상아루조제식합(象牙鏤雕提食盒)'은 서태후가 이화원 나들이를 할 때 사용한 찬합이다. 통풍이 잘 되어 음식이 상하지 않게 만들어진 얇은 덮개 위에 산수, 초목, 인물, 새, 누각 등 동양화의 배경들이 세밀하게 새겨져 있다. 손잡이에서 3층으로 된 몸체까지 전혀 손상 없이 보존되어 있으며, 은은한 상아빛깔은 우아한 매력을 풍겨, '황태후 전용 찬합'의 품격을 보여준다.

　3층 전시실 동쪽 구역은 청동기 전시실이다. 대표작은 국립고궁박물원 3대 보물 중 하나인 모공정(毛公鼎)이다. 서주(西周) 후기의 정(鼎 : 세발 달린 솥)으로 높이 53.8㎝에 지름은 47.9㎝에 달한다. 이 솥이 특별한 이유는 솥 표면에 새겨진 글자들 때문이다. 상(商)·주(周)시대 청동기 중 가장 많은 32행 479자가 새겨져 있다. 청 도광제(道光帝) 시절 산시성(陝西省) 치산현(岐山縣)에서 출토된 것으로 명문(銘文) 전체를 해독하지는 못하였지만, 주왕(周王)이 솥을 제작한 모공(毛公)에게, "강기숙정(綱紀肅正 : 나라의 법과 풍속, 풍습에 대한 기율(紀律)을 엄하고 바르게 함)하여, 정치를 흥(興)하게 하라."고 당부하는 책명(策命)을 담고 있다. 제작 연대에 대해서는 여러 설이 있으나, 궈모뤄(郭沫若)는 주 11대 선왕(宣王, 기원전 828~782년)대 것이라 주장하였다.

▶
모공정.

'차이나'가 '도자기'로 통하기까지

도자기실

　'진기명기(珍技名技)'들로 가득한 3층 전시실을 둘러본 후 한 층 내려오면 2층의 서쪽은 회화·서예 전시실, 동쪽은 도자기·기물 전시실로 꾸며져 있다. 중국은 동아시아에서 본격적인 자기(磁器)의 역사가 시작된 곳이다. 그 명성은 서구에까지 알려져, 중국의 주요 수출품목 중 하나로 자리잡았고, 18세기 이후 영국에서는 중국식 자기를 모방하여 '본차이나(bone china)'를 만들어내기도 하였다. 이때부터 'China'는 '중국'과 더불어 '도자기'를 뜻하는 말로 사용되고 있다.

　도자기 전시실에 들어서기에 앞서 하(夏)—상(商)—주(周) — 춘추전국(春秋戰國)시대—진(秦)·한(漢)—위(魏)·진(晉)·남북조(南北朝)시대— 수(隋)·당(唐)—5대(代)10국(國)시대—송(宋)—원(元)—명(明)—청(淸)으로 이어지는 중국 역대 왕조표를 일단 머릿속에 넣어두면 좋다. 전시실의 유물들은 기본적으로 시대 순서대로 배치되어 있기 때문에 제대로 관람하기 위해서는 중국 역사의 큰 흐름을 아는 것이 필요하다. 더하여 '중국 도자사'를 조금 알아두면 도움이 된다.

　상(商)대에 도기(陶器)에서 본격적으로 시작된 중국 도자기 역사는 주(周)대에 이르러 유약을 사용하게 됨으로써 제작 기술이 큰 폭으로 발전하였다. 이후 춘추전국(春秋戰國)시대를 거쳐 진(秦)·한(漢)대에 이르러 유약 사용이 본격화되면서 그 질이 현저하게 향상되었다. 이 무렵부터 장시성(江西省) 포양호(鄱陽湖) 동쪽 기슭 경덕진(景德鎭)은 주요 도자기 생산지로 발전하기 시작하였다.

한(漢)대는 청자가 본격 발전하기 시작하였고, 종전의 청동기, 칠기, 도기 등을 대신하여 주요 껴묻거리(副葬品)가 되었다. 더불어 일상 생활에서도 청자는 널리 사용되었다.

한(漢) 멸망 후 분열기인 위(魏)·진(晉)·남북조(南北朝) 시기 북조에서는 중국 역사상 최초의 백자(白磁)를 제조하였다. 티 없이 깨끗한 바탕에 반지르르한 윤기가 있는 백자를 만들 수 있게 된 것은 중국 도자기 역사의 큰 진보였다.

남북조의 분열기를 끝내고 새로 중국을 통일한 수(隋)대 자기의 주를 이루던 것은 청자였다. 기본적으로 남북조시대 자기의 전통을 잇고 있었지만, 제작 기법이나 장식 면에서 진일보하였다. 특히 형태 면에서 청동기를 모방한 것에서 벗어나, 보다 생동감 있고 동적인 모양을 갖추게 된다. 이 시기 화북(華北) 지방을 중심으로 청자와 백자 제조 기술이 더욱 발전하였다. 그중 유약 처리 기법의 발전으로 한층 정교한 자기를 만들 수 있게 되었다.

역대 중국 자기 중 가장 화려한 색감을 자랑하는 자기는 수(隋)의 뒤를 이은 당(唐)대에 만들어졌다. 중국 도자기 역사상 가장 찬란한 시기로 꼽히는 이때 저장성(浙江省) 월주요(越州窯), 허베이성(河北省) 형주요(邢州窯), 후난성(湖南省) 장사요(長沙窯) 등에서는 서로 다른 개성과 품격을 자랑하는 자기들을 만들었다. 이 시기의 자기는 종류가 다양할 뿐만 아니라 표현 면에서도 섬세하다. 당대에는 코발트를 이용하여 청색, 구리를 이용하여 녹색, 철을 이용하여 갈색을 내는 당삼채(唐三彩) 기법이 탄생하였다. 당삼채는 생활용기보다는 주로 껴묻거리로 이용되었고, 껴묻거리를 호화롭게 했던 장례 문화와 관련이 깊다. 당시 대표적인 작품으로는 국립고궁박물원에서 볼 수 있는 '당삼채마', '당삼채첩화문용이병' 등을 들 수 있다.

당대에는 당삼채뿐만 아니라 청자와 백자 제작도 활발하였다. 저장성 월주요는 청자를, 허난성 형주요는 백자를 생산하는 대표적인 가마터였다. 그중 형주요의 백자는 제작량이나 품질 모두 뛰어나 당대 첫손에 꼽는다. '세계 최초의 차 전문 서적'《다경(茶經)》을 집필하여 다성(茶聖) 혹은 다신(茶神)으로도 불리는 육우(陸羽)는 《다경》에서 "형주요는 은과 같고, 눈과 같다."라고 표현하였다.

5대(代)10국(國)시대의 혼란을 끝내고 다시금 중국을 통일한 송(宋 : 북송)과 거란족의 요(遼)를 멸망시키고 북중국의 패자(覇者)가 된 금(金)대에는 도자기 생산이 비약적으로 늘어났다. 이 무렵 자기는 본격적으로 생활 용기로 사용되었기에 내수용 수요도 늘어났거니와 대외 무역도 활발하여 수출용 자기의 수요도 커졌다. 이에 전국 각지에 가마터가 세워져 도자기를 굽기 시작하였고, 제작 기법도 한결 정교하고 섬세해져 품질 면에서도 크게 발전하였다. 가마들은 조정 진상품을 만드는 관요(官窯)와 민수품을 만드는 민요(民窯)로 크게 나누어진다. 관요자기는 정형적이고 단아한 스타일을 추구했고, 민요자기는 보다 융통성 있고 실용적인 스타일로 발전하였다. 이 시기 한대부터 기틀을 잡은 경덕진은 '중국 자기 생산의 메카'로 자리매김하였다.

몽골족이 세운 정복왕조 원(元)은 중국 도자기 발전사에서 이전 시대와 이후 시대를 연결하는 시대다. 원 정부는 도공(陶工)을 비롯해 장인들을 우대하는 정책을 폈는데, 이러한 정책과 활발한 대외 무역으로 늘어난 수요에 힘입어 도자기 제작 기법은 한층 더 발전하였다. 제작 기법 면에서는 종전의 태토(胎土)에 고령토(高嶺土)를 섞어 사용하여 완성률을 높였고, 큰 작품도 만들 수 있게 되었다. 반투명 자기가 제조되었고, 중동 지역으로부터 코발트 안료를 본격 도입하여 청화백자(靑華白磁)

도 만들어졌다. 청화백자는 내수용과 수출용으로 구분하여 제작하였는데, 수출용 청화백자는 디자인 면에서 이슬람 금속 공예 장식의 영향을 크게 받았다.

명(明)대에 들어서도 경덕진을 중심으로 도자기 생산은 양과 질 면에서 명실공히 발전하였다. 명 정부는 경덕진에 어요장(御窯廠)을 설치, 관리를 파견하여 도자기 제작 과정을 감독하게 하였다. 전국 각지의 우수한 도공들을 경덕진으로 모아, 분업화 시스템 속에서 대량 생산이 가능하도록 하였다. 특히 청화백자의 제작이 활발하였다.

청(淸)대부터 중국 도자기는 본격적으로 유럽으로 수출되었다. 역시 수출용과 내수용으로 구분되어 제작되었는데, 이 시기는 재료와 제작에 더욱 통일을 기해 품질 면에서 더욱 정교해졌다. 다만 명대에 비해 생동감은 다소 떨어졌다. 왕조의 전성기를 연 강희제(康熙帝) 재위기부터 송대 도자기의 세련미 재현에 성공하여 기법 면에서 세련되고 품질 면에서 정교한 자기를 생산할 수 있게 되었다. 이는 특히 서구에서 인기를 끌어 다량의 도자기가 영국을 비롯 유럽 각국으로 수출되어 유럽 왕실마다 '차이나 룸(China Room)'을 꾸미고 차이나 룸의 규모가 궁정의 재력과 품격을 상징하는 풍조를 만들어내기도 하였다. 강희제 연간 채색자기에는 서양풍이 불었는데, 에나멜을 본격적으로 사용하고 장식 면에서 유럽 풍경을 묘사하거나, 서양식 원근법, 명암법의 기법을 응용하기도 하였다.

강희제와 옹정제를 거쳐 건륭제에 이르는 청 전성기 동안 절정에 이른 청대 자기는 건륭제 이후 왕조가 본격적인 내리막길을 걷게 되고, 구질서가 점차 무너지게 되는 것과 궤를 같이하여 점차 쇠락의 길을 걸었다. 생산량과 품질 모두 하락하였고, 도자기의 명성은 '본차이나'라는 모방작을 만들어낸 유럽 각국들로 넘어갔다.

'아는 만큼 보인다'는 말처럼 중국 도자사를 간략하게나마 알고 2층

도자기 전시실로 들어
서면, 보다 뜻깊은 시간
을 가질 수 있다. 시대순
으로 보자면, 북송(北宋)
시대 것으로는 허난성(河
南省) 여요(汝窯)에서 만든
'연꽃모양대접(蓮花式溫碗)'과
'청자수선화분(青瓷水仙盆)'이다.

▶ 연꽃모양대접.

그중 '연꽃모양대접'은 전 세계에 약 30점 밖에 없는 희귀품으로 청 건
륭제가 "송대 자기 중 최고다."라고 극찬한 작품이다. 본래 술병과 한
세트로 추정되지만 지금은 대접만 남아 있다.

　'청자수선화분'은 티 없이 깨끗한 표면이 우아함을 한껏 풍기는 작
품으로 송대 사람들이 추구했던 비 개인 파란 하늘 같은 맑고 고요한 아
름다움을 보여준다. 유약이 고여 빛깔이 진하게 된 곳은 옅은 벽옥색을,
유약이 얇게 발린 곳은 분홍빛을 띤다. 뒤집어 보면 바닥에 여섯 개의
작은 빚음눈(支釘)의 자국을 통해 미황색(米黃色) 태토가 살짝 드러난
다. 이 화분은 티 없이 깨끗한 표면 처리가 특징으로 이렇듯 깨끗한 피
부(?)를 가진 도자기는 흔치 않다.

　도자기실 전시품 중 '가장 사랑스럽고 귀여운 것'을 하나 꼽으라면
단연 '백자어린이모양베개'다. 당(唐)대부터 본격적으로 만들어지기
시작한 도자기 베개는 송대에 이르러 더욱 다양한 모양으로 만들어지
기 시작하였다. 그중 껴묻거리로 사용된 것은 크기도 커지고 형태 면에
서 재미있는 것이 많다. 백자어린이모양베개는 활달하게 생긴 귀여운
아이가 바지저고리와 테두리가 있는 꽃무늬 조끼를 입고 비단 깔개 위
에 엎드려 있는 모양인데, 그 모습이 무척 사랑스럽다. 베개는 틀로 눌
러 형태를 찍어낸 다음, 칼로 얼굴 윤곽과 옷의 선을 새긴 것으로, 표정

▶ 청자수선화분.

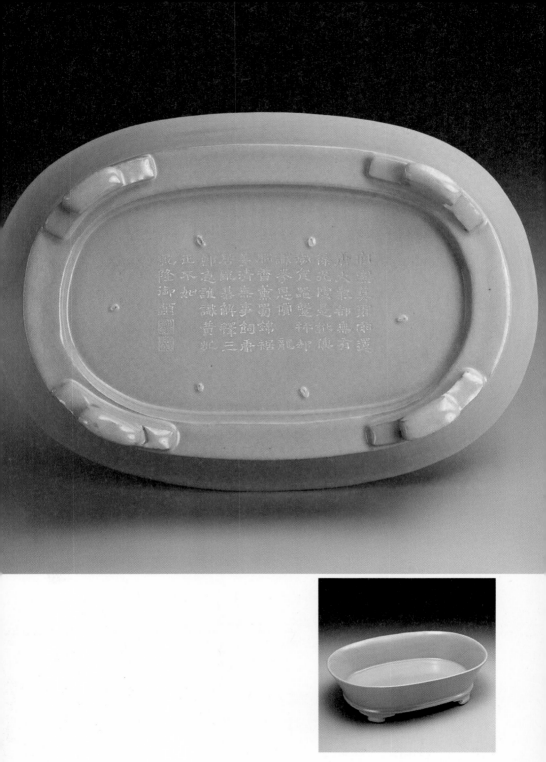

이 아주 생생하다. 북송(北宋)시대 정요(定窯)에서 만들어진 것으로, 정요 자기는 구울 때 숯을 연료로 하기 때문에 가마 안의 산화염으로 인해 유색(釉色)이 회색빛에 가까운 노란색을 띄는 것이 특징이다. 바닥을 보면 유약 흐른 흔적이 조금 남아 있는데, 이를 문인들은 '누흔(淚痕)'이라 하였다. 자기 바닥에는 '건륭계사38년, 춘지어제시관(乾隆癸巳三十八年, 春之御題詩款)'이라는 건륭제의 낙관이 새겨져 있다.

조금 시간이 흐른 남송(南宋)시대의 대표적 자기는 '관요(官窯)청자 해바라기모양세(洗)'다. 화장품 그릇이지만 여지껏 '물그릇'이라는 뜻의 '세(洗)'라고 불려왔다. 그릇은 전체가 여섯 개 꽃잎의 해바라기 모양이다. 꽃잎들은 약간 기울어진 가운데 오목한 작은 동그라미로 한데 모여 마치 활짝 핀 한 송이 꽃을 연상시키는 작품이다. 두껍게 바른 청록색 유약은 색채가 간결하면서도 전체적으로 온화한 빛을 띄는데, 유약이 두껍게 칠해진 부분은 벽옥(碧玉)색을, 유약이 엷은 곳은 옅은 갈색을 띈다.

역시 남송시대 작품인 '용천요(龍泉窯)청자 봉이병(鳳耳瓶)'은 높이 25.5cm, 구경 9.4cm, 저경 9.6cm에 달하는 상당히 큰 작품으로 꽃 병은 접시 모양의 평평한 입이 달린 길고 곧은 목 부분과 배 부분으로 나누어진다. 병 목 양쪽에는 봉황 한쌍(雙鳳) 모양의 귀가 달려 있다. 이는 송대에 시작된 양식이다. 목과 배 부분은 두 단계로 나뉘어져 쭉 직선으로 내려오는 단아한 선이 특징이다. 목 부분에서 틀로 만든 반 입체의 화려한 쌍봉 모양 손잡이와 더불어 접시 모양의 입이 눈길을 끈다. 이러한 병은 송대부터 명대까지 다양한 크기

◀
용천요청자봉이병.

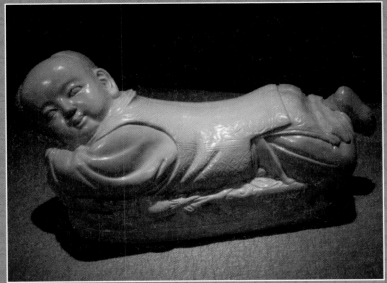

▲ 백자어린이모양베개.

▲ 관요청자해바라기모양세.

로 꾸준히 만들어졌지만 전체적인 자태와 빛깔에 있어서 송대의 것이 정교하고 아름다워 최고로 친다.

원(元)대 대표 유물로는 '균요(鈞窯)자주색점이있는하늘색여의(如意)모양베개'를 들 수 있다. 베개 둘레 벽은 앞은 낮고 뒤가 높게 되어 있어 가운데 부분이 오목하게 패여 있다. 둘레 벽 양측에 조롱박 모양으로 뚫린 구멍이 있어 비어 있는 속을 볼 수도 있다. 전체적으로 파란색 유약을 두텁게 바닥 부분까지 발랐는데, 유약의 구리 성분이 만들어낸 아메바 모양의 붉은 반점들이 눈에 띈다. 건륭제는 이 베개를 감상하고 난 후 "북송시대 것이다."라고 했지만, 실제 만들어진 것은 원대다. 제작 연대를 추정하게 하는 것은 자기의 전체적인 실루엣이 송대 작품들에 비해 단순하고 간결하다. 이는 원대 '여의모양베개'와 송대의 그것을 구분짓는 대표적인 특징이다. 바닥에는 건륭제의 시가 새겨져 있는데 끝 부분에 나오는 '병신년(丙申年)'이라는 문구로 인해 시가 건륭 41년(1776)에 지어졌음을 알게 한다.

역사상 마지막 한족 왕조였던 명(明)대의 작품으로는 선덕제(宣德帝) 제위기인 1426~1435년에 만들어진 것으로 추정되는 '보석홍승모모양주전자(寶石紅僧帽壺)'와 성화제(成化帝) 때인 1465~1487년에 만들어진 '투채(鬥彩)계항배(雞缸杯)'가 눈에 띈다. 이름에서 알 수 있듯 '승모(僧帽 : 승려의 모자)' 모양의 주전자

는 주둥이 부분은 3단계에 걸쳐 점점 높아지는 것이 특징이다. 주둥이는 뾰족하고 손잡이는 편편한데, 손잡이의 양끝은 여의(如意) 모양으로 아로새겨 한쪽은 주전자의 배 부분에 다른 한 쪽은 뚜껑의 가장자리에 붙여져 구연부 가장자리와 수평을 이룬다. 낙관이 없어 정확한 제작 년도를 알 수

는 없지만, 바닥에 새겨진 건륭제의 글귀를 보면, "주전자가 명 선덕(宣德) 연간에 만들어져 자금성 대화재(大和齋) 안에 수장되어 있었다."고 되어 있다. 주전자 몸체에는 '건륭을미중춘어제(乾隆乙未仲春御題)' 라 새겨져 있고, 받침대에는 '옹저청완(雍邸淸玩)' 이라는 글귀가 있어, 옹정·건륭 부자 황제가 모두 이 자기를 아끼고 감상하였다는 것을 알 수 있다. 여기에서도 알 수 있듯이, 선명한 붉은색 유약을 칠한 '보석홍승모모양주전자' 는 특히 청 황실의 사랑을 많이 받았다. 비록 그린이의 이름은 알 수 없으나, 명작으로 꼽히는 '윤진비 행락도(胤禛妃行樂圖)' 라는 그림 속에는 옹정제의 후비(后妃) 옆 선반 위에 '보석홍승모모양주전자' 가 다른 청동기 및 여요(汝窯) 자기와 함께 진열되어 있다. 이는 청 황제들이 이 주전자를 얼마나 아꼈는지를 방증한다. ('윤진(胤禛)' 은 옹정제의 본 이름이다.)

'투채(鬥彩)계항배(雞缸杯)' 는 '황제 전용 술잔(?)' 으로 주둥이 부분이 넓고 벽은 약간 둥글려져 있으며 굽은 낮다. 표면에는 어미 닭과 병아리 그림이 그려져 있는데, 수탉과 암탉이 병아리를 데리고 들에 나가 먹이를 먹는 장면을 묘사하고 있다. 자세히 보면 어미 닭은 머리를 숙이고 벌레를 쪼려 하고 있고 병아리는 날개를 펼치고 뛰어다니고 있어 '병아리 가족의 평화로운 한때'를 표현하여 보는 이의 마음을 따뜻하게 한다. 바닥에는 청화(靑花) 안료로 "대명성화년제(大明成化年製 : 명 성화제 재위기 제작)"라는 해서체(楷書體)로 된 낙관이 있어, 성화 연간에 만들어진 것임을 알 수 있다. 가족애와 화목함을 보여주는 어미 닭과 병아리 그림은 황실과 식자층의 사랑을 한몸에 받았다. 그러다 명 만력제(萬曆帝)가 이 술잔을 가리켜 "성화 계항배는 십만금의 가치를 지녔다."고 말한 뒤로 그 명성은 더욱 높아졌다.

중국 역사상 종합 국력이 최고치에 오른 것은 청(淸)대다. 그중 '강건성세(康乾盛世)' 혹은 '강옹건성세(康雍乾盛世)' 로 불리는 강희제—

투채계항배.

옹정제—건륭제로 이어지는 3대 약 120년 간은 중국 역사상 영토가 최대로 확장되었을 뿐만 아니라, 인구, 생산력 면에서도 최고치를 기록하여 전세계 GDP의 35%를 점하기도 했다. 국력 융성에 힘입어 도자기도 더욱 화려하고 정교해졌는데, 이 시기에는 분채(粉彩)라고도 불리는 법랑채(琺瑯彩)의 제작이 활발했다. 5채(五彩)의 물감에 적당량의 산화염을 섞어 도자기 윗그림 색의 농담을 서로 달리하면 자연스럽게 번져나가 색조가 부드러워져 수채화와 같은 효과를 보이는데, 그중 황제 전용 자기들의 색감은 더욱 화려했다. 국립고궁박물원에는 '법랑채(琺瑯彩) 산수문양주전자'가 이중 압권인데, 옹정제의 전용 주전자였다. 주전자 양면에 푸른색 안료를 사용, 산수화를 그려 넣었는데, 한쪽은 '수접남산근(樹接南山近)' 다른 한쪽은 '연함북저요(煙含北渚遙)'다. 옹정제의 어용(御用) 차주전자는 심플하면서도 시원한 디자인이 선호되었다. 몸체가 땅딸막하고 입구가 큰 이런 형태의 차주전자는 옹정 시기 의흥(宜興) 주전자의 모양을 본떠 제작된 것이다.

이밖에 소장한 유물의 년대가 고르지는 않아 주로 송—원—명—청 4대 왕조의 것이 주를 이루기는 하지만, 각 시대를 대표하는 자기들로 가득 찬 도자기 전시실을 둘러보면, 인류 문명의 역사와 거의 일치한다는 도자기사를 통해 그 시절 사람들이 추구했던 아름다운 기술과 현대 기술로도 100% 재현이 불가능한 하이테크 문명의 결정체가 발산하는 아름다움을 한껏 느낄 수 있다.

▶
법랑채산수문양주전자.
'옹정년제(雍正年製)'
라는 낙관이 찍혀 있다.

붓으로 세상을 움직인 당대 서예가를 만나다

서화

2층의 다른 한 구역은 서화(書畵) 전시실이다. 서성(書聖)으로 불리는 진(晉)대 서예가 왕희지(王羲之)를 비롯, 손과정(孫過庭), 안진경(顏眞卿), 소식(蘇軾), 황정견(黃庭堅), 풍류 황제로 이름 높은 송(宋) 휘종(徽宗), 조맹부(趙孟頫), 문징명(文徵明), 왕총(王寵), 유용(劉墉), 왕탁(王鐸) 등 '붓으로 세상을 움직인' 당대 서예가들의 대표작들이 망라되어 있다.

이중 왕희지의 '쾌설시청첩(快雪時晴帖)'은 '눈이 개인 뒤 안부를 묻는 편지'로 왕희지의 흔치 않은 진본 중 하나이다. 역대 중국 황제들도 '서성 왕희지'의 작품들을 몹시 아꼈다. 그중 당 태종과 청 건륭제가 유별났다. 당 태종 이세민(李世民)은 '쾌설시청첩'을 몹시 사랑하여 진본을 자신과 함께 묻어달라고 할 정도였다. 후에 시간은 흘러 쾌설시청첩은 청 건륭제의 손에 들어오게 되었다. 그는 작품을 아끼고 사랑하여 "천하에 둘도 없고, 자고이래로 이에 대적할 만한 것이 없다(天下無雙, 古今鮮對)."라고 칭송하였다. 더하여 이 작품을 왕헌지(王獻之)의 '중추첩(中秋帖)', 왕순(王珣)의 '백원첩(伯遠帖)'과 더불어 '3가지 희귀한 물건'이라는 뜻의 '삼희(三希)'라 하고, 자금성 양심전(養心殿) 안에 삼희당(三希堂)이라는 개인 서재를 만들어 고이 간직하였다. 당대 최고

▶
쾌설시청첩.

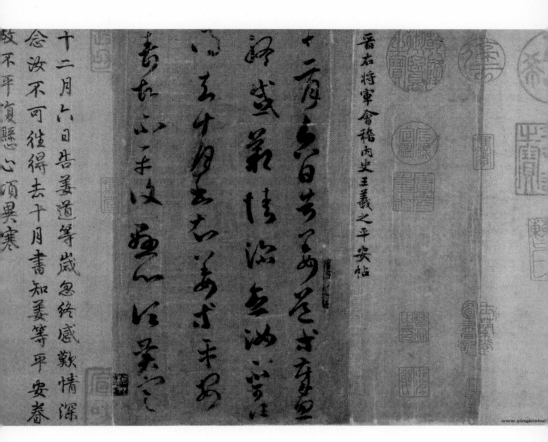

의 미술품 컬렉터 중 한사람이었던 건륭제는 자신의 소유가 된 작품들에 낙관(落款)을 찍어 '소유권 표시(?)'를 하였는데, 왕희지의 작품에는 '삼희당'이라는 낙관을 3개나 찍어, 작품에 대한 남다른 애정을 표시하기도 하였다.

　서화 작품 중 놓치지 말아야 할 것은 당(唐)대 작품 '당인궁악도(唐人宮樂圖)', 북송(北宋)시대 곽희(郭熙)의 대표작 '조춘도(早春圖)', 명(明)대 구영(仇英)의 '한궁춘효(漢宮春曉)'를 들 수 있다.

　'당인궁악도'는 당대로 추정되는 궁중에서 비빈(妃嬪)들이 시를 읊고, 술과 차를 마시며, 음악을 연주하는 '즐거운 한때'를 보내는 장면을

묘사한 그림이다. 등장인물들의 표정과 동작은 생동감이 넘치고, 중국
전통 악기인 비파, 고쟁, 생(笙) 등을 연주하는 장면이 사실적으로 묘사
되었다. 이 작품을 그린 사람이 누구인지는 알려져 있지 않다. 그린이의
낙관이 없기 때문이다. 그림에 첨부된 쪽지에는 '원인궁악도(元人宮樂
圖)' 라 되어 있어, 작품의 배경이 당대가 아닌 원대라는 실마리를 주었
다. 후에 그림을 고증한 결과 등장하는 인물들의 머리 모양, 악기를 연
주하는 모습 등을 종합할 때 당 말기 유행과 관련이 있어, 작품의 배경
은 원대가 아닌 당대로 추정하였고, '원인궁악도' 가 아닌 '당인궁악도'
로 바꿔 부르고 있다.

　한국 산수화에 큰 영향을 끼친 작품은 곽희의 '조춘도' 다. 이름 그대
로 '이른 봄(早春)' 의 정경을 묘사한 이 작품은 높이 158.3㎝에 폭
108.1㎝의 대작으로 곽희의 대표작이다. 그는 송 신종(神宗)의 눈에 들
어 궁정 화사(畫師)가 되어 궁정과 사찰 장식용 그림들을 많이 그렸다.
훗날 그는 한림도화원(翰林圖畫院)의 책임자인 대조(待詔)까지 승진하
는 등 능력을 인정받았다. 곽희는 큰 폭의 산수화를 주로 그렸는데, 소

나무의 자태나 연기, 구름의 모양이 변화하는 모습을 묘사하는데 뛰어
난 재능을 보였다. '조춘도'는 1072년 작품으로 고원(高遠), 심원(深
遠), 평원(平遠)의 원근법을 종합적으로 사용하여, 시시각각 변화하는
자연의 오묘함을 잘 표현하였다. 생동감 있는 화법으로 그림이 마치 살
아 움직이는 듯한 느낌을 주는데, 작품에서 곽희는 '갈 수 있고(可行)',
'볼 수 있으며(可望)', '머무를 수 있고(可居)', '노닐 수 있는(可游)' 이상
향적인 산수를 화폭에 담았다.

  '한나라 궁전의 봄날 아침'이라는 뜻의 '한궁춘효(漢宮春曉)'는 심
주(沈周), 문징명(文徵明), 당인(唐寅)과 더불어 '명4대가(明四大家)'로
불리는 구영(仇英)의 대표작 중 하나이다. 본디 낮은 신분이었던 그는
칠기 장인(漆匠) 출신으로 그림을 그려 생계를 유지하였다. 그러다 주
신(周臣)에게 본격적으로 그림을 배웠고, 당대 화인들과 교류를 시작하
였다. 그는 풍속화와 인물화에 뛰어났고, 산수화와 꽃과 새그림(花鳥
畵)에도 일가견이 있었다. 특히 미인 풍속화를 많이 남겼고, 이를 하나
의 화풍으로 만들기도 하였다. 구영이 그린 인물화 중 '한궁춘효', '문

희귀한(文姬歸漢)' 등은 모두 중국 역사 속의 고사를 주제로 하였는데, 그림 속에 묘사된 인물의 얼굴 윤곽은 세밀하고, 표정이 요염한 것이 특징이다.

'한궁춘효'에는 한(漢)대 궁궐의 미인들과 함께, 이를 그리는 남자 화인이 등장한다. 전한(前漢) 11대 원제(元帝)시기, 황제는 후궁 여관(女官)들을 화공에게 그리게 하여, 이를 보고 미녀를 골랐던 것을 묘사한 것으로 보인다. 당대 화가 모연수(毛延壽)가 황제의 명을 받아 미녀들의 '프로필 그림'을 그렸는데, 당시 여관들은 천자의 간택을 받기 위해 뇌물을 주어 실물보다 예쁘게 그리게 하는 것이 일반적이었다. 다만 '중국 4대 미인'으로 꼽히는 왕소군(王昭君)은 모연수에게 뇌물을 주지 않았기에 모연수는 그녀를 추하게 그려 바쳤다. 훗날 원제는 흉노와의 화친을 위해 궁중 여인들 중에서 못생긴 여인을 골라 보내기로 결정하였다. 그중 '프로필 사진'의 모습이 추한 왕소군이 선택되어 흉노 왕에게 시집가게 되었다. 왕소군이 흉노로 떠나는 날 실물을 본 원제는 그녀가 너무 아름다워 모연수의 그림이 거짓임을 알게 되고, 그를 추궁하여 사실을 알게 되자 노하여 모연수를 죽여 시체를 거리에 버렸다는 이야기가 전해진다. '한궁춘효'는 미인들의 자태를 화폭에 담는 모연수를 모티브로 한 것으로 짐작된다.

그밖에도 들러봄직한 곳은 1층 특별전시구역이다. 각 구역별로 불상을 비롯한 불교 미술, 청 황실 유물, 청대 가구 등을 주제별로 전시하고 있다. 이곳을 둘러보는 것은 국립고궁박물원 관람의 보너스다. 청의 지배 민족이던 만주족과 당시 국교였던 티베트 불교 관련 유물들이 눈에 띄는데, 지금은 '죽은 언어(死語)'가 되어버린 만주어와 티베트어로 기록된 각종 공문서와 불경 등이 이채롭다.

이렇게 국립고궁박물원을 둘러보다보면 다리도 아프고 배도 고프

▶
삼희당.

다. 지친 관람객을 위한 장소는 본관 4층, 삼희당(三希堂)이다. 이미 이
야기했듯이 청 건륭제의 개인 서고에서 유래한 이곳은 자금성 양심전
삼희당의 모습을 재현해놓았는데, 전아(典雅)한 분위기 속에서 차와 딤
섬(點心)을 곁들여 휴식을 취하기 좋은 곳이다. 마치 중국 황제가 된 기
분을 느끼면서 말이다. 삼희당에서 요기를 한 후 다시금 '중국 황제·
황후가 된 기분'을 느끼며 산책을 할 수 있는 곳은 박물원 정문 오른편
의 정원 지선원(至善園)이다. 1984년 문을 연 이곳은 중국 전통 정원 양
식을 재현해두었으며, 아담한 정자에 올라 물 흐르는 소리를 들으며 망
중한을 즐기기 안성맞춤이다.

제3부

대만의 역사를 알아야
타이베이의 오늘이 보인다

대만의 역사를 모르고선 오늘의 대만을 이해하기 어렵다. 우리와 같은 일제 식민지를 겪었고, 이념 차이로 인한 분단, 그리고 본성인과 외성인과의 갈등, 세계에서 가장 긴 38년 간의 계엄령 등 나름의 아픔을 간직하고 있다. 이들의 역사를 통해 빚어진 대만인의 정체성과 문화적 특성을 안다는 것은 타이베이를 더욱 깊게 느낄 수 있는 열쇠이다. 이를 위해 3부에서는 대만의 현대사를 품은 공간으로 안내한다.

대만 현대 정치사의 주역들

총통부

　대만의 수도 타이베이, 그중에서도 '도시의 심장'이라 할 수 있는 지역은 쑨원의 '박애(博愛)' 사상에서 이름이 유래한 보아이특구(博愛特區)다. 이곳은 서울의 세종로, 워싱턴D.C, 도쿄의 나가타초(永田町)·가스미가세키(霞が關)와 같은 행정·입법·사법 중심지다. '국가 권력의 핵심'이라 할 수 있는 총통부(總統府) 청사를 비롯해 5권 분립제를 채택하고 있는 대만 정부의 주요 기관들이 자리하고 있다. (행정·사법·입법·고시·감찰의 5원 중 '고시원'만 타이베이 남부 징메이(景美)에 따로 청사를 두고 있다.) 보아이특구에는 50년 일본 식민 지배의 유산(?)인 르네상스식 건축물들이 즐비하다. '일본', '일본인', '일본 것'을 좋아하는 대만에서 현지 표현으로 '화풍(和風 : 야마토풍)'이라 하는 일본색을 가장 진하게 느낄 수 있는 곳이다.

　총통부 앞 광장을 마주 보고 있는 징푸문(景福門)은 우리네 숭례문, 흥인지문이 그러하듯, 도로 한복판에 성문만 덩그러니 남아 있는데 보통 둥먼(東門)이라 부른다. 이는 청(淸)대에 지어진 '타이베이성'의 흔적이다. '대만 근대화의 아버지'로 불리는 초대 대만성 순무(巡撫 : 청대 1개 성을 책임지던 지방 행정관) 류밍촨에 의해 타이베이 방위력 증강 사업의 일환으로 1881년 공사를 시작하여 1884년 완공된 타이베이성

▶
보아이특구에 남은 일본 식민 지배의 흔적들.
❶ 행정원
❷ 입법원 본청
❸ 총통부.
❹ 감찰원
❺ 사법원

①②

③

④ ⑤

의 동쪽 문이다. 다만 운명의 장난인지, 타이베이성이 완공된 지 1년 만에 대만은 일본에 할양되었고, 새로운 지배자가 된 일본은 도시 계획에 방해가 된다는 이유로 성벽을 다 헐어내어 현재는 성문들만 남아 있다.

보아이특구의 중심은 총통부(總統府)다. 이 건물로 말하자면, 1919년 대만총독부 청사로 지은 건물로 지금은 사라진 구조선총독부와 이란성 쌍둥이 같은 존재다. 하늘에서 바라보면 일본을 상징하는 '날일(日)'자인 것도 같고, 기본 설계나 연면적도 거의 같다. 건물 외부 마감재로 화강암이 사용된 조선총독부와 달리 붉은색 벽돌이 사용된 것, 건물 중앙탑이 훨씬 높은 것에서 차이가 날 뿐이다. 총통부가 바라보는 방향은 동쪽으로 '대만이 영원히 일본의 식민지가 되게 해달라'는 염원과 '일본 국왕을 향한 충성'을 상징한다. 당시 일본인들 표현을 빌리자면 '궁성요배(宮城遙拜 : 일본 국왕이 살던 도쿄 황거를 향해 절을 하던 의식)'를 하는 건물인 셈이다.

총통부 건물에 대해 건축가 황준밍(黃俊銘)이 쓴 《총독부 이야기(總督府物語)》를 보면 나가노 우헤이지(長野宇平治)의 원 설계안에는 중앙 고층탑이 없었으나, 대만총독부 건축 기사 모리야마 마츠노스케(松山森之助)의 의견이 반영되어 '식민정부의 위엄'을 상징하는 중앙 고층탑이 추가되었다고 씌어 있다. 완공 당시 대만에서 가장 높은 건물이었다. 당시 유행하던 건축 양식으로 화려한 외부 마감이 특징인 르네상스식의 일종인 앤 여왕(Queen Anne) 양식이다.

대만총독부가 수난을 당한 것은 태평양전쟁 시기다. 1942년 미드웨이(Midway) 해전 승리 후 일본 본토를 향해 점점 목을 죄어오던 미군은 일본의 동남아시아 진출의 교두보 대만을 공습하기 시작했다. 그중 종전 직전인 1945년의 대대적인 공습으로 총통부도 심각한 피해를 입었다. 그러다 1947년 복원 공사를 통해 원래 모습을 되찾을 수 있었다. 1949년 국민당 정부가 대만으로 온 후부터 총통부 청사로 오늘날까지 사용되고 있다.

총통 집무실이 자리한 곳답게 총통부 청사 경비는 삼엄한 편이다. 해군 육전대(陸戰隊 : 해병대)를 비롯하여 경찰들이 에워싸고 있고, 주변에도 눈에 보이지는 않지만 곳곳에 사복 경호대가 지키고 있다. 일부 제한된 구역에 한해서는 외국인들에게도 개방되고 있으나, 관람을 위해서는 반드시 여권을 소지해야 한다. (외국인 거류증이 있다 하더라도, 여권을 반드시 지참해야 한다.) 국경일이나 국가 기념일에는 좀 더 많은 구역을 개방하는데, 나도 2012년 어머니날(母親節)을 맞이하여 특별 개방할 때 방문하여 총통부 구석구석을 살펴볼 수 있었다.

총통부에서 가장 중요하고 상징적인 공간은 대례당(大禮堂)이다. 이름 그대로 큰 행사가 치러지는 방인 이곳에서는 국가 차원의 중요 행사가 열리는데, 첫 총통 직접 선거가 실시된 1996년 이후로 4년마다 있는 '총통 취임식'도 여기서 치러진다.

1949년 중화민국 정부가 대만으로 온 이례, 대례당에서 첫 취임 선서를 한 사람은 장제스였다. 그는 중화민국이 아직 본토에서 공산당과 대결하고 있던 1947년 12월 25일 난징(南京)에서 헌법 시행 후 중화민국 첫 총통으로 취임하였다. 당시 공산당과의 전쟁은 날이 갈수록 불리해져 1948년부터 '승리의 여신'은 마오쩌둥(毛澤東)의 편에 서기 시작했고, 총통 취임 만 1년 후인 1949년 정초에는 전세가 돌이킬 수 없는 지경에 이르렀다. 이에 책임을 지고 장제스는 총통직 하야(下野)를 선언할 수밖에 없었다.

장제스가 물러난 자리는 '헌법'에 의해 부총통 리쭝런(李宗仁)이 이었다. '대리총통'이 된 그는 노심초사하며 이미 기울어진 전세를 만회하려 하는 한편, 공산당과 협상을 통해 돌파구를 찾으려 하였다. 다만 국가 원수인 총통직에서는 물러났어도 장제스는 국민당 총재 자리에 그대로 있었고, 당국체제(黨國體制)라는 '당'이 '국가'를 영도하는 체제하에서 '대리총통' 자리는 허수아비에 불과했다. 중화민국의 실제 통치자가 장제스임은 변함 없었던 것이다. 명목상 총통이었던 리쭝런은 장제스와의 갈등 끝에, 국·공내전에서 공산당에 완전히 패하여 중화민국 정부가 대만으로 갈 때 대만으로 따라가지 않고, 미국으로 건너갔다가 1969년 베이징으로 돌아가 생을 마쳤다.

명목상 하야한 전직 총통이지만, 여전히 유일한 정당인 국민당 최고 지도자였던 장제스는 대만으로 온 이듬해인 1950년 3월 총통 복직을 선언하였고, '거수기'에 불과했던 최고 헌법 기관 국민대회(國民大會)의 간접 선거 절차를 거쳐 6년마다 총통에 선출되었다. 러닝메이트인 부총통을 천청, 옌자간으로 바꿔가면서 말이다. 당시 '헌법'에 총통직은 연임만 가능하였으나, '동원감람시기임시조관(국가비상시기임시법령)'에 의하여 연임 제한을 폐지하여 1975년 세상을 떠날 때까지 종신 총통이 되었다.

장제스가 세상을 떠날 때 부총통은 옌자간(嚴家淦)이었다. 장쑤성(江蘇省) 쑤저우(蘇州)가 고향인 그는 유명 미션스쿨 상하이 세인트존스대학을 졸업한 후 국민당 정부 관료가 되었다. 옌자간은 경제·재정 부문에서 주로 활동하며 엘리트 경제 관료로 커리어를 쌓아나갔고, 대만 수복 후에는 대만성 정부 재정청장, 대만은행(臺灣銀行) 이사장 등 요직을 맡아 활약하였다. 특히 재정청장 시절에는 화폐 개혁을 실시, 오늘날 대만에서 사용하고 있는 화폐인 신대만달러(New Taiwan Dollar, NTD)를 발권하고 만성 인플레이션에 시달리고 있던 대만 경제를 안정시키는 데 공헌하기도 하였다. 이런 공로와 능력을 인정받아 행정원 경제부장, 재정부장, 대만성 정부 주석 등 요직을 두루 거쳤고, 경제 발전 초기 대만 경제의 청사진을 제시하는 데 큰 역할을 하였다. 이후 1963년에는 행정원장, 1966년에는 부총통이 되었고, 1972년 연임하였다. 그러다 1975년 장제스가 세상을 떠남으로서 '헌법'에 의해 그의 남은 3년 임

기를 이어받아 1978년까지 총통이 되었다.

장제스가 옌자간을 신임한 이유는 경제관료로서의 탁월한 능력에다 소탈하고 권력에 욕심이 없는 성품 때문이었다. 장제스는 유일한 혈육 장징궈를 일찌감치 후계자로 낙점한 후 '황태자 수업'을 시키고 있었는데, 본디 권력욕이 없고, '과도기적 권력 승계자'라는 주제 파악(?)을 정확히 하고 있었던 옌자간은 이상적인 후계자였다. 실제 1975년 장제스가 하느님의 부름을 받은 후, 그의 남은 3년 총통 임기를 채우게 된 옌자간은 철저히 자신을 낮추고, 행정원장(行政院長 : 국무총리 해당)이자 국민당 주석이었던 장징궈가 실질적인 권한을 행사하도록 하였다. '명목상 총통'은 그였지만, '살아 있는 권력'이자 '미래 권력'은 장징궈임을 잘 알고 있었기 때문이다. 이런 옌자간과 장징궈의 공동 통치기를 이른바 '옌-장 통치기'라 부른다. 이 기간 동안은 강력한 총통에 가려서 '중화민국 헌법'에 보장된 권한을 행사하지 못하였던 행정원장이 '헌법에 걸맞은' 권한을 행사할 수 있었기에, 본디 헌법 정신에 맞게 국정 운영이 되었던 시기로 평가받고 있다. '무위정치(無爲政治)'를 펼쳤다고도 평가받는 옌자간은 겸손하고 유연하게 국정 운영을 하여, 장징궈와 마찰을 없앴는데, 당시 두 사람의 관계를 보여주는 대표적인 이야기로는 이런 것이 있다.

어느 날 장징궈 행정원장의 비서가 총통부로 전화를 걸어 이렇게 이야기했다.

"행정원장이 총통께 긴히 상의드릴 것이 있어서 총통부를 방문하고 싶어하는데, 언제가 좋으십니까?"

그러자 총통부에서는 이렇게 대답했다.

"총통께 여쭤보니 행정원장께서 오실 필요가 없다고 합니다."

'아니 아무리 총통이라 하지만, 감히 실권자 행정원장이 방문하겠다는데 무시하는 거야?' 라는 생각에, 당혹한 행정원장의 비서가 놀라서 잠시 생각하는 사이, 총통부 비서는 '옌자간 총통의 지시'를 전했다.

"총통께서 다른 일로 출타하실 계획이 있으신데, 돌아오시는 길에 행정원에 들러 행정원장을 만나시겠다고 합니다. 행정원장께 이렇게 전해주십시오."

옌자간은 1978년 3년의 잔여 임기를 채운 후, '미련 없이' 퇴임하였고, 중화문화부흥운동추진위원회(中華文化復興運動推行委員會) 회장, 국립고궁박물원관리위원회 주임위원 등 명예직만을 맡아 활동하면서 조용한 여생을 보내다 1992년 세상을 떠났다.

1978년 행정원장 장징궈는 '장(蔣)씨 가문'의 2번째 총통으로 취임하였다. 3년 전부터 행정부 수반인 행정원장 겸 '유일 합법정당' 국민당 주석으로서 실질적인 총통이었던 그가 명실상부한 최고권력자가 된 것이다. 다만 총통이 되었을 때 상황은 좋지 못했다. 안에서는 그 동안 억눌렸던 민주화 욕구가 분출되기 시작하여 '국민당 독재 체제'를 뒤흔드는 사건들이 일어났다. 엎친 데 덮친 격으로 외교적 고립도 심화되어, 1978년 12월, 최대 우방 미국이 다음해 1월 1일부로 중국과 수교하고 대만과는 외교 관계를 단절한다고 발표하였다. 전세계를 뒤흔들었던 '1·2차 석유 위기'의 충격 또한 대외의존도가 높은 대만도 피해갈 수 없었다. 말 그대로 내우외환(內憂外患)의 시기에 '대만함'의 선장이 된 그는 나라의 장래를 위해 노심초사하였다. '1·2차 석유 위기'에는 공세적으로 대응하여, '10대 건설 계획'이라는 대규모 공공투자계획을 추진하여, 대만의 미래를 위해 필요한 각종 인프라스트럭처를 확충하였고, 재정 지출을 통한 경기 부양을 동시에 꾀하였다. 이 계획은 당시 정부 1년 지출 예산의 3.2배에 달하는 재원이 필요한 엄청난 계획이었기에 반대에 부딪히기도 했지만, 그는 뚝심으로 밀어붙여 '경기 부양'과 '인프라스트럭처 확충'이라는 두 마리 토끼를 다 잡으며, 대만을 경제 위기에서 구원하였다.

대만을 점점 옭죄어오던 외교 고립 문제는 '탄성외교(彈性外交)' 정책으로 풀어나갔다. 대만의 탄탄한 경제력을 바탕으로 '실질적인 외교 관계 수립'을 목표로 아버지 장제스 시대보다 유연하고, 실용적인 태도로 국제 무대에서 대만의 생존 공간을 확보해나갔다. 1971년 국제연합(UN) 퇴출, 1972년 대(對) 일본 단교, 1979년 대 미국 단교로 이어지는 일련의 '단교 쓰나미' 속에서 대만의 공식 수교국은 20개 내외로 줄어들었지만, 30여 개의 비(非)수교국에 '타이베이경제문화대표부(Taipei Economic and Culture Representative Office, TECRO)'라 부르는 비공식 대표부를 설치, '실질 외교 관계'를 유지할 수 있었다. 비록 국제연합과 그 산하기구에서는 자리를 잃었지만, 그 외 300여 개 민간 국제기구에서는 '중화타이베이(中華臺北, Chinese Taipei)'의 이름으로 참여, 국제 무대에서 대만의 생존 공간을 확보할 수 있었다.

이렇듯 경제와 외교 부문에서 그는 훌륭히 '구원투수' 역할을 수행하였지만, 국내 정치 문제는 간단치 않았다. 1949년부터 지속되고 있던 길고 긴 계엄령하에서 억눌렸던 민주화를 위한 욕구가 분출되기 시작한 것이었다. 1979년 12월 가오슝(高雄)에서 발생한 '메이리다오(美麗島) 사건'이 대표적이다. 당시 대만에서는 이른바 '3금(禁)조치'하에서 일체 정당 설립과 신문 발간은 당국에 의해 엄격하게 금지되고 있었다. 이 속에서 재야인사들은 '지하 잡지' 발간을 통해 힘도 모으고, 국민당 정부에 대한 비판의 목소리를 높였다. 그중 1979년 '지령(紙齡) 1호'를 낸 〈메이리다오〉는 선풍적인 인기를 끌며, 재야인사들의 구심점이 되었다. 여기에 정당 설립이나 정치 조직을 만드는 것 자체가 불법인 상황에서 〈메이리다오〉의 지방 지사들은 사실상 정당 사무소 역할을 하였다. 창간 몇 달 만에 발행 부수 10만 부를 가볍게 넘기며, 무섭게 세력을 키워가던 〈메이리다오〉는 국민당 정부 눈에는 '반드시 잘라야 할 파란 싹'이었다. 그러다 1979년 12월 10일 '세계 인권의 날'을 맞이하여, 〈메

▶
옌자간.

이리다오〉측은 남부 최대 도시 가오슝에서 '세계 인권의 날' 기념 집회 허가를 신청하였다. 정부는 이를 허가하지 않았고 주최측은 행사를 강행하였다. 경찰은 '불법 집회'라는 명분으로 강제 해산에 나서 정부와 〈메이리다오〉측은 충돌을 벌였다. 정부가 '가오슝폭력사건반란안(高雄暴力事件叛亂案)'이라 이름 붙인 이 사건에서 민주화 운동 지도부는 대부분 구속되어 군사 법정에 넘겨졌고, 이듬해인 1980년 1월 재판에서 '국가 반역죄' 명목으로 10년 내외의 중형을 선고받았다. 당시 감옥에 간 재야인사들에는 훗날 민진당 정부 부총통이 되는 뤼슈롄(呂秀蓮), 현 민선 가오슝 시장 천쥐(陳菊), 훗날 천수이볜 하야 운동 총사령관이 되는 스밍더(施明德) 등이 포함 되어 있었다. 비록 실패로 끝났지만 '메이리다오 사건'은 1986년 창당되는 최초의 야당 민주진보당 성립의 밑거름이 되었고, 대만 민주화 운동의 여정에도 모멘텀이 되었다.

이렇듯 나라 안팎의 위기 속에서 10년 동안 총통의 권좌에 있었던 장징궈의 재임 기간은 순탄하지 못했다. 여기에다 메이리다오 사건이 그의 업적에 큰 생채기를 낸 것은 사실이다. 그럼에도 소탈함과 검소함이 몸에 밴 장징궈는 늘 국민들과 함께하며, 대만의 미래를 위해 절치부심하였고, 이런 그를 많은 대만 국민들은 여전히 그리워하고 있다.

'위기의 대만호'의 선장이 되었던 장징궈는 1988년 1월 말년의 그를 괴롭혔던 당뇨병과 합병증으로 세상을 떠나고, 역시 '헌법'에 의해 부총통이던 리덩후이(李登輝)가 뒤를 이었다. 객가인(客家人 : 본래 중원이라 부르는 중국 중심 지역에 거주하다 전란기에 중국을 비롯 동남아시아 각지로 이주한 종족)을 아버지로 민남인(閩南人 : 중국 푸젠성을 원고향으로 하는 대만 주민의 다수를 이루는 종족)을 어머니로 둔 그는 역사상 첫 '대만인(본성인)' 출신 총통이었다. 그가 즐겨 사용한 표현에 따르자면 '400년 대만 역사상 첫 대만인 총통'이다. 장징궈는 재임기간부터 자신이 세상을 떠난 후에는 '장씨 일가'의 대만 통치는 끝나야 하며, 이왕이면 전체 국민의 다수를 차지하는 대만인(본성인)에 의해 다스려져야 한다는 신념을 가지고 있었다. 이에 따라 그는 본토화(대만화)도 적극 추진하고, 본성인 출신 인재들도 적극 발굴하여 당과 정부의 요직에 발탁하였는데, 그 대표주자가 리덩후이였다.

이른바 '대일본제국'의 기세가 그네들의 국기 이름대로 '욱일승천(旭日昇天)'하던 시기 식민지였던 대만에서 리덩후이의 표현대로 '황국 2등 신민의 설움'을 안고 태어난 그는 철저한 '황민화 교육'을 받았다. 타이베이고등학교(현 국립대만사범대학 전신)를 거쳐 일본 교토제국대학(京都帝國大學) 농업경제학부에서 유학하였다. 유학 시절 그는 일본에서 유행하던 공산주의 사상에 빠져 공산당원이 되기도 하였는데, 이는 훗날 2.28사건 때 고초를 치르고 그 후에도 사상 문제로 의심받는 실마리가 되었다. 일본 패망으로 인해 학업을 중단하고 대만으로 돌아온 그는 국립대만대학 농업경제학과에 편입하여 학업을 마쳤고, 졸업 후에는 정부에서 농업경제 전문가로서 경력을 쌓아갔다. 그러다 미국 아이오와대학과 코넬대학에 유학, 농업경제학 박사학위를 받았다. 관운도 순조로워 장징궈가 추진한 '본토화 정책'의 대표적인 수혜자로 고속 승진하여 1972년 행정원 정무위원(政務委員 : 무임소 장관)이 되었고,

1978년 관선 타이베이 시장, 1981년 대만성 주석을 거쳐 1984년 부총통이 되었다. 그가 부총통이 되었을 때, 장징궈의 건강은 이미 나빠진 상태였고, '중화민국 헌법'에 의할 때, 총통의 유고(有故)시 뒤를 이을 부총통에 그를 임명한 것을 두고 세간에서는 말이 많았다. 여기에는 리덩후이의 출신 배경과 과거 공산당에 몸담았던 경력, 친일 성향 등이 복합적으로 작용하였다. 무엇보다 그는 외성인이 아닌 본성인 출신에, 정치가가 아닌 '학자' 출신이었다.

장징궈가 리덩후이를 후계자로 낙점한 배경에는, 자신이 아버지로부터 권력을 넘겨 받을 때 '중간 다리' 역할을 하였던 전임자 옌자간과 같은 역할을 리덩후이가 해주기를 원해서였다. 그러하기에 겉으로 보기에 책상물림 출신에, 권력욕이 없고, 겸손하기 그지없는 리덩후이는 적임자였다. 게다가 그는 국민의 다수를 이루는 본성인 출신이었다.

이런 장징궈의 의중을 알아챈 리덩후이는 '입안의 혀'처럼 처신하였다. 그가 야심이 있는지 없는지를 떠보기 위해 "당신의 꿈은 무엇이냐?"라고 장징궈가 묻자 그는 장로교 신자임을 들어 "저의 꿈은 목회자가 되어 하느님의 뜻을 받드는 것입니다."라고 대답하기도 했으며, 장징궈가 "나 가거든…" 이야기를 할 때마다, 그는 눈물까지 글썽이며,

"총통! 총통께서 없는 세상은 상상하기도 싫습니다. 만약 총통께서 세상을 떠나셔도 저는 총통의 유지를 받들겠습니다."

라고 대답해 장징궈를 안심시켰다. 여기에다 그는 부총통이라는 국가 2인자가 된 후에도 자신의 본업은 농업경제학자이자 대학교수임을 강조하며, 여러 대학에 '겸임교수'로 적을 두고 연구에 몰두하였다. 심지어 대학원생 논문 지도를 맡기도 하였다. "나는 정치는 몰라요. 관심도 없어요. 야심도 없어요."라는 의사 표시였다.

이렇게 '마음을 푹 놓은 채' 장징궈가 하느님 곁으로 떠난 후 리덩후이는 드디어 '국가 의전 서열 No.1'인 총통이 되었다. 다만 총통이 되었

음에도 실제 권력을 얻는 과정은 순탄치 않았다. '당국체제(黨國體制)'라는 당 우위의 정치체제하에서 실제 국가의 주요 의사 결정은 정부보다는 국민당에서 이루어졌고, 총통이 되는 것보다 국민당 주석이 되는 것이 실질적으로 더 중요했다. 리덩후이가 총통 자리를 잇는 것이야, '헌법상의 문제'였기에 막을 수 없었지만, 국민당 주석이 되는 것에는 많은 견제가 따랐다. 행정원장 위궈화(俞國華), 국민당 비서장 리환(李煥), 참모총장(합참의장) 하오보춘(郝柏村)으로 대표되는 외성인 원로들은 기본적으로 "리덩후이가 총통이 되는 것은 몰라도, 국민당 주석이 되어 당권을 장악하는 것은 절대 안 된다."라는 입장이었다. 여기에다 전부터 리덩후이를 미심쩍어 하던 쑹메이링(宋美齡)은 남편과 아들이 없는 상황에서 '자신이 직접 국민당 주석이 될 수 있다'는 입장이었다.

이 속에서 리덩후이는 '자세를 한껏 낮추어' 자신에게 비판적인 국민당 원로들을 설득했고, 쑹추위(宋楚瑜), 자오사오캉, 마잉주(馬英九) 등 당내 소장파들의 지지를 얻어 국민당 '대리주석'이 되어, 국가 권력과 당권을 모두 쥐었다. 여기에 쑹메이링도 "충직하고 믿음직스럽다."고 말하며 한발 물러설 수밖에 없었다.

총통과 국민당 주석이라는 권력의 칼을 양손에 거머쥔 리덩후이는 12년 재임 기간 동안 꼭꼭 숨겨온 본모습을 드러내며, 현란한 정치술을 선보였다. 우선 국민당 수석부비서장 쑹추위로 대표되던 외성인 2세 엘리트들과 손을 잡고, 자신에게 비판적이었던 외성인 1세 원로들을 하나둘씩 쳐내기 시작하였다. 행정권을 장악하고 있던 위궈화는 '여성과의 스캔들' 등을 빌미로 불명예 퇴진시켰고, 총통부 시위장(侍衛長 : 경호실장) 시절부터 장씨 가문의 신임을 한 몸에 받고 있던 군부 실력자 하오보춘 참모총장(합참의장)을 일단 국방부장(장관)으로 승진시켜, '군령권(軍令權)'에서 멀어지게 하였다. 그러다 행정원장(국무총리 해당)으로 다시 임명하여, 군권을 아예 빼앗아버렸다.

▶
리덩후이.

　이렇게 원로파들을 다 쳐낸 리덩후이는 '토사구팽(兎死狗烹)'은 어떻게 해야 하는지를 제대로 보여주었다. '토끼(원로파) 사냥'이 끝나 쓸모가 없어졌을 뿐더러, 앞날에 방해가 된다 판단되었던 '사냥개(소장파)'들을 하나둘씩 실각시킨 것이다. 이 속에서 '정치 신동'으로 불리던 자오사오캉은 국민당을 탈당하여 보다 선명한 친중국·통일 노선을 내세우는 신당(新黨)을 만들어나갔다.

　외성인 2세 엘리트 중 가장 늦게, 그러나 제대로 리덩후이의 칼을 맞은 사람은 쑹추위였다. 그는 미국 조지타운대학 국제정치학 박사 출신으로 장징궈의 비서로 정계에 입문하였고 정치 감각이 뛰어나고 대중 친화력이 좋아 국민들에게 인기가 높았다. 1994년 처음 치러진 대만성 성장(省長) 직접 선거에서는 '외성인'이라는 핸디캡을 극복하고, 압도적인 지지로 당선되었다. 취임 후 인기는 날로 더하여, '소총통'이라는 별칭까지 얻었다. (당시 대만성은 타이베이·가오슝과 푸젠성 관할 지역을 제외한 대만 전국토의 96%에 달하는 면적을 관할하였다.) '토사구팽 파이널 미션'의 대상자가 쑹추위가 되는 것은 어쩌면 자연스러운 일이었다. 1996년 리덩후이는 '국가발전회의'를 소집하여 헌법 개정을 추진하였다. 골자는 대만성 동성(凍省 : '성을 얼린다'라는 뜻으로 대만성

자치제 및 성장 직선제 폐지)으로, '소총통'이라 불리며 유력 대권주자로 성큼 커버린 쑹추위의 권력 기반을 송두리째 흔들어버리겠다는 심산이었다. 물론 그가 내세운 명분은 '행정 효율화와 국가 경쟁력 제고'였다. 쑹추위는 격렬히 반발하였고, '성장직 사퇴'라는 배수진을 쳤다. 이에 리덩후이는 이렇게 말하며 그를 꼬드겼다. "어차피 내 임기는 2000년 봄이면 끝나고, 더 하려야 할 수도 없어. 네가 인기가 제일 좋으니, 다음 총통 선거에 나가 총통이 되면 되지, 그까짓 대만성 성장이 뭐 대수니? 내가 다음 총통 후보 경선 때는 팍팍 밀어줄 테니 이 일로 너무 서운하게 생각하지 말렴. 내 마음 알지?"

결국 리덩후이의 사탕발림에 넘어간 쑹추위는 '성장직 사퇴' 카드를 접고, 1998년 4년 임기를 채우고 퇴임하여, '처음이자 마지막인 민선 대만성 성장'으로 남았다. 그러다 2000년 3월 예정된 총통 선거를 앞두고 국민당 총통 후보 경선이 시작되었다. 대중적 지지가 높고 당내 기반도 탄탄하던 쑹추위는 당연히 자신이 총통 후보로 지명될 것이라 생각하고 리덩후이의 도움을 예상했지만, 결과는 아니었다. 리덩후이는 쑹추위 대신 부총통 롄잔(連戰)을 총통 후보로 지명하였다. 그로서는 뒤통수를 제대로 맞은 셈이었다. 이에 쑹추위는 지지자들을 규합하여 총통 선거에 직접 나서, 선거는 국민당 롄잔, 민진당 천수이볜, 쑹추위의 3파전이 되었다.

국민당의 분열 속에 3파전으로 치러진 총통 선거 과정에서 리덩후이는 또 한 번 '정치 9단'의 실력을 발휘하며 '반전 드라마'를 연출하였다. 자신이 주석으로 있는 국민당 후보 롄잔이 아닌, 민진당의 천수이볜을 공공연하게 지원한 것이다. 당 최고지도자로서는 있을 수 없는 해당 (害黨) 행위를 한 셈이다. 여기에 비록 국민당 후보가 되지는 못했어도 높은 대중적 인기로 차기 총통으로 유력시되던 쑹추위를 견제하기 위해 그의 '비자금 스캔들'을 폭로하게 하여, 지지율 급락에 일조하였다.

(쑹추위 비자금 스캔들은 후에 검찰에서 무혐의 처분을 받았다.) 결과적으로 2000년 3월 선거에서 민진당의 천수이볜이 2.46%의 근소한 차이로 당선되어 첫 정권 수평 교체에 성공하였고, 쑹추위는 2위, 롄잔은 3위로 낙선하여 국민당은 사상 처음으로 야당으로 전락하였다.

'천수이볜 당선, 쑹추위 낙선, 국민당 패배'라는 결말로 끝난 정치 드라마의 시나리오를 쓰고 감독을 맡았던 리덩후이는 국민당 입장에서는 '배신자'나 다름없었다. 선거 직후 국민당과 쑹추위 지지자들은 총통부 앞에 모여 항의 시위를 벌였다. 이에 리덩후이는 명목상 '선거 패배의 책임'을 지고 국민당 주석직을 조기 사임하였고, 5월 총통 자리에서도 물러났다.

2000년 5월, 민진당 출신으로 첫 총통부의 임차인(?)이 된 천수이볜은 입지전적인 인물이다. 그는 남부 타이난(臺南)에서 정말 가난한 농부의 아들로 태어났지만 명석한 두뇌와 불굴의 노력으로 입신양명(立身揚名)의 길을 걸었다. 최고 명문 국립대만대학 법학부에 입학하였고, 대학 재학 시절 '최연소' 기록으로 변호사 시험에 합격, 기업 전문 변호사로 명성을 얻었다. 성공한 변호사로 '가난의 설움'을 씻고 이름을 드높이고, 재산도 늘려가던 그의 삶에 결정적인 터닝 포인트는 1979년 메이리다오 사건이었다. 재야인사들이 '국가반역죄'로 대거 기소되어 군사법정에 세워진 이 재판의 변론을 위해 이른바 '재야 10대 변호인단'이 꾸려졌는데, 천수이볜도 동참한 것이다. 후에 민진당 정부의 핵심 인사가 되는 쑤전창(蘇貞昌), 셰창팅(謝長廷) 등과 함께였다. 메이리다오 사건을 계기로 '인권변호사'로 전향한 그는 곧 정계에 투신하여 타이베이 시의원, 입법위원에 당선되었다. '정치인 천수이볜'은 유창한 언변으로 국민당 정부의 실정(失政)을 공격하여 정부 관리들과 여당 인사들을 쩔쩔매게 하였고, 일약 스타 정치인이 되었다. 그러다 1994년 직선제 복원 후 첫 선거에서 민선 타이베이 시장에 당선, 차기 대권을 향해 성

큰 다가섰다.

4년 간 시장 재임 시절, 그는 공무원의 부정부패를 일소하고, 대만 사회의 고질적 병폐 중 하나였던 성매매업소를 폐쇄하는 등, 청렴하고 강직한 시정(市政)으로 인기를 더했다. 다만 1998년 선거에서 마잉주 현 총통에게 근소한 차이로 패배, 재선에 실패하였다. 이는 결과적으로 전화위복이 되어 2000년 총통 선거에서 승리, 총통부에 입성할 수 있었다. '최초의 야당 출신 총통'이라는 타이틀을 달고서.

총통이 된 그는 보다 선명한 '대만 정체성'을 강조하면서, 국민당과 대립각을 세웠다. 양안관계에 있어서도 양안 '한쪽의 중국과 다른 한쪽의 대만(一邊一國)'을 주장하면서, 대만 독립 노선을 추구, 중국의 격렬한 반발을 불러일으켰다. 기본적으로 '하나의 중국 정책'을 지지하던 미국, 일본 등 우방국들의 반응도 차가워, 전반적인 대외 관계가 악화되었다. 여기에 지나치게 대만 정체성을 강조하고, 국민당을 불구대천의 원수로 취급하는 태도로 인하여 정쟁이 격렬해졌다. 반면 그가 속한 민진당은 비록 정권은 차지했으나, 입법원 내에서 다수당 자리를 얻지 못하여, 국민당과 신당, 쑹추위가 새로 결성한 친민당의 야권 연합의 정치 공세에 시달리게 되어 정국은 혼미해져만 갔다.

4년의 시간이 흘러 '총통 선거 시즌'이 다시 돌아왔다. 지난번 분열로 인한 패배에서 교훈을 얻은 야권은 '후보 단일화'에 성공, 국민당 주석 롄잔이 총통 후보로, 친민당 주석 쑹추위가 부총통 후보로 선거전에 나섰다. 선거전 초기 '롄쑹페이(連宋盃)'라 불리던 야권 단일팀은 지지율에서 천수이볜을 멀리 앞서 나가며, 선거 승리의 가능성을 보였다. 지난 선거처럼 부총통 뤼슈롄을 러닝메이트로 지명한 천수이볜은 맹추격을 벌였으나, 지지율 차이는 상당하였다. 그러다 2004년 3월 15일, 투표일을 하루 앞두고 전통적인 민진당 지지 지역이자 고향인 타이난에서 마지막 선거 유세를 벌이던 천수이볜이 저격당하는 사건이 발생했다.

이에 국가원수이자 군 통수권자인 그는 '국가비상사태'를 선포, 군인·경찰·공무원에게 비상 대기령을 내렸다. 다음날 치러진 선거에서 천수이볜은 불과 0.21% 차이로 신승(辛勝), 가까스로 재선에 성공하였다. 선거 전날 벌어진 의문의 저격 사건, 전통적으로 친국민당 성향인 약 20만 명의 군인·경찰·공무원의 비상 대기로 인한 투표 불참, 득표율 차보다 훨씬 많은 무효표 등으로 인하여 선거 결과를 놓고 많은 논란이 일었다. 핵심은 '천수이볜이 불리한 선거 국면을 만회하고자, 자작 저격 사건을 연출하고 군인·경찰·공무원의 투표를 막았다'는 것이었다. 국민당 지지자들은 '선거 무효'를 주장하며 가두 시위에 나섰고, 입법원 원내에서는 야당 연합의 정치 공세 수위도 높아졌다. 그럼에도 천수이볜은 4년의 임기를 더 약속받았다.

논란이 된 선거와 야당의 공세, 지지율 하락 속에서 점점 궁지로 몰리던 천수이볜의 발목을 잡은 결정적 요인은 자신과 가족의 부패 문제였다. 한국에《휠체어를 탄 퍼스트 레이디》라는 책으로 소개되기도 한 부인 우수전(吳淑珍)은 사치로 인해 구설에 올랐는데, 이권을 대가로 뇌물을 받아 검찰의 조사를 받기에 이르렀다. 부인뿐만 아니라, 사위와 일가친척들이 대가성 뇌물을 받아 수사 선에 올랐다. 여기에 천수이볜도 각종 불법 정치 자금, 국가 예산 횡령 혐의로 수사 대상에 포함되기에 이르렀다. 이에 야당 연합은 천수이볜 탄핵·파면안을 표결에 부치는 등 '천수이볜 퇴진' 압력의 수위를 높였고, 급기야 2006년에는 한때 재야 운동의 동지였던 스밍더(施明德)마저 등을 돌려, '붉은서츠군'이라 불리는 '천수이볜하야운동시민연합'의 총사령관이 되었다. 사면초가의 위기였다. 다만 천수이볜은 국가원수에게 보장된 면책 특권으로 인하여 실제 기소는 되지 않았고, 야당의 퇴진 요구에 한발 물러서서, 총통의 대외 업무는 부총통 뤼슈롄에게, 실질적인 국정 운영은 행정원장 쑤전창에게 맡김으로서 '조기 레임덕'을 초래하였다. 그러다 2008

년 총통 퇴임 후 대만 검찰은 그를 국가 예산 횡령 및 불법 정치 자금 수수 혐의로 기소하였고, 법원에서 확정 판결을 받아 수인 신세가 되었다.

2008년 5월, 8년 만에 '국민당 소속 총통'으로 대례당에서 취임 선서를 한 사람은 마잉주다. 그는 '미스터 클린'으로 불릴 정도로 청렴하고 참신한 이미지로, 천수이볜의 부패와 실정으로 민진당이 지지율이 바닥을 칠 때, 비교적 손쉽게 총통 선거에서 승리할 수 있었다. 양친 모두가 국민당 간부였던 그는 전형적인 엘리트 코스를 밟아왔다. 천수이볜과 같은 해, 같은 국립대만대학 법학부에 입학하였다. 변호사 시험을 거쳐 법조인이 된 동기생 천수이볜과 달리 그는 학자의 길을 걸어, 미국 뉴욕대학과 하버드대학 로스쿨에서 법학석사와 법학박사(SJD)를 받았다. 유학을 마친 후 귀국한 그는 쑹추위의 후임으로 장징궈의 영문 비서를 맡아 정계에 입문하였고, 이후 국민당 부비서장, 행정원 대륙위원회(통일부 해당) 부주임위원(차관), 법무부 부장(장관) 등 요직을 거쳐 1998년 선거에서 천수이볜을 꺾고 타이베이 시장에 당선되었고, 2002년 재선에 성공하였다.

비록 총통이 되는 과정은 순탄했지만, 취임 후 곧 시련에 부딪혔다. 2009년 8월 8일 대만을 강타한 태풍 모라꼿에 대한 '늑장 대응'으로 국민들의 불만이 높아지기 시작한 것이다. 온화하지만 유약하다는 평가를 받는 그의 리더십에 대해 처음에는 '친근하고 소탈해서 좋다'던 반응도 점차 바뀌기 시작하였고, 이는 곧 지지율 하락으로 이어졌다. 취임 후 경제 부문을 중심으로 본격 추진해온 중국과의 화해·협력 노선도 대만 독립파의 강한 반발에 부딪혀 지지율 하락에 한몫하였다. 뿐만 아니라 그를 지지해주어야 할 국민당 내에서도 취약한 리더십으로 인해 대만 정계의 부도옹(不倒翁)으로 불리는 입법원장 왕진핑(王金平)과의 갈등도 깊어져만 갔다.

재임 2년차부터 지지율이 폭락하기 시작하여, 계속 답보 상태에 있던 가운데 2012년 2번째 임기에 도전한 그의 재선 과정은 순탄치 않았다. 민진당에서는 대학 후배기도 한 여성 후보 차이잉원(蔡英文)을 후보로 내세워 '정권 탈환' 의지를 불태웠다. 여기에 가뜩이나 쉽지 않은 선거전에서 돌발 악재(?)가 발생하였다. 마잉주의 정치 선배이기도 한 백전노장 쑹추위가 '대권 3수' 선언을 하며 선거전에 뛰어든 것이다. 이 속에서 선거전은 누구도 결과를 장담할 수 없을 만큼 혼전 양상을 보였다. 2012년 1월 선거에서 마잉주는 가까스로 승리, 다시 4년의 임기를 보장받을 수 있었다.

2012년 5월 2번째로 취임 선서를 한 마잉주는 더욱 선명하게 자신의 정책을 밀어붙이기 시작하였고 중국과의 합작 노선을 강화하였다. 이는 대만 독립파들의 강한 반발에 부딪혔고, 가뜩이나 취약한 그의 리더십을 약화시키는 결과를 낳았다. 게다가 그가 첫 번째 선거 공약으로 내세웠던 '경제 회생'도 쉽지 않아, 대만 경제는 거시지표 면에서는 양호하였으나, 물가, 실업률, 체감 국민소득 등 체감 경기 부문에서는 호전되지 않아, 지지층 이탈의 주요 원인이 되었다. 그러다 2번째 임기 2년차인 2013년에는 지지율이 15% 전후까지 내려앉아 사실상 조기 레임덕을 겪게 되었다. 이 속에서 그에게 치명타를 가한 사건이 2014년 3월 발생하였다. 2010년 체결된 '양안간경제협력기본협정(ECFA)'의 후속 조치로 '양안간서비스개방협정'을 체결하고 입법원 비준을 추진하는 과정에서 야권의 반발을 누르고 '다수의 힘'을 이용하여 무리하게 비준을 밀어붙였던 것이다. 이에 대학생들을 선봉대로 세운 재야 세력은 대만 사상 최초로 입법원을 점거, '협정 무효'를 주장하며 장기 농성에 들어갔고, 대규모 항의 시위를 벌였다. 결과적으로 마잉주는 다시 한번 리더십에 치명상을 입었다.

대만 원주민의 슬픈 역사를 기억하라

케타갈란대로

　보아이특구에서 총통부(總統府) 청사 앞으로 쭉 뻗은 10차선 길 이름은 케타갈란대로(凱達格蘭大道)다. 원래 이름은 제서우로(介壽路), '장제스 총통의 장수무강을 기원한다' 는 뜻이었다. 현재의 이름으로 바뀐 것은 야당이던 민진당 소속 타이베이 시장 천수이볜 재임기인 1996년 3월의 일이다.

　청 시기 타이베이성의 '동쪽 대문' 인 징푸문에 맞닿은 길이기에 동문가(東門街)라는 이름으로 불리던 이 길은 일제강점기 동안은 특별한 이름이 붙여지지 않아 '이름 없는 길' 이었다. 광복 2년 후인 1947년 대만총독부청사를 '제서우관(介壽館)' 이라 이름붙이면서, 그 앞의 길과 공원도 '제서우' 라는 이름을 얻게 되었다. 1996년 개명(改名)한 지금의 이름 케타갈란대로는 타이베이를 비롯하여 대만 북부 지역의 원래 주인이던 케타갈란족의 이름에서 유래하였다. 중국인이 아닌 대만인으로서의 의식이 강하고, 반(反) 국민당 운동에 앞장서온 천수이볜 당시 시장은 장제스에 대한 개인 숭배와 짙은 국민당 색을 내포한 '제서우' 라는 이름 대신, 이 땅의 원주민을 존중한다는 의미에서 '케타갈란' 이라는 새 이름을 붙였던 것이다.

　이후 역사의 아이러니를 보여주듯 천수이볜이 타이베이 시장을 거쳐

❶ 대만 원주민의
정체성과 고유 문화를
주제로 한 공연.
❷ 일제강점기 원주민
최대 항일투쟁이었던
부샤사건을 주제로 한
영화 '시디크 발레'
제작진과 출연진

①

②

如果文明是要我們卑躬屈膝　　　那我就讓你們看見野
9.9太陽旗　　　9.30彩虹

2000년 총통에 취임한 후 두 번째 재임기인 2006년이 되자 '붉은셔츠군'은 이 길에 모여 천수이볜 일가의 부패에 항의하며 '정권 퇴진 시위'를 벌였다. 이듬해인 2007년에 당선된 국민당 소속 하오룽빈 시장의 타이베이시 당국은 2006년 대규모 반(反) 천수이볜 시위를 기념하여, 이 길을 가칭 '반부패대로(反貪腐大道)'라 선포하고, 길과 징푸문 사이 광장에도 '반부패민주광장(反貪腐民主廣場)'이라는 표지석을 세웠다. 시 당국은 12월 9일 국제연합(UN)이 정한 '반부패의 날'을 기념하기 위한 것이라 해명하였지만, 실제로는 천수이볜 총통 재임 시절 시행된 이른바 정명운동(正名運動)이라 불리는 '국민당과 중화민국 지우기 운동'에 대한 역공이자, 천수이볜과 민진당을 흠집내기 위한 정치색 짙은 일이었다. 다만 길의 공식 이름은 바뀌지 않아, 한족 이주민들에게 터전을 내어주기 전까지 오랜 기간 동안 이 땅의 주인이었던 케타갈란족을 기념하고 있다.

이른바 개척 혹은 개발이라는 역사의 이면에는 삶의 터전을 잃고 밀려나야만 하는 '원주민'의 슬픈 역사가 있게 마련이다. 이는 대만 섬에서도 마찬가지로 청대 대만 섬이 중국에 복속된 이후 본격적으로 시작된 한족의 이주로 인해, 원래 대만 섬의 주인이었던 대만 원주민은 조상이 물려준 터전을 이주민에게 내어주고 차츰차츰 산지로 밀려나야만 했다. 여기에 한족과의 통혼(通婚)으로 유전적 정체성마저 점점 희미해져, '대만 원주민'이라는 정체성마저 잃어버리고, 역사의 뒤안길로 사라져갔다. 그 대표적인 대만 원주민이 케타갈란족이다.

대만 섬에 살고 있던 대만 원주민은 본디 각 부족마다 고유한 이름을 가지고 있었다. 다만 그들에겐 문자가 없었기에, 대만 땅에 발을 디딘 네덜란드와 스페인에 의해 알파벳으로 부족 이름이 기록되기 시작하였다. 한족이 본격적으로 대만 섬의 주인 행세를 하기 시작한 후로는 한자식 음차 표기로 불리었다. 이는 청이 본격적으로 대만 개발을 시작한

17~18세기 들어 일반화되었다. 한족 이주민은 효율적인 호적 관리와 세금 징수를 위해 대만 원주민의 인적 사항을 한자로 기록하기 시작하였는데, 그것이 오늘날 대만 원주민을 부르는 이름으로 남아 있다.

대만 인구의 약 2%를 차지하는 대만 원주민은 어족(語族) 구분에 의하면 오스트로네시아어족(Austronesian languages)에 속한다. 이는 동남아시아와 태평양 일대에 퍼져 거주하는 여러 종족이다. 분포 범위가 지구상에서 가장 넓은 종족으로 멀리 서쪽의 아프리카 마다가스카르에서부터 오세아니아 뉴질랜드, 이스터 섬까지 이른다.

대만 원주민이 대만 땅에 자리잡고 살게 된 것이 언제부터인지 정확히 알 수는 없다. 기원전 3000년 전후인 것으로 어림잡을 뿐이다. 물고기잡이, 사냥과 농사일로 살아가던 이들은 한족이 대량으로 이주하기 시작한 후부터 점차 평지는 한족에게 내어주고 산악 지역으로 옮겨 살게 되었다. 대만 원주민을 가리켜 잘못된 표현으로 '고산족(高山族)'이라 부르게 된 것도 이 때문이다.

새로운 대만 섬의 주인으로 등장한 한족은 대만 원주민과의 교류와 혼인을 통해서 이들의 정체성을 점점 한족화시켰는데, 한족화 정도에 따라 한족화가 이루어진 평지 원주민을 평포번(平埔蕃), 한족화되지 않은 고산 지역 원주민을 생번(生蕃) 내지는 고산번(高山蕃)으로 불러 구분했다. 이는 일제강점기를 거쳐 약간의 명칭 변화만 있었을 뿐, 큰 틀에서는 그대로 유지되어 오늘날까지 대만 원주민을 구분하는 하나의 기준으로 자리잡았다.

'평지 원주민'이라는 뜻의 평포족은 크게 파포라(巴布拉, Papora), 바브자(巴布薩, Babuza), 호아냐(洪雅, Hoanya), 파제흐(巴宰族, Pazeh), 케타갈란(凱達格蘭族, Ketagalan), 마카타오(馬卡道, Makatao), 타오카스(道卡斯, Taokas), 카하부(噶哈巫, Kahabu), 시라야(西拉雅, Siraya) 9개 종족으로 구분하는데, 이 중 케타갈란족은 오늘날 타이베이

시, 신베이시, 타오위안시, 신주시 등의 평지와 강가에 터를 잡고 살았다. 이런 평포족은 약 3세기에 걸쳐 진행된 한족화로 인하여 대만 원주민으로서의 혈연적·문화적 정체성을 잃어버렸다.

한족화를 거부하고, 험준한 산악 지역으로 터전을 옮겨 정체성을 보존한 고산족은 일반적으로 아미(阿美, Amis), 파이완(排灣, Paiwan), 아타얄(泰雅, Atayal), 브눈(布農, Bunun), 르카이(魯凱, Rukai), 프유마(卑南, Puyuma), 츠우(鄒, Tsou), 사이시얏(賽夏, Saisiyat), 타오(達悟, Tao), 싸오(邵, Thao), 카바란(噶瑪蘭, Kavalan), 타로코(太魯閣, Taroko) 12개 족군이다. 그러다 2008년 이제까지 아타얄족의 일부로 분류하였던 시디크(賽德克, Seediq)를 별도의 고산족 원주민으로 분류하였다.

한족과 혈연적·문화적으로 전혀 다른 대만 원주민은 오랜 기간 동안 독자적인 문화와 사회 제도를 유지해왔다. 대표적인 것이 모계 사회 전통이다. 고산족인 아미족과 파이완족은 '모계 사회' 전통을 유지한 대표적인 종족이다. 이들은 가문의 대를 잇는 문제나 재산 상속 문제에서 '모녀 상속' 전통을 유지해왔는데, 오늘날 전반적으로 여성의 권리가 높고, 여성의 기가 센(?) 대만 사회 분위기도 이러한 전통에서 그 뿌리를 찾을 수 있다.

대만 원주민의 정체성과 고유의 문화는 한족 이주기, 일제강점기, 중화민국의 대만 통치기 동안 지속적이고 강압적으로 행해진 이른바 '근대화' 과정을 거치면서 점차 사라졌다. 새로운 지배자들은 토지 소유권을 비롯하여 대만 원주민의 권리를 침해하며 자신들의 잇속을 챙겼고, 문명화 면에서 뒤졌던 대만 원주민은 속수무책으로 당할 수밖에 없었다. 그러다 1980년대 후반, 민주화가 본격적으로 진행되던 때에, 대만 사회의 '마이너리티 오브 마이너리티'였던 이들도 점차 목소리를 높이기 시작하였고, '원주민 권리 회복 운동'이 본격적으로 시작되었다. 이에 대만 정부도 이들의 요구를 점차 받아들여 종전의 '고산족'이라는 이름 대신 '대만 섬의 원래 주민'이라는 뜻을 담아 '대만 원주민'으로 이름을 바꾸었고, 한족과는 다른 별도의 '원주민 호적(原住民籍)'을 주었다. 정치 부문에서도 별도 원주민족 선거구를 두어 평포족 3석, 고산족 3석의 입법위원이 선출될 수 있도록 하여 자신들의 목소리를 정치권에 대변할 수 있게 하였으며, 1996년에는 행정원 산하에 장관급 원주민족위원회를 설치하여 원주민족의 권리를 보호하고 있다.

민주화 이후 자신들의 권리 일부를 회복하고, 타이베이 시내 중심부의 도로 이름에도 이름을 붙일 수 있었지만, 대만 원주민의 역사는 슬프다. 그들의 역사는 지배자들에게 삶의 터전, 어로 구역, 사냥터, 노동력 등을 뺏기고 착취당한 역사이다. 더 슬픈 것은 대만 원주민은 문자가 없어 그들의 슬픈 역사를 기록조차 하지 못했다는 것이다.

슬픈 대만 원주민의 역사 중에서도 슬픈 것으로도 모자라 비장하기까지 한 역사는 일제강점기 중반인 1930년에 발생한 '부샤사건'이다. 오늘날 대만 곳곳에서 흔히 볼 수 있는 '어짊과 사랑'이라는 뜻을 지닌 난터우현(南投縣) 런아이향(仁愛鄉)은 대만 섬의 배꼽에 해당하는 섬의 가장 중간 부분에 자리하고 있다. 이곳은 고산족의 하나인 시디크(賽德克 Seediq)족의 터전이었다. 용맹하였던 이들은 이 일대 고산 지대를 기반으로 사냥과 물고기잡이를 하여 생계를 이어갔다. 해발 평균 5,000m에 달하는 험준한 산악 지대이기에 한족이 지배자로 행세하던 청 통치기까지는 지배력이 느슨했고, 이 속에서 자신만의 문화와 풍습을 간직한 채 조상들이 알려준 방식대로 살아갈 수 있었다. 다만 새로운 지배자가 된 일본인은 만만치 않았다. 아시아 각 나라 중 가장 먼저 근대화를 달성하고, 유일한 식민 지배자로 변신한 일본은 근대적인 기술을 이용하여, 대만 섬 곳곳으로 통치력을 뻗혀왔다. 일본인에게 가장 큰 골칫거리는 자신들의 관점에서 볼 때 '문명화되지 않은 미개 원주민'들이었다. 대만총독부는 대만 원주민을 미개인 취급하여, 차별하고 멸시했다.

효율적인(?) 식민 지배를 위한 각종 건설 사업에 대만 원주민들을 동원하였지만, '글자를 모르는' 그들의 약점을 악용하여 장부 기록을 속이는 등의 수법으로 노동에 대한 대가를 제대로 지불하지 않았다. 더하여 대만 원주민의 삶의 근거지인 산림을 개발이라는 명분으로 파괴하고, 대만 원주민들을 내몰았다.

또 다른 문제는 일본인과 대만 원주민들의 통혼(通婚) 정책이었다. 일본인들은 대만 원주민을 동화시키고, 보다 효과적으로 지배하기 위해 일본인 하급관리·경찰과 원주민 추장의 딸이나 조카의 결혼을 적극적으로 장려하였다. 문제는 원주민 지도층 가문 여자와 결혼한 일본인 경찰·관리들은 일본에 본부인과 자녀를 둔 경우가 많아서 합법적인 결혼으로 인정받지 못했다는 점이다. 대만에서의 임기가 끝나면 현지처는 버려둔 채 자기네 나라로 돌아가버리는 경우가 허다했다. 이는 원주민 지도층에게 큰 모욕감을 주었다.

결국 일본의 강압적인 통치 정책에 비례하여 불만의 정도는 점차 높아졌다. 그러던 중 폭발한 것이 부샤사건이다.

1930년 10월 9일 오늘날 난터우현 런아이향에 살던 시디크족 머허부샤(社 : 원주민 행정 단위)에서 혼인 잔치가 벌어지고 있었다. 그날 추장 모나 르도(莫那魯道)의 집 앞에 머허부샤를 담당하던 일본인 경찰 요시무라 가츠미(吉村克己)가 지나고 있었는데, 평상시 그와 친분이 있던 모나 르도의 첫째 아들 다다오 모나(塔達歐 莫那)가 그를 연회석으로 데리고갔다. 부족 전통에 따라 신랑이 포도주 잔을 요시무라 가츠미에게 권하자, 평소 대만 원주민들을 멸시하던 그는 "연회 자리가 깨끗하지 못하고, 짐승의 피로 더럽혀진 손으로 따르는 잔은 받을 수 없다"며 잔을 거절했다.

부족장의 아들로서 호의를 거절당하여 체면이 상한 다다오 모나는 거듭 잔을 권했지만, 요시무라는 이를 거절하였고, 급기야 곤봉으로 그를 내리쳤다. 모욕감을 느낀 다다오 모나도 이에 맞서 요시무라 가츠미를 때리기 시작해, 싸움으로 번졌다.

사건 다음날 다다오 모나는 경찰서를 찾아가 사과하며, 쌍방과실로 벌어진 사건이니 온당하게 처리해줄 것을 요청하였다. 요시무라 가츠미는 이를 거절하면서, '경찰관을 때렸으니 응분의 대가를 치러야 할 것'이라며 엄중한 처벌을 암시하였다.

이에 그 동안 쌓인 차별 · 멸시에 대한 불만에다 사건의 원만한 해결이 어렵다고 판단한 모나 르도는 인근의 다른 사(社) 추장들을 비밀리에 만나, 봉기를 준비하였다.

부샤공학교(초등학교)에서 운동회가 열려 군수, 교육장, 경찰서장 등 일본인 고위직과 그 가족들이 대거 모여든 10월 27일, 모나 르도는 1,200명의 전사를 동원하여 부샤공학교의 운동회에 참석한 일본인들을 습격하여, 134명의 일본인을 살해하였다. 이후 경찰서, 우체국을 비롯해 주요 기관들을 습격하여 살인 · 방화를 하였고, 경찰서 무기고를 습격하여 무장을 보충하였다.

일본인 군수와 교육장 등이 살해당하고 식민 통치 근거지가 쑥대밭이 된 사건에 대해 대만총독부는 경악하였고, 즉각 보복 조치에 나섰다. 군인 · 경찰로 구성된 진압 부대가 조직되어 대대적인 진압 작전에 나섰고, 다른 한편으로 분열 정책을 써서 시디크족과 사이가 나빴던 다른 원주민 부족들을 포섭하여 일종의 '이이제이(以夷制夷)' 전략을 폈다.

결국 약 700명의 시디크족이 일본 진압군에게 사살당하거나 스스로 목숨을 끊었고, 약 500명이 항복했다. 더하여 일본 측에 포섭된 다른 부족에 의해 시디크족 200명이 목숨을 잃었다. 말 그대로 동족상잔(同族相殘)의 비극을 사주한 것이었다. 격렬하게 저항하는 시디크족에 대해 일본군은 독가스가 든 산탄을 뿌려 대량 학살을 꾀하기도 했는데, 이는 제1차 세계대전 이후 독가스 사용을 금지한 국제연맹(League of Nations)의

조약을 위반한 것으로, 후에 국제연맹의 조사를 받기도 하였다.

12월 26일 공식적으로 종료된 부샤사건은 일본 통치 기간 동안 일어난 최대 규모의 원주민 봉기 사건으로, '슬픈 대만 원주민 역사' 중에서 가장 눈물 젖은 한 페이지로 기록되었다.

이렇듯 원래 대만 섬의 주인이었으나, 빼앗기고, 착취당하고, 살해당하며 점차 자신의 정체성을 잃어버린 대만 원주민의 슬픈 역사를 오늘날 케타갈란대로는 '무언의 함성'으로 말해주고 있다.

대만 현대사 최대의 트라우마
2.28평화기념공원

    타이베이 시내 중심부에 위치한 2.28평화기념공원(二二八和平紀念公園)은 도심 속 시민들의 쉼터다. 이곳은 밤이면 '동성애자 해방구(?)'로 변하기도 한다. 개방적이고 자유로운 사회 풍토를 지닌 대만에서 '동성애'는 쉬쉬해야 할 금기만은 아니다. 일반적인 세상의 관점에서 볼 때 특별한 사랑의 한 종류라고 생각할 뿐이다. 동성애자들의 애정 행각도 공개적인 편인데, 그중에서도 2.28평화기념공원에서는 어둠이 내리면 동성애자들이 하나둘씩 모여들어 '대담한' 애정 행각을 벌인다. 원래 이름은 타이베이신공원(臺北新公園)이었으나 1997년 지금의 이름으로 바뀌었다.

    이곳이 특별한 이유는 '대만 현대사 최대의 트라우마'인 2.28사건이 발생한 역사의 현장이기 때문이다. 공원 안에는 2.28사건 기념관이 있으며, 대만 현대사를 조금이라도 알고 있다면, 자연 1980년 5월의 광주와 망월동 묘역을 떠올리게 된다.

    겉으로 보기에 평온해 보이는 대만 사회도 분열이 심한 편이다. '남천녹지(藍天綠地)'라 불리며, 선거 때마다 남부 지역은 민진당의 상징색인 초록색으로, 북부 지역은 국민당의 푸른색으로 선명하게 나뉘어 물든다. 더불어 각종 정치 현안마다 사회는 국민당을 위시한 범람(凡

藍) 계열과 민진당이 중심이 된 범록(凡綠) 계열로 갈라져서 갈등을 벌인다. 갈등의 배경으로 빠트릴 수 없는 것이 1947년 발생한 2.28사건이다.

1894~1895년 벌어진 청·일전쟁에서 패배한 청은 1895년 4월 17일 체결된 '시모노세키조약(下關條約)'에서 대만 섬과 평후제도(澎湖諸島)를 일본에 영구 할양한다. 이후 50년 간 지속된 식민 지배는 1945년 일본 패망으로 막을 내리고, 대만은 '전승국' 중화민국의 품으로 돌아온다. 두 세대에 조금 못 미치는 기간 동안의 일본 식민 지배 결과 대만은 일본화되었다. 여기에는 청 강희제 시절 중국 본토로 복속되기는 했어도 통치력은 느슨하게 미쳤고, 중국 영토이기는 하나 귀속감은 약했던 대만의 사정도 한몫하였다. 결과적으로 50년 간 일본의 손아귀에서 다수의 대만 사람들은 혈연적으로는 중국계이나 정체성 면에서는 깊이 일본화되었다.

이런 상황에서 다시 '조국의 품(?)'으로 돌아온 대만과 본토의 중화민국 정부의 갈등은 어쩌면 불가피한 것이었다. 대만 섬에 살고 있던 사람들은 '무늬만 중국인'일 뿐 정체성, 언어, 문화, 풍습 면에서는 '일본인'에 가까웠기에, 필사의 항일전쟁을 치른 중화민국 정부 입장에서 볼 때, 눈에 고울 리 없었다. 이는 대만 사람들 입장에서도 마찬가지였다. 비록 식민지였지만, 근대화 면에서는 중국 본토에 비해 훨씬 앞서 있었고, 중국 본토에 대한 귀속감이 약했기에, 대만 광복 후 대만의 새로운 지배자로 행세하기 시작한 외성인(外省人)이 눈에 차지 않기는 마찬가지였다.

또 하나의 문제는 언어였다. 대만인들은 민남어라 불리는 본성인의 다수를 차지하는 민남인들이 사용하는 푸젠계 방언, 객가인들의 고유 언어인 객가어, 소수 대만 원주민의 원주민어와 더불어 식민 지배자들의 언어인 일본어를 공식 언어로 사용하였다. 만다린(Mandarin)이라고

❶ 대만 현대사 최대의 트라우마인 2.28사건이 발생한 역사의 현장, 2.28평화기념공원. 공원 아래에 있는 르네상스식 건물은 국립대만박물관이다. ❷ 2.28추모비. ❸ 2.28사건기념관.

❶ ❷ ❸

도 부르는 베이징 표준어를 비롯하여, 중국 본토에서 건너온 외성인이 사용하던 언어들은 '이방어'였을 뿐이다. 결과적으로 외성인과 대만인(본성인) 간의 거리는 멀고도 멀었다.

1945년 10월 17일 국민당 군대가 타이베이 인근의 지룽(基隆) 항을 거쳐 대만에 상륙했다. 10월 25일 타이베이 공회당(지금의 중산당(中山堂))에서 '마지막 대만 총독' 안도 리키치(安藤利吉)가 통치권 이양 문서에 서명하고 대만을 떠남으로써, 대만은 공식적으로 중화민국의 일부가 되었다. 다만 본토에서 공산당과 갈등을 벌이고 있던 중화민국 정부는 대만을 다스릴 행정적 여유가 없었기에 대만에 정식 행정구역인 '성(省)'을 설치하는 대신 '행정장관공서(行政長官公署)'를 설치하고, 천이(陳儀)를 대만행정장관 겸 경비총사령관으로 임명함으로써 일종의 군정(軍政)을 실시하였다.

'새로운 통치자'가 된 천이는 대만총독부 행정체제를 대부분 유지하였다. 인적 구성에서 종전 일본인이나 대만인 엘리트가 차지했던 자리를 외성인이 차지했을 뿐이었다. 한국의 차관급~3급에 해당하는 간임(簡任)급 공무원의 94%, 중간 간부인 천임(薦任)급의 81%를 외성인이 차지하였고, 대만인(본성인)은 주로 그 나머지 자리와 하위직인 위임(委任)급만 차지할 수 있었다. 그나마 그 자리를 차지한 대만인 공무원들의 보수도 외성인의 절반 수준으로, 대만총독부 시절엔 60% 정도 받았던 것보다도 못했다. 일본인이 남기고 간 재산, 이른바 적산 처리 과정에서도 가치 있는 자산은 대부분 외성인 공무원과 군인, 그밖에 중국 각지에서 대만으로 이주해온 사람들이 차지해버려 대만인의 몫은 사실상 없었다.

상황이 이러하기에 다수 대만 사람의 처지는 달라질 게 없었다. 통치자만 일본인에서 외성인으로 바뀌었을 뿐이었다. 대만인에게 더 박탈감을 주는 것은 군인·공무원의 탐욕과 부정부패였다. 이는 일본인이

가혹하기는 하지만 엄격했던 것과는 대조적이었다. 이런 세태 속에서 "일본 늑대가 가고, 중국 돼지가 왔다."는 말이 공공연하게 퍼질 정도로 민심은 흉흉해졌고, 국민당 정부에 대한 불만은 커져갔다.

1914년 6월 28일 사라예보에서 울려 퍼진 한발의 총성이 제1차 세계대전의 도화선이 되었듯, 대만 현대사의 가장 아픈 기억으로 남은 2.28사건도 작은 사건이 원인이었다.

1947년 2월 27일 저녁, 타이베이시 중심부 위안환(圓環) 빌딩 안 복도에서 대만성전매국타이베이분국(臺灣省專賣局臺北分局) 직원들이 무허가 담배를 팔던 린장마이(林江邁)라는 여인과 실랑이를 벌이고 있었다. 당시 술과 담배는 정부의 대표적인 전매 상품으로 주된 조세 수입원이기도 했다. 선처를 호소하는 린장마이에 대해 단속 요원들은 사정을 봐주지 않았고, 권총으로 머리를 때리는 등 폭행을 가하기도 하였다. 이를 보다 못한 시민들이 과잉 단속에 항의하면서 충돌이 벌어졌고, 경찰이 개입하면서 사건은 점점 커져갔다. 이 와중에 경찰의 발포로 천원시(陳文溪)라는 청년이 목숨을 잃었다.

다음날인 2월 28일, 천원시의 사망 소식을 듣고 격앙된 시민들이 사망 책임자에 대한 처벌을 요구하면서 천이의 집무실이 있던 대만행정장관공서(현재의 행정원 본부 청사)로 몰려가 시위를 시작하였다. 이에 천이는 시민들의 요구를 받아들이지 않고, 타이베이시 전역에 임시 계엄령을 내렸다. 이는 시민들을 더욱 격앙시켜 분노한 시민들은 각지의 경찰분국(경찰서)을 습격하였고, 방송국(현재의 2.28사건 기념관)을 점거, 대만 전 주민이 궐기할 것을 방송하였다.

2월 28일 타이베이 시내를 휩쓸기 시작한 시위는 삽시간에 대만 전역으로 번져나갔다. 1년여 동안 국민당 통치 기간 동안 쌓였던 대만인들의 분노가 작은 사건을 기폭제로 폭발한 것이었다.

3월 2일에 이르러 대만인 지식인들은 대만 전역에서 '2.28사건 처리위원회'를 구성하여, 사건의 원인이 되었던 담배를 전매 품목에서 제외시켜 줄 것을 포함, 언론·집회·결사의 자유를 보장하고, 사건 책임자들의 처벌을 요구하였다. 지방의회인 타이베이시참의회(臺北市參議會)도 조사위원회를 구성하여 진상 규명과 관련자 처벌에 착수하는 한편, 천이에게 사건의 원만한 해결을 촉구하였다. 이에 행정·군사 책임자 천이는 방송을 통하여 즉시 계엄 해제, 체포 시민 석방, 군·경의 발포 금지, 민간합동처리위원회 구성을 통한 사건 처리라는 4가지 조항을 발표하였다.

이렇게 겉으로 유화 제스처를 취하며 '온건 대응'을 발표했던 천이의 가면이 벗겨진 것은 며칠 지나지 않아서였다. 확산되는 시위 속에서 대만의 군·경찰력으로는 역부족이라 판단했던 그는 온건 처리를 약속하여 시간을 번 후, 본토에 병력 지원을 요청하였던 것이다. 3월 8일 지룽항을 거쳐 본토에서 헌병대 제4연대 4대대가 도착하는 것을 시작으로 대규모 증원군이 도착하여 대만 전역에서 시위 진압에 나섰다. 작전명은 '고을을 깨끗하게 청소한다'라는 뜻의 '청향작전(清鄉作戰)'이었다.

증원군이 도착한 3월 8일부터 타이베이를 비롯하여 각지에 걸쳐 대대적인 진압이 시작되었고, 본성인 사상자가 줄을 이었다. 같은 날 남부 최대 도시 가오슝(高雄), 3일 뒤인 3월 11일에는 지룽(基隆)과 타이난(臺南), 3월 12일 자이(嘉義) 등에 계엄군과 경찰이 진입하여 무차별 진압 작전을 벌였고, 역시 셀 수 없이 많은 본성인이 죽고 다쳤다. 진압 작전은 약 10일 간 계속되었고, 3월 17일 국방부장 바이충시(白崇禧)가 대만에 도착하여 무리한 진압 작전에 제동을 건 후인 3월 21일이 되어서야 진정세를 보였다. 이후 5월 16일 장제스가 사건 공식 종료를 선언함으로서 2.28사건은 일단락되었다. 천이는 사건의 책임을 물어 해임되었고, '대만행정장관공서'도 폐지, '대만성'으로 승격되었으며, 첫 번째 성 주석으로 웨이다오밍(魏道明)이 취임하였다.

결코 길지 않은 시간에 진행된, 이른바 청향작전 기간 동안 대만 전역에서는 약 2만 8,000명의 희생자가 발생하였다. 특히 피해자는 본성인 엘리트 계층에 집중되었다. 더불어 대만 섬은 '초토화'라는 표현이 무색하지 않을 만큼 심각한 피해를 입었다.

1949년부터 1987년까지 38년 간 지속된 '계엄령'하에서 2.28사건은 금기에 붙여졌다. 사건의 진상을 규명하는 것은 물론, 언급하는 것조차 지극히 위험한 일이자, 해서도 안 되고, 할 수도 없는 일이었다. 그러다 1988년 장징궈가 세상을 떠나고, 첫 본성인 출신 리덩후이가 총통이 된 후에야 비로소 약 40년 동안 봉인되어 있던 사건의 진상이 점점 알려지기 시작하였다. 이러한 분위기 속에서 1989년 허우샤오셴(侯孝賢)은 2.28사건을 다룬 영화 '비정성시(悲情城市)'를 만들어 베네치아 영화제에서 수상하기도 하였다.

리덩후이는 두 번째 총통 취임 후인 1991년 '2.28사건진상조사위원회'를 구성하여 대대적인 진상 조사에 나섰다. 1992년 행정원에서는 《2.28사건 연구 보고서》를 발표하였다. 관련 자료들이 대부분 없어졌기에 정확히 추산하기도 힘들지만, 사건 희생자가 최소 2만 명에서 2만 8,000명 선이라는 것도 이때 밝혀진 일이다. 보고서 발간 후에도 정부와 민간 차원의 조사는 계속되어 2.28사건의 진상은 좀 더 명확하게 규명되었고, 1995년에는 리덩후이가 국가원수 자격으로는 처음으로 희생자 가족에게 사과하고, 국가 차원의 배상을 실시하였다. 사건 발생 50주년인 1997년 중화민국 정부는 처음으로 공식 사죄하고, '2.28평화기념일'을 법정공휴일로 지정하였다. 더불어 타이베이신공원이 '2.28평화기념공원'으로 이름을 바꾸어 사람들에게 그날의 사건을 기억하게 하고 있다.

돈으로 우정을 사야만 하는 슬픈 대만의 현주소

텐무

　'텐무(天母)'를 우리 식대로 읽으면 천모다. '하늘의 어머니'라는 뜻을 지닌 이곳은 동·서가 만나고 신·구가 조화를 이루는 도시 타이베이에서도 이국적인 정서를 가장 크게 느낄 수 있는 곳이다. 1979년 단교와 동시에 완전히 대만 땅을 떠난 미군 캠프가 있던 곳이며, 대만의 22개 공식 수교국, 샤오펑유(小朋友 : 작은 친구)들의 주대만대사관도 여기에 있다. 더하여 보통 'ＯＯ협회'라 쓰는 비수교국들의 주대만대표부, 타이베이미국학교, 타이베이일본교포학교(臺北日僑學校)를 비롯 '외국인'을 위한 각종 교육기관, 쇼핑센터 등이 밀집한 타이베이 속의 이방이다.

　이곳의 옛이름은 싼자오푸(三角埔)였다. '하늘의 어머니'라는 뜻의 텐무라는 이름이 붙게 된 것은 일제강점기 말 신앙의 대상마저도 일본 신으로 바꾸라고 했던 민족 말살 통치 정책과 관련 있다. 이른바 '황민화(皇民化)'를 추진, 대만인들을 철저히 동화시키는 것을 식민통치의 목표로 한 이 시기 대만총독부는 대만 고유의 신을 섬기는 것을 금지시키고 일본 신을 섬기게 했던 것이다. 대만총독부는 1933년 둥팡산(東方山) 자락에 '천모(天母)'를 주신으로 모시는 일본 신사를 세웠다. 천모신사에서는 일본 창조신 천조대신(天照大神)과 대만을 비롯하여 중국 동남부 해안가에서 널리 숭상하는 '바다의 여신' 마조(媽祖)를 합친 개념인 천모를 모셨다. 천모신사로 인하여 이 일대는 텐무(천모)라는 이름을 얻게 되었다.

텐무는 겉보기에 화려하다. 일제강점기엔 일본인들의, 단교 이전엔 미군과 가족들의 터전이었던 이곳은 일본인, 미국인은 떠나갔지만, 여전히 많은 외국인이 거주하고 있다. 여기에 이들의 기호에 맞춘 명품 브랜드점, 백화점, 저명 레스토랑, 고급 빌라가 운집해 있어 별천지에 온 듯한 착각에 빠지게 한다. 착각을 더하는 것은 들려오는 말이다. 대만의 국어이자 공용어는 베이징 표준어지만, 이 지역의 공용어는 영어가 아닌가, 하는 착각이 들 정도다.

화려한 외관의 '타이베이 속 이방 도시' 텐무에서 가장 눈에 띄는 지역은 주대만외교공관이 밀집해 있는 대사관특구(使館特區) 지역이다. 이곳에는 주로 공식 수교국의 대사관과 대사관저, 대사관 직원 사택이 밀집해 있다. 그중 가장 눈에 띄는 건물은 텐무시로(天母西路)의 사관특구빌딩(使館特區大樓)이다. 대만의 22개 공식 수교국 중 16개 국의 주대만대사관과 비록 공식 외교 관계는 없지만 중요한 파트너인 사우디아라비아·브라질·요르단의 주대만 경제무역대표부가 이 건물에 입주해 있다. 외교 관계가 없는 3개국을 제외한 나머지 국가들은 국가의 대표적 상징인 국기를 빌딩 앞 게양대에 걸어두었는데, 한 가지 서글픈 사실은 브라질, 사우디아라비아 정도를 제외하고는 대부분 이름조차 낯설고 국기는 더더욱 낯선 나라들이라는 점이다.

이 중 대다수 공식 수교국 대사관이 입주해 있는 사관특구빌딩에 있던 17개 샤오펑유 국가 중 한 나라 대사관이 2013년 11월 15일, 대만과 절교를 선언하였다. 대만과 절교를 선언한 나라는 아프리카 서안의 감비아공화국(Republic of The Gambia)이다. 1965년 영연방의 자치령으로 독립한 인구 152만 명의 소국 감비아는 1995년 대만과 공식 수교한 후 18년 동안 샤오펑유로서 대만과 외교 관계를 지속해오다, 홀연 단교 선언을 한 것이다. 군 출신의 야야 자메흐(Yahya Jammeh) 감비아 대통령은 "감비아의 전략적 이익을 고려하여 대만과 단교한다."고 밝혔지만, 이면에는 아프리카에서 영향력을 확대해온 중국의 압력과 회유가 자리하고 있다.

감비아의 단교 선언 3일 뒤인 11월 18일, 대만 외교부는 대변인 성명을 통하여, "감비아와 외교 관계를 단절하고 경제 원조를 중단하며, 사관특구빌딩에 입주해 있던 주대만감비아대사관도 철수할 것"이라고 발표하였다. 이로서 빌딩에 세 들어 사는 샤오펑유 나라의 주대만대사관은 16개로 줄어들었다.

대만과 중국은 제3세계 국가가 대거 탄생한 1960년대부터 전세계를 무대로 수교국 쟁탈전을 벌여오고 있다. 국제법상 국가로 인정받기 위해서는 국민·영토·주권의 이른바 '국가 3요소'와 더불어, 다른 나라들로부터 '외교적 승인'을 받는 것이 중요하다. 이런 이유로 1949년 이래, 대만해협을 사이에 두고 '정통성' 다툼을 벌여오고 있는 대만의 중화민국과 본토의 중화인민공화국은 정부의 정통성을 보장해줄 수 있는 외국 친구들을 두고 치열한 다툼을 벌여오고 있다.

아프리카, 남아메리카, 남태평양을 전장(戰場)으로 '수교국 쟁탈전'을 벌여오고 있는 대만과 중국이 전투의 실탄으로 사용한 것은 돈이다. 대만과 중국은 공공개발원조(ODA)로 포장된 돈을 무기로 하여 치열한 외교 전쟁을 벌여오고 있다. 돈을 무기로 사용한다 하여 '은탄외교(銀彈外交)'라 이름 붙여졌다. '발전 국가의 모범생'으로 불리며, 1970년대 고도 경제 성장을 구가하던 대만은 한때 세계 2위에 이른 막대한 외환보유고와 탄탄한 경제력을 바탕으로 해외 원조를 퍼부으며, 가난한 샤오펑유들과 외교 관계를 유지해왔다. 1971년 중화민국 정부가 국제연합에서 퇴출당한 이후 밀어닥친 '단교 쓰나미'로 공식 수교국이 20개

❶❹ 톈무 거리.
❷ 사관특구빌딩에 게양되어 있는 공식수교국 국기들.
❸ 공식수교국의 국기가 게양되어 있는 외교부 청사 로비.

남짓으로 줄어든 후부터 대만의 중화민국은 국제 사회에서 최소한의 생존 공간을 모색하기 위해 더욱 치열하게 '돈으로 친구를 사는' 외교전을 벌이고 있다. 다만 1979년 덩샤오핑(鄧小平)이 개혁·개방 정책을 추진한 이후 1990년대 들어 경제적으로 급성장하고, 2000년대 들어 'G2'라 불릴 정도로 국제 사회에서 입김이 세진 중국의 부상으로 대만의 입지는 점점 좁아지고 있다. 은탄외교에서 쓸 수 있는 실탄만 하더라도, 외환 보유고 3조 8,400억 달러로 세계 1위를 달성한 중국에 비해, 비록 나라 크기나 경제 규모에 비해 많다고는 하지만 4,200억 달러로 세계 4~5위권의 외환 보유고를 가진 대만이 쓸 수 있는 실탄은 상대적으로 적은 편이다. 여기에 국제 사회에서 별다른 영향력이 없고, 경제적으로 대만에 손을 벌리기만 하는 샤오펑유 나라들에게 대만이 경제 원조를 대가로 외교 관계를 유지하는 것에 대해 다수 대만 국민들은 차가운 시선으로 바라보고 있다. 이는 항상 국민의 눈치를 살펴야 하는 총통이나 고위관료들에게는 큰 부담으로 작용하고 있다.

1971년 국제연합 퇴출로 국제 사회에서 정통성을 상실한 대만은 급변하는 시대의 변화에 발맞추어 '변화 적응형' 외교 정책을 수립하여 오늘에 이르고 있다. 장징궈 집권기의 탄성외교(彈性外交), 리덩후이의 무실외교(務實外交), 천수이볜이 추진한 다원외교(多元外交), 2008년부터 현재까지 지속되고 있는 마잉주의 활로외교(活路外交)가 그것이다.

'단교 쓰나미'를 몸소 맞아야 했던 장징궈는 대만의 탄탄한 경제력을 바탕으로 경제 원조를 미끼로 경제적으로 어려운 나라들의 우정을 돈으로 사거나, 외교 관계 수립이 어려운 나라와는 비정치 분야를 중심으로 실질적인 외교 관계를 유지하는 탄성외교를 추진하였다. 그 결과 대만은 20여 남짓 나라들과 공식 외교 관계를 유지할 수 있었다. 30여 개 나라들과는 타이베이경제문화대표부(TECRO)라 부르는 비공식 대표부를 통해 실질 외교 관계를 유지할 수 있었다.

장징궈에 이어 1988년 총통이 된 리덩후이는 탄성외교의 맥을 이으면서도 '중국 대표권' 문제에 있어서는 좀 더 유연한 방법으로 접근하는 무실외교 정책을 폈다. '하나의 중국' 원칙하에 "중국과 수교하는 나라와는 단교한다"는 할슈타인 원칙(Hallstein Doctrine : 서독 외무장관 할슈타인이 내세운 외교 원칙으로 동독과 수교하는 국가와는 단교한다는 배타적 외교정책)을 폐기하고, 중국과 수교한 나라와도 동시에 외교 관계를 맺을 수 있는 교차승인(雙重承認) 정책으로 선회하였다. 은탄외교에도 페달을 밟아 당시 최고조에 이른 대만의 경제력을 바탕으로 우방국들에게 경제·기술 원조를 제공하였다.

첫 민진당 출신 총통이던 천수이볜은 기본적으로 '중국과 다른 대만'과 '대만 독립'을 추구했다. 이로 인해 양안관계는 급속히 얼어붙었고, 미국, 일본 등 전통적 우방국의 반응도 차가워 대만의 외교적 고립은 심해졌다. 이에 그는 다원외교라는 이름에 걸맞게 다양한 외교 전략을 구사하면서 상황을 타파해나갔다. 하지만 결과적으로 8년 간 그의 '외교 성적표'는 초라하여, 공식 수교국은 26개국에서 3개국이 줄어들었다. 그중 전통의 우방 중앙아메리카의 코스타리카와 단교한 것은 큰 타격이었다.

민진당 집권 8년 동안 더욱 나빠진 대외관계를 호전시켜야 하는 부담을 안고 2008년 출범한 마잉주 정부는 활로외교를 구호로 대만의 생존 공간을 확보해나가고 있다. 이는 대만의 독립은 현실상 불가능하며, 독립 노선 추구는 양안관계를 비롯하여 '양안관계의 현상 유지'를 희망하는 다수 다른 나라들과의 외교 관계에 부정적인 영향을 미친다는 과거 경험으로부터의 반성이 자리하고 있다. 대만 정부는 경제적으로 어려운 수교국들과는 공공 개발 원조를 통한 외교 관계를 유지하고, 세계보건총회(WHA) 등 비정치 국제기구에서의 활동 무대를 점차 넓히는 전략을 펼치고 있다.

각 시대 상황에 발맞추어 외교 정책의 기조와 '브랜드 네임'은 바뀌었지만, 근본적으로 돈을 실탄으로 사용하는 은탄외교 정책은 다름없이 유지되었다. 마잉주 정부 출범 후 양안 관계 해빙 무드 속에서 대만과 중국은 외교 전쟁 휴전(休兵)을 선언, 수교국 쟁탈전을 '공식적으로'는 중단하였다. 마잉주 집권 5년 동안 23개 샤오펑유 나라들은 대만과 외교 관계를 유지해왔으나, 지난 2013년 11월 대만과 경제 지원 문제로 마찰을 빚어오던 감비아가 단교를 선언하면서 외교 정책 부문에서 나름 좋은 성적을 유지해오던 마잉주 정부에 일격을 가한 것이다.

이국의 정취가 흠씬 느껴지는 세련된 '타이베이 속의 이방' 톈무는 겉보기에는 화려하고 이색적인 볼거리로 가득 찬 곳이다. 다만 그 이면에는 공식 수교국이 22개국에 불과하고 그마저도 돈으로 우정을 사야만 하는 '국제 사회의 고아' 대만이 마주한 냉혹한 현실이 자리하고 있다.

국부로 기억되는 미완의 혁명가 쑨원

국립국부기념관

　대한민국 정부에는 초대 대통령 이승만 이래 현 대통령까지 11명의 대통령이 있다. 다만 '국부'라는 존칭으로 불리는 대통령은 없다. 이승만 대통령을 '건국 대통령' 내지는 '건국의 아버지'로 받들자는 주장이 일각에서 제기되고는 있지만, 전 국민적 호응을 얻지는 못하고 있다. 경제 발전에 공헌한 박정희 대통령이나 민주화에 큰 역할을 한 김대중·노무현 대통령에 대한 국민들의 평가도 크게 엇갈리는 편이다.

　'남의 떡이 더 커 보인다'고 대만에 살면서 부러웠던 것 중 하나가 '나라의 아버지'라는 뜻의 '국부(國父)'라는 존칭으로 불리는 인물이 존재한다는 것이다. 중산(中山) 쑨원(孫文)을 두고 하는 말이다. 타이베이 시내 한복판에 있는 중산공원(中山公園)과 그 안에 자리한 국립국부기념관이 중산 쑨원의 존재감을 대변하고 있다. 1972년 5월 문을 연 국립국부기념관은 '중화민국의 국부' 쑨원의 유품과 '신중국'을 건설하기 위해 고군분투했던 그의 행적을 보여주는 전시물을 담은 기념 공간이다.

　중국 전통 양식 건축인 국립국부기념관은 중국 베이징(北京) 자금성(紫禁城)에서도 볼 수 있는 황색 유리기와를 얹어 지었으며, 건물을 둘러싸고 있는 중산예랑(中山藝廊)과 대회당(大會堂)을 중심으로 쑨원의 발자취와 중화민국 초기 역사를 간직한 전시 시설로 구성되어 있다.

이곳에서 빠트리지 말고 둘러보아야 할 곳은 쑨이셴박사도서관(孫逸仙博士圖書館)이다. 국립국부기념관이 문을 연 지 한참 후인 2004년 완공된 이곳은 민족(民族)·민권(民權)·민생(民生)의 삼민주의(三民主義)를 새로운 중국의 국가 이념으로 제창한 그의 사상을 담은 각종 서적·논문과 함께 '사상가 쑨원'의 면모를 보여주는 교육·연구 공간이다. 민주화 이전 대만에서는《삼민주의》와 더불어 그의 유훈이라 할 수 있는《총리유교(總理遺敎)》가 각급 학교의 필수 교과목이었고, 대학입학시험과 각종 공무원 시험의 필수 과목이었다. 각 대학에는 '삼민주의연구소(三民主義硏究所)'라 불리는 대학원을 설치, 그의 사상과 국가 발전 전략을 연구하기도 하였다. (오늘날 '삼민주의연구소'는 대부분 '국가발전연구소'로 이름을 바꾸었다. 중화권에서 '연구소'는 '대학원'을 의미한다.)

쑨원은 1866년 중국 광둥성(廣東省) 샹산(香山)에서 객가인(客家人)의 후예로 태어났다. 가난한 농부의 아들로 태어난 그는 마지막 봉건왕조 청의 대혼란기 속에서 어린 시절을 보냈다. 제1·2차 아편전쟁에서 패배한 후, 황혼기에 접어든 제국은 서구열강들의 침략 앞에 무기력함을 드러냈다. 여기에 혼란을 더한 것은 홍수전(洪秀全)이 일으킨 태평천국(太平天國)의 난이다. 이때 쑨원은 제2의 홍수전을 꿈꾸며, '만주족 오랑캐 왕조' 청의 타도를 꿈꾸기 시작했다.

13세 때인 1879년 형 쑨메이(孫眉)의 도움으로 하와이 호놀룰루로 건너간 그는 미국식 민주주의를 체험하였고, 1892년 홍콩으로 돌아와 홍콩의학원(현 홍콩대학 의과대학)에서 의학을 공부하였으나 의학보다는 정치에 관심이 컸다. 다시 하와이로 건너간 쑨원은 호놀룰루에서 중국국민당의 모체가 되는 흥중회(興中會)를 조직하였고, 1895년 1월에는 흥중회 홍콩지부를 결성하여 본격적인 혁명 준비에 나섰다. 같은 해 10월 광저우(廣州)에서 첫 무장 봉기를 계획하였으나 가담자의 밀고로 무산되고, 쑨원은 일본으로 망명하였다. 청 정부의 수배령을 피해 1896년 영국으로 건너간 그는 주영국청공사관에 체포되었으나, 영국인 지인의 도움으로 풀려났다.

쑨원은 영국 체류 기간 동안 대영박물관 도서관에서 연구에 집중하였다. 특히《자본론(資本論)》을 비롯한 마르크스(Karl Marx)의 책들과 정치경제학자 조지(Henry George)의 책들을 탐독하였다. '조지주의(Georgism)'는 토지에서 발생하는 지대(地代)는 사유(私有)될 수 없고 사회 전체에 의해 향유되어야 한다는 토지단일세를 주장한다. 이를 통해 쑨원은 민주공화국을 꿈구며 혁명의 기본 이념인 '삼민주의(三民主義)'의 이론적 틀을 잡았다.

삼민주의의 골자는 다음과 같다. 첫째, 민족주의는 초기 만주족의 청을 타도하고 한족(漢族)의 해방을 주장했던 것에서 출발한다. 후에 서구 열강의 침략으로 반(半)식민지 혹은 차(次)식민지 상태에 놓여 있던 중국에서 제국주의 침략으로부터의 해방을 뜻하는 것으로 확대 해석되었다. 쑨원 사후에는 이를 넘어서 중국 내 민족 간의 공화(共和)를 뜻하게 되었다. 둘째, 민권주의는 주권재민(主權在民) 사상의 민주정치를 의미한다. 다만 주권(主權)과 치권(治權)을 분리하여, 주권은 국민에게 있지만, 치권은 국민으로부터 권한을 위임받은 총통과 5개의 기관에 있다는 대만식 5권(행정, 입법, 사법, 고시, 감찰)분립제의 기초가 되었다. 셋째, 민생주의는 경자유전(耕者有田)에 입각하여 토지는 원칙적으로 경작자에게 돌아가야 한다는 토지 소유의 균등과 독점자본의 억제라는 사회주의적 이상을 담고 있다. 삼민주의는 쑨원의 중국혁명동맹회(中國革命同盟會) 결성과 함께 세상에 공포되었다.

신해(辛亥)년인 1911년 10월 10일, 청 정부의 철도 국유화 정책에 반발하여 우창(武昌) 봉기가 발발하였다. 이것이 시발점이 된 신해혁명은 중국 전역으로 번져, 12월 2일 혁명군은 난징(南京)을 점령, 임시정부를 세우기에 이르렀다. 다만 우발적인 봉기가 혁명으로 발전한 것이기에 지도자를 필요로 하였고, 이는 쑨원에게 큰 기회였다. 12월 29일, 난징에서 개최된 '각 성(省) 대표자 회의'에서 쑨원은 임시 대총통으로 추대되었고 해가 바뀐 1912년 1월 1일, 난징에서 중화민국 초대 총통으로 취임하였다.

난징에서 중화민국은 성립되었으나 청은 베이징에 여전히 존속하고 있었고, 상대적으로 혁명 정부의 힘은 약했다. 이에 쑨원은 청 정부의 혁명군 진압 책임자 위안스카이(袁世凱)에게 청의 '마지막 황제' 선통제(宣統帝) 푸이(愛新覺羅·溥儀)를 퇴위시키면 임시 대총통 자리를 위안스카이에게 양보하겠다고 협상을 하였다. 위안스카이는 이를 받아들여 2월 12일 선통제를 '자진 퇴위' 형식을 빌어 물러나게 함으로서 청을 멸망시킨다. 그해 4월 위안스카이가 임시 대총통에 취임하고, 12월 쑨원은 중국동맹회를 중국국민당(中國國民黨)으로 개편, 초대 이사장에 취임하였다. 그러나 최고 권력자가 된 위안스카이는 독재 정치를 강화하였고, 이에 쑨원은 군사 행동에 나섰으나 실패로 돌아가 1913년 7월 다시 일본으로 망명하였다. 쑨원 망명 후 위안스카이는 황제가 될 야욕을 노골적으로 드러냈다. 이에 1914년 쑨원은 일본 도쿄에서 중화혁명당(中華革命黨)을 창당, 위안스카이의 황제 즉위를 저지하기 위한 투쟁을 시작하였다.

반면 위안스카이는 1915년 12월 중화제국 성립을 선언, 황제로 칭하고 연호를 홍헌(洪憲)이라 하였다. 이러한 반동 행위는 각지에서 일어난 반란과 돤치루이(段祺瑞)를 비롯한 북양군벌 실력자들의 반대에도 부딪혔다. 마침내 1916년 3월 위안스카이는 중화제국 성립을 취소하고, 국호를 중화민국으로 되돌렸다. 그러다 5월 스트레스가 원인이 된 요독증 발병으로 6월에 사망하였다.

위안스카이 사망 후 쑨원은 귀국하였으나, 권력은 북양군벌의 실력자 돤치루이가 장악하였다. 쑨원은 돤치루이의 탄압을 피해 고향 광둥성으로 옮겼고, 현지 군벌과 힘을 합쳐 군사 정부를 세우고 대원수로 취임하였다. 다만 군벌들과의 협력은 오래 가지 못해, 1918년 대원수직을

❶ 쑨원.
❷ 국립국부기념관.
베이징 자금성에도 쓰인
황색 유리기와를 얹은
것이 인상적인 건물이다.
❸ 국립국부기념관의
볼거리 중 하나인
위병 교대식.
❹ 타이베이중앙역
근처에 자리한 국부고택.
❺ 국립국부기념관
내부 전시품들.
'민주공화국의 아버지'
라는 글씨가 보인다.

사임하고 상하이로 망명하였다. 이 시기 쑨원은 활발한 저술과 강연 활동을 벌여, 《쑨원학설(孫文學說)》, 《건국대강(建國大綱)》 등 자신의 사상을 집대성한 글들을 발표하였다.

이듬해인 1919년 베이징에서 발발한 5.4운동은 평생 혁명에 몸을 바친 쑨원의 삶에 결정적인 전기가 되었다. 운동 추이를 살펴본 쑨원은 '대중혁명정당 건설'이 시급하다는 것을 깨닫고, 종전의 '위로부터의 혁명' 노선을 바꿔 '아래로부터의 혁명'을 추구하게 된다. 이 연장선상에서 1919년 10월 10일 중화혁명당을 중국국민당으로 재창당하였다.

2년 후인 1921년 4월, 광둥성에서 일종의 임시 헌법인 '중화민국정부조직대강'이 결정되고, 5월 쑨원은 중화민국 정부 총통에 취임하였다. 다만 베이징에는 돤치루이가 이끄는 북양정부가 여전히 존속하고 있었기에, 중국은 남·북으로 양분되었다.

총통이 된 쑨원은 북양정부를 토벌하기 위해, '북벌안(北伐案)'을 제시하였으나 실패하고 상하이로 옮겨 다시 혁명을 준비했다. 이때 소련 코민테른이 접근해왔다. 코민테른은 1920년에 창당된 중국공산당의 미약한 힘으로는 중국 혁명을 수행할 수 없다고 판단하였다. 이에 다른 파트너를 물색 중이었는데, 비록 실패를 거듭하였지만 오랜 동안 혁명을 위해 몸을 바쳐 온 쑨원이 눈에 들어왔다.

1921년 7월, 레닌(Vladimir Lenin)의 대리인 마링(Maring)은 구이린(桂林)에서 쑨원을 만나 국민당 개조를 촉구하며, 무력 혁명 간부 양성을 위한 사관학교 설립을 건의하였다. 첫 번째 만남은 쑨원이 소련 측을 신뢰하지 않아 결렬되었고, 이에 코민테른은 요페(Adolf Abramovich Joffe)를 파견, 쑨원을 다시 만나 국민당 개조 문제, 소련의 중국 혁명 원조 문제 등을 협의하였다. 그 결과 1923년 1월 '쑨원-요페공동선언'이 발표되었다. 쑨원은 '연소용공(聯蘇容共 : 소련과 연대하고 공산당을 포용한다.)' 정책을 채택하였는데, 이는 제1차 국·공합작의 밑거름이 되었다.

소련의 지원을 약속받은 쑨원은 '국민당개조선언(國民黨改組宣言)' 을 발표, 당 개조를 시작하여, 국민당을 대중 혁명 정당으로 탈바꿈시켰다. 이듬해인 1924년 1월, 쑨원은 광저우에서 중국 국민당 제1차 전국대표대회를 소집하고, 당 지도부에 중국 공산당원도 참여하는 정치협상회의를 구성하여 공식적으로 제1차 국·공합작을 실현하였다. 여기서 3대 정당 강령으로 연소(聯蘇 : 소련과 연대)·용공합작(容共合作 : 공산당 포용·합작)·농공부조(農工扶助 : 농민과 노동자에 대한 원조)를 명시하였다. 더하여 '중국 국민당 제1차 전국대표대회선언'에서는 종전의 '삼민주의'에 반제국주의·반봉건주의를 추가, 새로운 혁명의 이정표로 제시하였다.

국민당 개조 작업을 마친 쑨원은 다시 한 번 북벌을 추진하였으나 이때 쑨원의 몸은 간암이 급속히 진행되고 있었다. 이듬해인 1925년 국민대표회의가 베이징에서 소집되자, 쑨원은 회의에 참석하기 위해 베이징으로 향하던 중 쓰러졌고, 2월 24일 사망하였다.

불행히도 자신이 염원하던 '통일 중국'을 눈앞에 둔 채 세상을 떠난 쑨원은 중화민국의 수도 난징(南京)에 안치되었다. 1926년 공사에 들어가 1929년 완공된 중산릉(中山陵)은 그 규모가 봉건 시대 황제의 능에 버금갈 정도로 거대하다. 이는 비록 '미완의 혁명가'로 세상을 떴지만, 새로운 중국의 설계자로 추앙받은 그의 위상을 말해준다.

1949년 10월 1일, 중국 베이징 자금성에서 마오쩌둥이 중화인민공화국 성립을 선언하고 장제스의 국민당 정부가 대만 섬으로 쫓겨난 후, 중화민국 정부가 통치하는 대만뿐만 아니라 중국 본토에서도 쑨원에 대한 숭배에 가까운 공경은 지속되었다. 여기에는 "중화와 쑨원이 세운 새로운 중국의 정통을 계승하고 있다."고 주장하는 양안 간의 정통성 논쟁이 자리하고 있다. 비록 국·공내전에서 패하여 대만으로 천도하였지만, '대만의 중화민국(中華民國在臺灣)'에서는 그를 국부 혹은 '영원한 국민당 총리'로 떠받들었고, 1949년 이후로 중화민국은 사실상 소멸되고 중화인민공화국 정부가 정통성을 계승했다고 주장하는 중국에서도 수천 년 간 지속된 봉건 왕조를 무너뜨리고 새로운 중국을 세우는 데 공헌한 그를 추켜세운다.

다만 시간이 흐르고 민주화와 본토화(대만화)가 진행된 대만에서는 '국부 쑨원'에 대한 재평가가 이루어졌고, 제한적이나마 언론·학술 연구의 자유가 생겨나기 시작한 중국에서도 마찬가지였다. 이러한 쑨원에 대한 재평가 속에서 혁명 초기 지나치게 외세에 의존하던 그의 지난 행적과 준비되지 않은 상태에서 일으킨 무리한 혁명과 실패, 그로 인한 인적·물적 손실에 대해 비판이 제기되었고, 그 결과 "위대한 국부라기보다는 몽상적인 혁명가에 가깝다."는 평가를 받게 되었다. 특히 대만 독립주의자들은 '국부'라는 존칭은 중화민국과 국민당의 관점에서 그를 신화적인 존재로 평가하여 붙인 존칭이라 주장하며, 쑨원의 이름 앞에 이런 존칭을 붙이는 것은 옳지 않다고 말한다. 나에게 '대만 역사' 과목을 가르쳐주신 국립정치대학 역사학과 저우후이민(周惠民) 선생님만 해도 "'국부'는 국민당이 만든 개념이다. 그는 위대한 인물로 여겨져왔지만 그 후 연구에서 그다지 위대하지 않다는 사실이 드러났다. 쑨원이 없었더라면 중국은 좀더 좋은 방향으로 발전했을지도 모른다."라고 하셨다.

역사 재평가와 그로 인하여 쑨원에게 덧씌워졌던 '신화적인 이미지'는 상당 부분 탈색되었음에도 쑨원의 사상인 삼민주의는 여전히 대만의 중화민국뿐만 아니라 중국 본토에도 새로운 세상을 연 위대한 사상으로 평가받고 있다. 그중 민생주의 사상은 '국민 생활 안정'을 정부 경제 정책의 최우선 과제로 여기고 있는 대만에서 국민들의 삶에 여전히 큰 영향을 끼치고 있다. 잘 보장된 공교육제도, 보장이 지나쳐서 탈(?)이라는 평가를 받는 의료보험제도, 물가 안정을 최우선으로 하는 정부 정책 등이 그 예다.

장제스는 제2의 국부인가 독재자인가

국립중정기념당

대만 곳곳의 지명이나 고유명사 중에 가장 자주 접하게 되는 대표적인 어휘는 '중정(中正)'이다. 타이베이 시 한가운데 자리한 구(區)이름도 중정구(中正區)이고, 어느 도시를 가나 주요 간선 도로의 이름은 거의가 중정로(中正路)다. '대만의 관문'으로 인천국제공항에서 출발한 비행기가 도착하는 타오위안국제공항(桃園國際機場)의 원래 이름도 '중정'국제공항으로 영어 이름은 '창카이섹국제공항(Chiang Khai-sek International Airport)'이었다. ('창카이섹'은 장제스의 고향인 푸젠성 사투리 발음을 영어로 음차 표기한 것으로, 영어로 표기할 때는 'Chiang Khai-sek'의 약칭 'C.K.S'라 표기한다.)

대만 어딜 가나 볼 수 있는 낯익은 이름 중정은 바로 장제스(蔣介石)의 원래 이름이고, '제스'는 그의 호다. 그는 《역경(易經)》에 나오는 '중정자수 기개여석(中正自守 基介如石 : 중용의 도로 스스로를 지키고, 기개를 돌처럼 굳건하게 한다.)'이라는 구절을 좋아하여 이의 첫 글자를 자신의 이름으로 삼고, 뒤에서 개(介)자와 석(石)자를 따 호로 삼았다.

1945년 대만 광복, 1949년 중화민국 정부의 대만 천도 이후 1975년 세상을 떠날 때까지 장제스는 대만 현대사에서 떼려야 뗄 수 없는 큰 흔적을 남긴 인물이다. 이런 이유로 대만 곳곳에 그의 이름을 딴 땅이름,

길이름이 남아 있는 것은 어쩌면 당연한 일이다.

'중정'이라는 이름이 들어간 고유명사들 중에서 가장 대표적인 것을 꼽으라면 단연 국립중정기념당(國立中正紀念堂)이다. 이곳은 중화민국 정부의 대만 천도 1년 후인 1950년 '총통 복직'을 선언한 이래 1975년 지병으로 세상을 떠날 때까지 '평생 총통'이었던 그를 추모하는 거대한 기념관이다. 국립국부기념관, 국립고궁박물원, 룽산사(龍山寺)와 더불어 타이베이 시내의 대표적인 관광 코스로, 여기서 사진 한 장쯤은 찍어야 "나 타이베이 다녀왔어."라고 말할 수 있을 정도다.

타이베이 시 중심부 중정구에 자리한 국립중정기념당은 높이 76m에 달하는 메인홀을 중심으로 지하에는 전시 시설이 자리하고 있고, 좌우로는 국가음악청과 국가희극원이 있다. '자유광장(自由廣場)'이라 씌어 있는 현판을 지나 들어서게 되는 경내 면적은 25만㎡에 이른다. 원래이 땅은 일제강점기부터 군부대가 사용하였으며, 중화민국정부의 대만천도 후에도 육군본부, 헌병사령부 등이 자리한 '군용 부지'였다. 이후장제스 총통 사망 이듬해인 1976년 공사를 시작하여 1980년 완공한 이곳은 오늘날 거대한 도심 공원이자 전직 총통 기념관으로서 면모를 갖추었다. 공사 비용은 국민들과 세계 각지 화교(華僑)들의 성금으로 충당하였다.

장제스 동상이 있는 메인홀은 '하늘은 둥글고 땅은 네모났다'라는고대 중국인들의 사상인 '천원지방(天圓地方)'을 상징한다. 흰 대리석몸체에 푸른색 기와를 얹은 건축물은 국민당 당기(黨旗) 문양 '청천백일(靑天白日)'을 나타내기도 하며, 실제 장제스 동상 위 천장에는 실제로 청천백일 문양이 새겨져 있다. 이것의 의미는 장제스가 '국가 최고지도자' 자리에서 하야와 복직을 세 차례 반복하였지만, 1925년 쑨원 사망 이후, 국민당 지도자 자리는 단 한 번도 놓치지 않은 유일무이한 국민당 총재였기 때문이다. 광장에서 메인홀로 올라가는 계단의 숫자는 정확히 89개로 세상을 떠날 때 장제스의 나이를 상징한다.

국립중정기념당에 들어서자마자 마주하게 되는 장제스 동상은 무게가 25ton에 달하는데, 타이베이 아니 대만에 가면 반드시 들러 사진을 찍어야 하는 장소 중 한 곳으로 유명하다. 육중하고 거대한 동상과 더불어 볼 만한 것은 24시간 그의 곁을 지키고 있는 위병들과 위병교대식이다. 1시간 단위로 육·해·공군 위병들이 지키는데, 대만 3군에서 선발된 '훈남 군인'의 절도를 잘 보여주는 위병교대식은 놓칠 수 없는 볼거리다.

1층 전시관으로 가면 파란만장한 삶을 살았던 '비운의 영웅(?)' 장제스의 유물들이 전시되어 있다. 그가 입었던 옷도 있고, 그의 삶을 엿볼 수 있는 일기장도 있다. 장제스는 군 출신이지만 유학(儒學)적 소양도 뛰어났고, 달필가였다. 거의 매일 꼼꼼히 일기를 썼던 것으로도 유명한데, 이런 장제스의 일기는 그 자체만으로도 훌륭한 사료(史料)가 된다. 국내에서는 '레이 황(Ray Huang)'이라는 이름으로 더 잘 알려진 군 출신 역사학자 황런우(黃仁宇)의《장제스 일기를 읽다》라는 책에서 일부를 볼 수 있다.

전시관에는 '애마'였던 캐딜락 리무진들도 있는데, 수십 년 된 차라는 게 믿기지 않을 정도로 반짝반짝 윤나게 손질되어 있다. 이런 전시품들과 더불어 벽면에 걸려 있는 역사적인 사진들도 놓칠 수 없다. 연대순으로 사진들을 보며 설명을 읽어보는 것만으로도 중국과 대만의 현대사 공부가 된다. 여기서 한국 사람이라면 눈여겨볼 만한 것은 두 가지다. 하나는 1948년 대한민국 정부 수립 후 한국정부가 수여한 '건국훈장'이고, 다른 하나는 1966년 대만을 국빈 방문한 박정희 대통령 사진이다. 이 훈장과 사진은 한국과 대만이 비록 지난 시절의 일이라고는 하나 '혈맹' 혹은 '형제의 나라'라 불릴 정도로 가까웠음을 방증한다.

장제스는 1887년 저장성(浙江省) 평화현(奉化縣)에서 태어났다. 어릴 적 이름은 루이위안(瑞元)이었는데, 성년이 되어 중정(中正)으로 바꾸었다. 어린 시절 그는 유학 교육을 받았는데, 《대학(大學)》, 《중용(中庸)》, 《상서(尙書)》, 《역경(易經)》, 《통감(通鑑)》 등 주요 경전을 공부한 것이 그의 민족주의적 사상에 큰 영향을 끼쳤다.

1901년, 14세 때 장남 장징궈(蔣經國)의 생모이기도 한 마오푸메이(毛福梅)와 결혼하였다. 이후 1913년 마오푸메이를 고향에 버려둔 채 야오타이청(姚怡誠) 등과 내연관계를 맺었고, 1921년 마오푸메이와 정식 이혼하고, 상하이에서 천제루(陳潔如)와 결혼하였다.

장제스의 젊은 시절 중국은 대혼란기가 들이닥쳤고, 적자생존의 법칙이 잘 맞아 떨어지던 시대였다. 이에 야심만만하였던 그는 군인이 되기로 결심하고, 1906년 바오딩군관학교(保定軍官學校)에 입학하였고, 이듬해는 일본 육군사관학교에 편입, 1909년 졸업하였다. 사관학교를 졸업한 경력은 훗날 장제스의 입신양명에 결정적인 역할을 하였다.

1911년 신해혁명으로 신중국이 성립하자, 장제스는 혁명군 지휘관으로 활약하였고, 정규 사관학교를 졸업한 경력과 군사적 재능에 힘입어 쑨원의 신임을 받게 되었다. 그중 1923년 군벌 천종밍(陳炯明) 반란으로 쑨원과 쑹칭링이 위험에 빠졌을 때, 사지에서 그들을 구해낸 것이 쑨원의 신임을 받는 결정적인 원인이 되었다.

1925년 북벌이 시작되자 장제스는 국민혁명군 총사령관이 되어 전쟁을 지휘했고, 쑨원이 간암으로 사망한 후에는 황포군관학교 출신 장교들의 지지와 휘하의 군사력을 바탕으로 국민당 좌파의 지도자 왕징웨이를 실각시키고 국민당의 지도자가 되었다.

1927년 4월 장제스는 상하이에서 저우언라이(周恩來)가 지휘하던 중국공산당에 대한 대대적인 소탕 작전을 펼쳤고, 이후 중국 전역에서 공산당에 대한 숙청 작업을 벌였다. 그 결과 장제스의 권력 기반은 강력해졌고, 당과 군을 확실히 장악한 뒤 1928년 6월 국민혁명군은 베이징에

❶ 국립중정기념당.
❷ '자유광장'이라 씌어진 국립중정기념당 편액. 민주진보당 집권 시절 '장제스 지우기'의 결과물 중 하나다. 원래는 치우침 없이 바르다'라는 뜻으로 장제스의 본 이름 '중정'과도 관련 있는 '대중지정'이라는 편액이 걸려 있었다.

①

②

입성하였다. 이후 장쭤린 폭살 후 펑톈군벌을 이끌던 장쉐량(張學良)이 투항하여, 북벌을 완성하였다. 장제스는 난징에서 국민정부(國民政府) 주석에 취임하였고, 명실상부한 최고지도자가 되었다.

장제스가 중국 통일을 이룬 지 얼마 지나지 않아, 만주로부터 시작된 일본의 중국 침략이 본격화되었다. 이에 장제스는 '공산당은 내부의 병, 일본은 외부의 종기, 외부의 종기를 다스리기는 쉬워도 내부의 병을 치료하기는 어렵다' 는 생각을 가지고 외부의 적인 일본군의 침략에는 소극적으로 대응하면서, 내부의 적인 공산당 토벌에 주력하였다. 5차례에 걸친 대대적인 공산당 토벌 작전 결과, 공산당은 대장정이라 불리는 긴 후퇴 끝에 서부 옌안(延安)으로 근거지를 옮겼다.

이에 장제스는 장쉐량을 옌안 방면 사령관으로 임명하여 공산당의 새로운 근거지에 대한 총공격을 준비하였다. 그러나 장쉐량은 외적의 침략은 방조한 채, 동족과의 전쟁에만 골몰하는 장제스에 대해 불만을 가졌고 저우언라이도 그를 교묘히 회유하였다. 결국 장쉐량은 1936년 12월 12일 시안(西安)사변을 일으켜, 장제스를 감금하고 공산당과의 협력을 요구하기에 이른다. 장제스의 부인 쑹메이링이 나서서 공산당 지도자 저우언라이와 협상하여 그 결과 억류된 장제스는 풀려나고, 국민당과 공산당은 제2차 국 · 공합작을 실현하게 된다.

1937년 중 · 일전쟁 발발 후 1945년 종전까지 국민당과 공산당은 협력 관계를 지속하며, 일본의 침략에 맞섰다. 일본의 무조건 항복으로 전쟁이 끝난 후, 장제스는 승전국이자 국제연합(UN) 5대 상임이사국 중국 최고지도자로서 세계의 주목을 받았다. 다만 이도 잠시 1946년 국민당과 공산당은 전국정치협상회의를 개최하여 전후 중국이 나아갈 방향을 논의하였지만, 깊은 앙금에다 입장차가 커 합의에 이르지 못하고, 1947년부터 내전이 재개되었다. 초기 전세는 국민당에 유리하게 전개되었지만, 부패와 군기 문란, 민심 이반 등으로 국민당은 수세에 몰리기 시작하였다. 1948년 이른바 3대 전투에서 패배한 후 전세는 결정적으로 불리해졌다. 결국 1949년 12월 국민당은 중국 본토를 완전히 내어주고 대만 섬으로 천도하였고, 장제스는 1975년 세상을 떠날 때까지 본토를 밟아보지 못하였다.

장제스에 대한 평가는 크게 2가지다. 중화민국의 정통성을 존중하고, 국민당 정부의 대만 통치의 정당성을 인정하는 입장에서는 쑨원에 이은 '제2의 국부'로 추앙한다. 반면 대만 독립을 추구하는 입장에서는 민주주의를 억압한 독재자일 따름이다. 1949년부터 1987년까지 38년 간 이어지는 계엄령하에서 장제스에 대한 비판은 금기였다. 이후 계엄령이 해제되고 민주화가 빠른 속도로 진행되면서 국민들도 자유롭게 생각하고 발언할 수 있게 되었고, 이에 따라 '성역'으로 치부되었던 장제스와 국민당의 과오에 대한 평가와 비판도 자유롭게 할 수 있게 되었다. 대만 독립파를 중심으로 '장제스 재평가'가 집중적으로 이루어졌고, 이들은 장제스를 '무능하고 억압적인 독재자'로 맹비난하고 있다.

장제스에 대한 평가에 부침이 있을 때마다 국립중정기념당의 운명도 요동쳤다. 1987년 계엄령 해제에 이어, 1988년 장징궈 사망 후 민주화가 급격히 진행되자, '독재자' 장제스를 추모하는 공간인 이곳은 대만 민주화 인사들에게 용납할 수 없는 곳이었다. 1980년대 재야 운동권 학생들은 공공연하게 "아들 장징궈마저 세상을 떠나면 국립중정기념당은 그날로 부숴버려야 한다."고 할 정도였다. 하지만 장징궈가 세상을 떠난 후에도 국립중정기념당에 별다른 일은 일어나지 않았다. 이곳이 대만 독립파·민주화 인사들에게 있어 '눈엣가시'인 것만은 틀림없었다. 장징궈의 후계자로 최초의 본성인(대만인)이자 총통인 리덩후이(李登輝) 재임 시절까지 국립중정기념당의 운명에는 큰 변화가 없었다. 계엄령 해제와 이후 이루어진 민주화 조치로 예전만큼 힘을 쓰지는 못한다 해도 '국민당 정부'인 것은 변하지 않았기 때문이다.

국립중정기념당이 중대한 갈림길에 선 것은 2000년 선거에서 민주진보당 출신의 천수이볜이 총통에 당선되고부터다. '대만의 아들(臺灣之子)'이라 스스로 칭할 정도로 '대만인 의식'이 강했던 그는 재야 시절부터 국민당 정부를 신랄하게 공격하면서 정계의 기린아로 떠올랐고, 총통에 당선된 후에는 더욱 선명히 중국이 아닌 대만 정체성을 강화하면서 '야당으로 전락한' 국민당에 대립각을 세웠다. 천수이볜은 재임 시절 '탈중국화(去中國化)' 노선을 강화하면서, 국민당의 대만 통치의 정당성에도 비판을 가했다. 이 와중에 이루어진 것이 국민당과 장제스·장징궈 부자의 업적 지우기, 그중에서도 칼날은 장제스에게 겨누어졌다.

전국 각지에 있던 200개가 넘던 장제스 동상들이 치워졌고, 지명이나 건물 이름에서 그의 이름이 사라졌다. 1979년 '중정국제공항'이라는 이름으로 문을 연 타오위안시(桃園市)의 국제공항이 '타오위안국제공항'으로 바뀐 것도 이때의 일이다. 이렇게 진행된 탈중국화와 '장제스 지우기'의 대미는 천수이볜 재임 사실상 마지막 해였던 2007년에 일어났다. '국립중정기념당'을 '대만민주화기념관(臺灣民主化紀念館)'으로 이름을 바꾸고, 1층 전시관도 폐쇄해버린 것이다. 광장 입구의 '치우침 없이 바르다'라는 뜻으로 장제스의 본래 이름 '중정'과 관련 있는 '대중지정(大中至正)'이라는 편액도 오늘날 볼 수 있는 '자유광장'으로 바꾸어 달았다. '장제스 업적 지우기의 결정판'이었던 셈이다.

이듬해인 2008년 3월 선거에서 국민당의 마잉주(馬英九)가 당선되면서 국민당은 8년 야당 생활을 청산하고, 다시 집권당이 되었다. 마잉주의 국민당 정부는 천수이볜 시절 추진된 탈중국화 노선을 중단하고, 이른바 '정명(正名)운동'에 의해 바뀌었던 명칭을 원래의 이름으로 되돌렸다. '중화우정(中華郵政)'이 '대만우정(臺灣郵政)'으로 바꾸었다가 다시 원래 이름으로 돌아간 것이 대표적이다. 이 속에서 '대만민주화기념관'으로 잠시 이름이 바뀌었던 '국립중정기념당'도 다시 제 이름을 찾았고, 폐쇄되었던 전시관도 문을 열고 관람객들을 맞이하기 시작하였다. 다만 '자유광장' 편액만은 그대로 두었다.

이렇듯 '중화민국의 제2국부'라는 긍정적인 평가와 '독재자'라는 부정적인 평가가 상존하며, 시대에 따라 평가가 달라지는 장제스처럼, 국립중정기념당의 운명도 엇갈렸다.

다만 국립중정기념당은 한 인물에 대한 평가와는 상관없이, 타이베이 도심에 자리한 시민들의 휴식처로, 또 줄여서 '양청원'이라 불리는 국가음악청과 국가희극원은 대만을 대표하는 문화 공연 시설로 사랑받고 있다. 여기에 한 가지 더 대만 현대사와 관련하여 이곳을 기억해야 할 것은 1990년 '3월학생운동' 내지는 '타이베이학생운동'이라 불리는 대규모 학생 시위 때, 권위주의 체제 종식과 민주화를 요구하던 학생과 시민들이 오늘날 자유광장을 점거하여 농성을 벌였고, 이곳을 친히 방문하여 학생 대표를 만난 리덩후이 당시 총통이 학생들의 요구 사항을 대부분 수용함으로써, 대만 민주화에 새로운 장을 열었다는 점이다.

이렇듯 본디 장제스를 기념하기 위한 공간으로 만들어진 국립중정기념당은 대만 현대사의 질곡 속에서 밝음과 어둠이 교차하며, 살아 있는 역사 공간의 역할을 하고 있다.

장제스 · 쑹메이링 부부의 자취가 어린 곳

스린관저공원

MRT스린(士林)역에서 국립고궁박물원으로 가는 길 한 편에 자리잡은 스린관저(士林官邸)는 장제스 · 쑹메이링(宋美齡)의 자취가 어린 곳이다. 원래는 대만총독부의 원예시험장이었는데 1949년 이래 장제스 · 쑹메이링 내외가 거처하는 '총통관저'로 사용되었다. 1945년 일본 패망 후 다시 중화민국 품으로 돌아온 대만을 둘러보던 장제스는 원예시험장을 둘러싼 아름다운 자연에 반하였고, 특히 차오산(草山)이라 불리던 양밍산(陽明山) 자락을 마음에 들어하였다. 그는 '풀 산'이라는 뜻의 차오산에 자신이 흠모하던 학자 양밍(陽明) 왕수인(王守仁)의 이름을 붙였는데, '양밍산'이라는 이름은 이때 생겨났다. 더하여 장제스는 산 어귀의 와이솽시(外雙溪)를 '선비의 숲'이라는 뜻의 '스린(士林)'이라 바꾸고, 원예시험장 안에 자리한 모텔을 대만에서 지내는 거처로 삼았다. 중화민국 정부의 대만 천도 후 세상을 떠나는 1975년까지 스린관저는 그와 부인 쑹메이링의 보금자리가 되었다.

이곳이 원래 원예시험장이었음을 알려주는 것은 스린관저 내 정원으로 사시사철 옷을 바꿔 입으며 아름다움을 뽐내는 꽃과 나무가 가득하다. 정원은 중체서용(中體西用)을 나타내는 듯 중국식과 유럽식으로 꾸며져 있다. 봄에는 장미축제가, 가을이면 국화축제가 펼쳐지는데, 말 그대로 '꽃들의 향연'이다. 정원에서 많이 볼 수 있는 꽃나무는 매화와 장미다. 대만(중화민국)의 나라꽃이기도 한 매화는 장제스가, 중화권에서 '매괴(玫瑰)'라 부르는 장미는 쑹메이링이 특히 좋아하였는데, 정원은 옛 주인 부부의 취향을 잘 반영하고 있는 셈이다.

경내 건물은 본관이라 할 수 있는 숙사, 영빈관, 카이거당(凱歌堂)과 정자 쯔윈정(慈雲亭), 분재들을 키우는 온실로 이루어져 있다. 장제스 내외가 거처하던 숙사 건물은 짙은 회색의 2층 서양식 목조 건물로, 대저택에서 흔히 볼 수 있는 앞으로 길게 나온 현관이 인상적인 건물이다.

스린관저는 1975년 장제스가 세상을 떠난 후에도 부인 쑹메이링을 위한 공간으로 남았고, 전 총통의 관저였기에 일반인들에게 개방되지 않았다. 관저가 개방된 것은 1996년, 그녀가 미국 롱아일랜드에 완전히 정착한 후다. 이로서 '비밀의 화원'이었던 스린관저의 정원도 일반인들에게 문을 열어 손님을 맞기 시작하였다.

스린관저가 처음 개방될 때, 영화 '비정성시(非情城市)' 시나리오 작가 우녠전(吳念眞)은 당시의 소감을 '천하제일가(天下第一家)'라는 수필에 담기도 하였다. 여기서 그녀는 "지난 수십 년 간 갖은 상상과 전설 같은 이야기를 만들어내었던 이곳을 켜켜이 둘러싼 경비와 높은 벽을 지나서 오다니, 정말 믿기 힘들고 사실 아직도 불안하기까지 하다. 사람들을 불편하게 했던 이곳의 경비는 사라지고, 통행금지는 곧 해제될 것이니 장제스 총통의 뜰과 꽃밭은 이제 시민들을 위한 공원이 될 것이다."라고 썼다. 우녠전이 이야기했듯 권위주의 시절 무시무시한 권력을 상징하기도 했던 이곳은 쑹메이링이 떠난 후 '스린관저공원'으로 재탄생하여 시민들의 품으로 돌아왔다. 다만 본관 건물이 개방된 것은 15년이나 지난 2011년 1월이었고, 2층까지 개방된 것은 그로부터 다시 1년이 지난 2012년 1월이다. 본관에는 장제스·쑹메이링 부부의 자취가 그대로 남아 있는데, 그림그리기 취미를 가졌던 쑹메이링의 화구들과 그녀가 직접 그린 그림들도 전시되어 있다. 본관에 잇다은 영빈관 건물은 이름 그대로 VIP들의 숙소로 1953년 대만을 방문한 이승만 전 대통령이 묵었던 곳이기도 하다.

'승전가(勝戰歌)의 전당'이라는 뜻의 카이거당은 크리스천이었던 장제스·쑹메이링 부부의 개인 예배당으로, 주말 가족 회합 장소이기도 했다. 장제스는 원래 독실한 불교 신자였던 어머니 왕차이위(王采玉)의 영향으로 역시 불제자였다. 후에 감리교 목사이자 사업가로 '찰리 쑹(Charlie Soong)'이라는 이름으로 더 잘 알려진 쑹자수(宋嘉樹)의 딸 쑹메이링과 결혼하면서 감리교 신자가 되었다. 개종하는 것은 처가에서 내건 결혼의 3가지 조건 중 하나였다.

카이거당을 주말마다 찾은 사람 중에는 1936년 시안사변을 일으켜 장제스를 억류하여, 결과적으로 제2차 국·공합작을 실현시켰던 장쉐량도 있었다. 시안사변 후 군사 법정에서 금고형을 선고받은 그는 국민당 정부와 함께 대만으로 건너와 양밍산 자락의 자택과 신주(新竹)를 오가는 '가택 연금' 생활을 지속하였는데, 주말이면 장제스·쑹메이링 부부를 찾아 스린관저에 와 카이거당에서 같이 예배를 드리기도 했다. 그는 흔히 만주(滿洲)라 부르는 동북(東北)지방 군벌 장쭤린(張作霖)의 아들로, '소원수(小元帥)'라 불리던 젊은 시절 쑹메이링에게 청혼하기도 하였다. 쑹메이링이 장제스와 결혼함으로써 혼사는 이루어지지 않았지만, 그와 쑹메이링의 '사랑과 우정 사이'의 관계는 후에도 지속되었다. 장제스와 장쉐량은 말 그대로 애증이 교차하는 복잡 미묘한 관계를 지속하였던 셈이다.

타이베이 시내를 조망할 수 있는 곳에 자리한 쯔윈정은 장제스가 어머니 왕차이위를 기리기 위해 세운 정자다. 장제스가 7살 때 남편 장자오총(蔣肇聰)을 여읜 그녀는 재가하지 않고 어려운 형편 속에서도 자녀들을 헌신적으로 양육한 현모양처였는데, 이런 어머니를 장제스는 늘

❶ 장제스와 쑹메이링의 결혼식.
❷ 스린관저공원 정원.
❸ 스린관저 본관.
❹ 〈타임〉지 표지에 실린 쑹메이링. 그녀는 1943년 영부인 자격으로 미국을 방문, 중국인 최초이자 여성으로는 두 번째로 미국의회에서 연설하였다.
❺ 쑹씨 3자매로 불리는 쑹메이링, 쑹아이링, 쑹칭링 (왼쪽부터).

그리워하였다. 더욱이 그는 부모님의 묘까지 본토에 버려둔 채 대만 섬으로 쫓겨온 신세였다.

이렇듯 장제스·쑹메이링 부부의 흔적이 그대로 남아 있는 스린관저는 1975년 장제스가 세상을 떠난 후에도 쑹메이링을 위한 공간으로 남았다. 남편이 세상을 떠나고 뒤를 이어 옌자간과 아들 장징궈가 뒤를 이어 총통이 되었을 때에도 쑹메이링은 전(前) 영부인 자격으로 대만 정계에 직·간접적인 영향력을 행사하였다. 그녀가 미국에 머물 때에도 스린관저에는 그녀의 측근들이 남아 대만 상황을 보고하고, 지시를 받아 시행하였다. 아들 장징궈는 '치하이(七海)'라는 별칭이 붙은 다즈베이안로(大直北安路)의 관저를 사용하였는데, 이를 신관저, 스린관저를 구관저라 불렀다. 국민당 정부의 관리들도 장징궈의 직계인 신관저파와 장제스·쑹메이링파인 구관저파로 나뉘기도 하였다. 쑹메이링은 구관저파 가신들을 이용, 일종의 원격 정치를 했는데, 이로 인하여 장징궈와 갈등을 빚기도 하였다.

쑹메이링은 이른바 쑹(宋)씨 3자매로 불리는 쑹아이링(宋愛齡)·쑹칭링(宋慶齡)·쑹메이링 중 셋째 딸이다. 아버지 쑹자수(宋嘉澍)는 세 딸을 두고 이런 말을 남겼다. "나에게는 세 딸이 있다. 첫째 딸은 돈을 사랑하였고, 둘째 딸은 나라를 사랑하였고, 셋째 딸은 권력을 사랑하였다." 이런 그의 말대로 첫째 쑹아이링은 대은행가 쿵샹시(孔祥熙)와 결혼하여 부를 움켜쥐었고, 둘째 쑹칭링은 쑨원의 부인이 되어 새로운 중국의 국모가 되었다. 셋째 쑹메이링의 남편은 장제스로, 그와 결혼 이후 쑹메이링은 한때 전 중국 최고지도자의 부인으로, 대만으로 온 후에도 여전히 총통 부인으로 한평생 동안 권력을 향유하였다. 시그레이브(Sterling Seagrave)가 쓴《송가황조(宋家皇朝)》에도 자세히 나오는 이들 3자매는 부와 명예와 권력을 모두 쥐고 중국 현대사에 큰 발자취를 남겼다.

'권력을 사랑한 딸' 쑹메이링은 1897년 중국 상하이에서 태어났다.

감리교 목사이자 성공한 사업가였던 아버지 덕분에 부족함 없는 어린 시절을 보냈고, 쑹아이링·쑹칭링과 함께 미국 유학길에 올라 1917년 웨즐리대학교 영문학과를 졸업하였다. 이런 유학 경력으로 쑹칭링은 유창한 영어 실력과 더불어 미국식 사고방식을 가지게 되었는데, 그녀는 스스로를 가리켜 "나는 몸만 중국산이다"라고 할 정도였다.

유학을 마치고 중국으로 돌아온 그녀는 대표적인 '개화여성'으로 중국 상류사회의 명사가 되었다. 운명에 결정적인 전기가 찾아온 것은 1920년 장제스를 처음 만난 후였다. 비록 일본 육군사관학교를 졸업한 경력이 있고, 쑨원의 신임을 받는 젊은 장교였다고 하지만, 당시 장제스는 크게 내세울 것이 없었다. 더하여 그는 이미 결혼과 이혼을 반복하였고, 여러 여인들과 내연 관계를 지속하고 있었다. 게다가 장제스는 쑹메이링보다 14살이나 많았고, 종교도 달라 불교도였다. 결정적으로 쑹메이링에게는 약혼자까지 있었다.

쑹메이링에게 반한 장제스는 끈질기게 구애하였다. 다만 쑹메이링은 그를 탐탁지 않아했고, 집안의 반대에 부딪혔다. 결혼 경력, 나이, 종교 모두 문제가 되었던 것이다. 이에 장제스는 쑹자수의 엄청난 반대를 무릅쓰고, 훨씬 많은 나이 차이를 극복하고 친구의 딸 쑹칭링과 결혼한 쑨원에게 도움을 청했다. 쑨원은 "여자의 마음을 돌리려면 적어도 6개월은 필요하다"고 '선배로서' 조언했고, 선배의 코치를 받은 장제스는 끈질긴 구애 작전을 펼쳤다.

장제스는 편지, 전화로 끈질기게 사랑을 고백했지만, 쑹메이링의 반응은 차갑기 그지없었다. '끈질긴 남자' 장제스의 구애 작전은 밤낮이 따로 없었는데, 한밤중에 전화를 걸면 쑹메이링이 짜증 섞인 목소리로 받으며, "지금이 몇 시인 줄 아느냐? 예의가 없어도 정도가 있지. 여기가 전쟁터인 줄 아느냐?"며 면박을 줄 뿐이었다. 이에 진짜 전쟁에는 일가견이 있던 장제스도 '사랑과 전쟁'의 어려움을 토로하며 "이 짓이 전쟁보다 힘들다"라고 할 정도였다.

장제스의 끈질긴 구애는 성공을 거두어, 1927년 상하이에서 세기의 결혼식을 올렸다. 1928년 북벌 완성 후 장제스는 국민당 정부의 최고지도자가 되었고, 영부인이 된 쑹메이링은 남편의 비서, 조언자, 통역사로 활약하며 활발한 활동을 벌였다. 그중 1936년 시안사변이 발발하여, 한때 그녀에게 구혼하기도 했던 장쉐량에게 장제스가 억류당하자, 쑹메이링은 직접 시안으로 가서 담판을 벌여 남편을 구해내고 제2차 국·공합작을 실현하는 결정적인 역할을 하기도 하였다.

쑹메이링이 더욱 빛을 발한 것은 1937년 발발한 중·일전쟁 기간 동안이다. 그녀는 중화항공위원회 비서장으로서 미국의 원조를 받아 비호부대(飛虎隊)를 창설하여, 대일본 공중전을 수행하는 데 큰 역할을 해냈다.

1943년 미국을 방문한 쑹메이링은 2월 18일 미국 의회에서 여성으로서는 두 번째이자, 중국인 최초로 연설을 하여 세계적인 명사 반열에 올랐다. 연합국의 일원인 중국의 영부인 자격으로 우방국 미국에 원조를 청하러 간 그녀는 일대 센세이션을 일으켰다. 〈타임(Time)〉지는 장제스와 쑹메이링을 '올해의 남편과 아내', 쑹메이링을 '용의 여인'이라며 커버스토리에 두 번이나 올렸다. 같은 해 11월 이집트 카이로 회담에서 영부인이자 통역관으로 배석한 쑹메이링은 루스벨트, 처칠 등 연합국 3거두들과 자리를 나란히 하며, 진가를 높였다.

1945년 전쟁이 끝난 후 1947년 12월 25일 시행된 '중화민국 헌법'에 의해 장제스가 총통이 되면서 쑹메이링도 정식으로 중화민국 영부인이 되었지만, 영광은 오래 가지 않았다. 국·공내전의 전세는 나날이 불리해졌고, 1949년 1월에 이르러서는 이미 돌이킬 수 없는 지경에 이르렀다. 이에 장제스는 '모든 책임을 지고' 총통직을 내려놓을 수밖에 없었다. 그러다 그해 12월 본토를 내어주고 대만 섬으로 갔다.

1950년 장제스가 대만에서 총통직에 복직함으로써 공식적으로 영부인 자격을 회복하였다. 쑹메이링은 여전히 남편에게 최고의 조언자이자 비서로 활동하였고, 특히 대미국 외교의 최일선에서 활약하였다. 다만 미국의 반응은 전과 같지 않게 냉랭하여, 1943년 그녀가 누렸던 환대는 더 이상 기대할 수 없었다.

대만에서 쑹메이링은 영부인으로서 각종 여성 단체, 본토에서 건너온 군인과 경찰의 복지 사업에 힘을 쏟았고 교육 부문에도 관심을 쏟아, 1967년 원래 베이징에 있다 타이베이현(현재의 신베이시)에 다시 문을 연 보인대학(天主敎輔仁大學) 이사장을 맡기도 하였다.

1975년 남편 장제스가 세상을 떠나 '전(前) 영부인'으로 물러나게 된 후에도 '권력을 사랑한' 쑹메이링은 '구관저파'라 불리는 측근들을 통해 대만 정계에 직·간접적으로 영향력을 행사하였기에 장제스의 전처 마오푸메이 소생의 아들 장징궈와 갈등을 벌이는 주요 원인이 되었다.

스린관저와 미국을 오가며, 은둔의 삶을 살던 쑹메이링이 다시 한 번 세상의 주목을 받은 것은 1988년 1월 장징궈가 세상을 떠난 후이다. 본성인 출신에다 친일색이 짙은 리덩후이를 미덥지 않게 생각했던 쑹메이링은 리덩후이가 국민당 대리주석이 되어 당권을 장악하는 것을 못마땅하게 여겨, 반대 의사를 밝혔다. 여차할 경우 자신이 직접 당 주석이 되어 현실 정치에 직접 나설 수도 있음을 시사하였다. 하지만 이는 장징궈의 뜻에도 반하는 것이었고, 시대의 흐름에도 맞지 않은 것이었기에 그녀는 리덩후이의 손을 들어주고 물러날 수밖에 없었다. 이후 그녀는 더욱 조용한 삶을 보내다, 미국 롱아일랜드에 정착하여 2003년 세상을 떠났다.

제4부

타이베이 사람처럼 즐기는 타이베이

타이베이를 제대로 즐긴다 함은 단순히 보고, 듣고, 맛보는 것으로는 부족하다. 타이베이 사람처럼 누려봐야 비로소 진정 제대로 즐겼다고 할 수 있다.

4부에서는 타이베이 사람처럼 즐기는 타이베이를 소개한다. 여행자의 시선이 아닌 현지인의 동선으로 타이베이를 거닐어 보자. 그들의 역사와 문화적인 바탕을 알고 보면, 같은 거리 풍경도 남다르게 느껴질 것이다.

타이베이의 명동

시먼딩

'타이베이의 명동'으로 불리는 시먼딩(西門町)은 이름 자체에 일본의 흔적이 진하게 남아 있는 곳이다. '타이베이 성의 서쪽 문'이라는 뜻의 시먼(西門)에 일본식 행정구역인 '마치(町)'를 합쳐 만든 당시의 지명 그대로다. 이런 시먼딩을 거닐다보면 서울 명동(明洞)의 일제강점기 이름이 '메이지마치(明治町)'였던 사실이 오버랩되기도 한다.

타이베이성(臺北城) 서문 밖의 논밭이었던 이곳이 본격적으로 개발되기 시작한 것은 일본의 대만 지배 이후다. '최초의 식민지'로 대만을 차지하게 된 일본인들은 이곳에 도쿄 아사쿠사구(淺草區)를 모델로 한 대규모 상업 지구를 건설하였다. 1897년 타이베이좌(臺北坐 : 타이베이 오페라극장)가 만들어졌고, 1908년에는 '시먼딩의 역사'를 상징하는 건물인 시먼홍루(西門紅樓)가 건물 모양에서 이름을 따 팔각당(八角堂)이라는 이름으로 문을 열었다. 이후 일본요리집, 일본 제품 상점 등도 하나둘씩 자리를 잡아 이내 시먼딩은 '일본식 개화(開化)'를 상징하는 지역이 되었다.

시먼홍루(西門紅樓)는 이름 그대로 고색창연한 붉은 벽돌 건물로 100년 넘게 시먼딩을 지키고 있는 터줏대감이다. 이곳은 대만총독부가 만든 대만 첫 번째 공영 시장인 신치제시장(新起街市場)이었다. 설계를

❶❷ 팔각정 1층에
있는 전통 찻집
홍루다방.
❸ 시먼딩의 역사를
상징하는 건물,
시먼홍루.
❹❺ 밤이면 화려한
네온사인이 불을
밝히는 시먼딩 거리.

맡은 대만총독부 건축기사 곤도 주로(近藤十郎)는 일본 도쿄제국대학 건축학과를 졸업한 후 영국 건축가 콘더(Josiah Conder)에게 사사하여 후기르네상스식 건축 설계에 정통한 사람이었다. 시먼훙루를 비롯하여 타이베이당대미술관(臺北當代藝術館), 타이베이스토리하우스(臺北故事館), 국립대만대학병원구관(臺大醫院舊館), 현재의 건국고등학교(建國高級中學)인 타이베이 제1중학교 등이 모두 그의 손을 거쳤다.

대만에 갓 부임하여 건축가로서 본격적인 첫 작품 설계를 맡은 곤도 주로는 자신이 심취하였던 르네상스식 건축 기법의 바탕에, 젊은이다운 대담한 창의력을 가미한 건물을 구상하였다. 시장 입구는 사방팔방에서 사람들이 모여들기를 기원한다는 뜻에서 동양철학의 팔괘(八卦)를 상징하기도 하는 '열덟 팔(八)' 자로, 본관 구조는 서양식 성당 건축의 전형인 십자가에서 모티브를 얻은 '열 십(十)' 자로 설계하였다. 동·서양 전통 설계 양식이 혼합되고, 당시로는 최신 건축 기법을 동원하여 지은 시먼훙루는 완공 후 혁신적인 설계와 아름다운 르네상스식 건축으로 호평을 받았다.

시먼훙루는 일제강점기 동안 타이베이에 거주하던 일본인들이 장을 보던 시장으로 번성하였고, 대만 광복 후에는 정부 소유로 넘어갔다. 그러다 1949년 대만으로 건너온 상하이 출신 저명 사업가 천후이원(陳惠文) 등이 정부로부터 건물을 임대한 후 용도를 변경하여 호원극장(滬園劇場)으로 바꾸었다. 당시 300여 석 규모의 극장으로 경극 등을 상연하였는데, 본토에 고향을 두고 온 외성인들에게 큰 인기를 끌었다.

건물이 오늘날의 '훙루'라는 이름을 얻게 된 것은 1951년 들어서다. 천후이원은 호원극장을 홍루서장(紅樓書場)으로 간판을 바꾸고, 상연하는 극도 설서상성(說書相聲)으로 바꾸었다. 상성은 연사가 무대에 올라 만담 식으로 관객들을 웃기는 중국 전통 대중 예술 장르로서, 홍루서장의 탄생으로 서양식 건축물 안에서 중국식 예술 공연이 펼쳐지는 '서체중용(西體中用)'의 시대가 열린 것이다. 이는 역시 외성인들의 환영을 받았고, 홍루서장은 나날이 명성이 높아졌다. 이후 1956년 천후이원은 기존의 상성 극장에다 연극 극장을 증설하여, 홍루극장(紅樓劇場)으로 이름을 바꾸었다.

중국 전통 문화에 대한 향수가 짙은 외성인을 중심으로 큰 인기를 누리던 홍루극장은 본격적인 영화 시대를 맞이하여 1963년 홍루극원(紅樓劇院)으로 이름을 바꾸고 국화(國畵)라 불리던 대만 영화들을 본격 상영하였다.

1970년대 들어 최신 설비를 갖춘 극장들이 우후죽순 들어서기 시작하면서 규모나 시설 면에서 상대적으로 열악하였던 홍루극원은 점차 관객의 외면을 받기 시작하였다. 이에 '2류 극장'으로 밀려난 홍루극원은 1970년대 중반부터 1990년대까지 농도 짙은 색정영화, 예술영화, 고전 흑백영화 등을 주로 상영하는 '예술영화 상영관'으로 명맥을 이어갔으나 경영난은 해결되지 않았다. 1994년 문화 단체들이 홍루극원의 역사성과 보존 가치에 주목하여 발전안을 제시하였고, 리노베이션을 위한 청사진을 마련하였다. 정부는 1997년 건물을 내정부 3급 고적(古蹟)으로 지정하고, 1999년 대대적인 내부 수리를 실시하였다.

새로운 모습으로 단장하던 시먼홍루에 시련이 닥친 것은 2000년이다. 그해 시먼시장에서는 큰 화재가 발생하였고, 화마는 시먼홍루도 비켜가지 않아, 건물은 큰 피해를 입었다. 큰 상처를 입은 시먼홍루가 본격적인 재건 공사를 시작한 것은 2002년 들어서다. 타이베이시정부는 민관합작 형식으로 건물을 재건하기로 결정하고, 시먼홍루의 관리·경영권을 종이풍차문화교육재단(紙風車文敎基金會)에 넘겼다. '세월의 이야기(光陰的故事)' 등을 연출한 유명 대만 뉴웨이브 감독 커이정(柯一正) 등의 주도로 복원 공사가 시작되었고, 이름도 현재의 시먼홍루로 바뀌었다.

2003년 재단장하여 손님맞이를 시작한 시먼홍루 정면 팔각정 1층에는 옛 찻집 풍경을 그대로 재현해놓은 전통 찻집 홍루다방(紅樓茶房)이 자리하고 있다. 차 외에도 각종 대만 특산품과 액세서리를 파는데, 대만을 찾은 관광객들이라면 기념품 쇼핑을 위해서라도 한번쯤 들러볼 만한 장소이다. 이곳은 방문객들에게 무료로 차문화 체험을 제공한다. 본관이라 할 수 있는 십자형 건물은 16공방(工房)이라는 이름 그대로 16개의 작은 작업실이 자리하고 있는데, '대만스러운(?)' 디자인의 각종 공예품을 전시하고 판다. 작업실 뒤로 인디밴드들이 주로 공연하는 라이브 카페 하안유언(河岸留言)이 있다.

시먼딩이 오랜 세월 타이베이의 중심지 역할을 해낼 수 있었던 데에는 영화를 빼놓을 수 없다. 1911년 대만 최초의 영화 전용 상영관 방내정(芳乃亭)이 문을 연 후 신세계관(新世界館)을 비롯, 우창가(武昌街) 일대에 영화관들이 하나둘씩 자리를 잡게 되었다. 1935년 개최된 대만박람회(臺灣博覽會)를 전후하여 대만 영화 산업은 황금기를 맞이하였고, 우창가는 '영화 거리(電影街)'로 명성을 얻게 되었다. 일본은 식민지 통치 정책의 하나로 영화를 활용하였는데, 이 시기 주로 상영되던 영화는 무협·멜로 영화로 일종의 우민화 정책의 일환이었다. 일제강점기에 이미 '영화의 거리'로 명성을 얻은 이곳은 광복 후에도 '대만 영화의 메카'로 명성을 이어갔다.

공산당에 패하여 본토를 내어준 '중화민국의 대만 시대'에 접어들어서 국화(國畵)라 불리던 대만 영화의 주요 주제는 시대 상황에 맞게 '반공(反共)'으로 바뀌었다. 영화감독들은 정부의 방침에 따라 반공 영화를 제작하거나, 아니면 아예 주제에 제약이 없는 무협·멜로 영화들을 주로 만들었다. 1950년 장제스는 장징궈를 농업교육영화공사 이사장으로 임명하여, '반공 영화' 제작에 주력하도록 하였다.

미디어에 대해서 '당근과 채찍' 정책을 쓴 국민당 정부는 규제·검열 정책과 더불어 영화 산업 장려 정책도 동시에 실시하여, 1962년 행정원 신문국(국정홍보처 해당) 주도로 금마장(金馬獎) 영화제를 시작하였다. 비록 엄격한 규제와 검열 속에서도 영화 산업은 호황을 누려 시먼딩의 극장가는 관객들로 넘쳐났다. 더하여 오락 영화를 중심으로 대만 영화는 아시아로 뻗어갔다.

대만 영화 산업이 심각한 도전을 맞이한 것은 1970년대다. 막대한 자본력을 바탕으로 한 할리우드 블록버스터 영화와 이미 세계 시장에서 성공을 거둔 홍콩 오락 영화들의 공세에 대만 영화들은 점차 자리를 내어주어야만 했다.

할리우드 영화와 홍콩 영화의 공습 속에서 침체기에 접어든 대만 영화 산업에 새로운 활기가 생겨난 건 1980년대 들어서다. 고도 경제 성장에 이어 정치·사회적 자유화 물결 속에 영화계에도 '새로운 조류(New Wave)'가 생겨났다.

처음 뉴웨이브를 주도한 것은 국영기업인 중앙영화사업공사였다. 대만 영화의 퇴조 속에서 새로운 변화의 바람을 일으키기 위해 1982~83년에 '세월의 이야기(光陰的故事)', '샤오비의 이야기(小畢的故事)', '샌드위치맨(兒子的大玩偶)' 3편의 영화를 제작, '대만 신영화' 시대의 서막을 열었다. 이 중 4명의 신인 감독들이 제작한 옴니버스 영화 '세월의 이야기'는 대만 사회의 특성을 잘 반영한 작품으로 호평받았다. 1983년 제작된 '샤오비의 이야기'는 외성인 2세대 여성작가 주톈원(朱天文)의 단편소설을 허우샤오셴(侯孝賢)이 각색, 영화화한 작품이다. '샤오비'라는 소년의 성장기를 통하여 당시 대만 사회와 가족의 내면을 조망하였다. 후에 주톈원은 허우샤오셴과 호흡을 맞추어 '펑구이에서 온 소년(風櫃來的人)', '동동의 여름 방학(冬冬的假期)', '소년 성장기(童年往事)', '연연풍진(戀戀風塵)' 등으로 이어지는 일련의 '성장 영화'를 통해 이제까지 영화 주제에서 소외되었던 대만 사람들의 일상을 담담히 담아 대만 신영화 시대의 본격적인 개막을 알렸다.

　뉴웨이브 대표 감독 중 '에드워드 양'이라는 영어 이름으로 더 잘 알려진 양더창(楊德昌)은 '해변에서의 하루(海灘的一天)'로 세계 영화계의 주목을 받았고, '고령가 소년 살인 사건(牯嶺街少年殺人事件)'에서는 청소년의 세계를 통해 대만 현대사의 아픔을 아련하게 표현하였다.

　양더창과 더불어 주톈원의 원작을 잇달아 영상화하여 호평을 받았던 허우샤오셴은 계엄령하에서 금기에 붙여졌던 1947년 2.28사건을 다룬 영화 '비정성시(悲情城市)'로 1989년 베네치아영화제에서 수상하여, 대만 영화의 높아진 수준을 세계에 알렸다.

　양더창과 허우샤오셴으로 새로운 시대를 연 대만 영화는 이후 장아이링(張愛玲)의 원작을 스크린에 옮겨 호평받은 '색, 계(色, 戒)'로 널리 알려진 리안(李安)에 의해 변화의 흐름을 이어갔다. 그는 동성애 문제를 다룬 영화 '결혼 피로연(喜宴)'과 유명 요리사와 그 가족의 일상을 통해 현대 대만 가족 문제를 다룬 '음식남녀(飮食男女)' 등을 통해 탄탄한 연출력을 보여주었고, 대만을 대표하는 차세대 감독으로 자리잡았다. 여기에 아시아인으로서는 처음으로 아카데미상 감독상을 수상하기도 하였다.

　이렇듯 세계적 명성을 가진 연출가들의 활약으로 '부활'에 성공하는 듯하던 대만 영화는 1990년대 들어 본격화된 할리우드 직배 영화의 진출, 홍콩 상업 영화의 인기 등으로 인해 다시금 침체기에 빠져들었다. 이후 스크린의 대부분은 수입 영화들이 차지하였고, 대만 영화의 성적은 상대적으로 부진하였다. 그러다 2000년대 들어 '청설(請說)', '말할 수 없는 비밀(不能說的秘密)', '그 시절 우리가 좋아했던 소녀(那些年, 我們一起追的女孩)' 등으로 대표되는 청춘 로맨스 영화나, 일본 식민 통치기 원주민 항일 사건을 다룬 '시디크 발레(Seediq Bale)', 대만의 복잡한 정체성과 친일 정서를 잘 표현한 '하이자오 7번지(海角七號)' 등이 주목받으며 할리우드 영화와 일본 영화의 공세 속에서도 대만 영화의 자존심을 지켜 나가고 있다. 이 속에서 비록 스크린의 상당수는 외국 영화에게 내주었지만, 여전히 관객들을 불러모으고 있는 시먼딩의 극장가는 사람들의 발길을 끌어들이며 '대만 영화의 메카'라는 명성을 이어가고 있다.

빛이 있으면 그림자가 있는 법, 밤이면 화려한 네온사인이 불을 밝히는 시먼딩의 그림자는 다름아닌 매매춘(賣買春)이었다. 1949년 대만으로 천도한 국민당 정부와 함께 온 이른바 영민(榮民 : 원래는 영예로운 국민이라는 뜻으로 대만으로 건너온 국민당 군인, 경찰, 공무원과 그 가족)들 중에는 본토에 가족을 두고 혈혈단신으로 온 군인이나 경찰이 많았다. 이들은 '반공대륙(反攻大陸)'을 외치며 언젠가는 다시 본토를 수복하여 고향으로 돌아갈 수 있을 것이라는 희망을 버리지 못해 독신으로 살아가는 경우가 많았다. 이에 정부는 공창(公娼) 제도를 시행하여, 매매춘을 합법화시켰다. 타이베이 시내에만 100여 곳의 홍등가가 불을 밝히고, '가장 오래된 직업을 가진 여성'들이 손님을 맞았다. 홍등가의 여인들은 매매춘 면허를 정부로부터 받았으며, 위생 검사를 받고 세금도 내는 등 '합법적'으로 일해왔다. 시먼딩은 남정네들을 유혹하던 대표적인 곳 중 한 곳이었다. 더하여 각종 유흥시설에서의 그것도 이에 못지않았다. 이렇듯 시먼딩은 1970~80년대 고도 성장기를 구가하던 대만의 빛과 그림자가 한데 어우러진 지역이었다.

시먼딩의 매매춘업이 철퇴를 맞은 것은 1994년 주민 직선제 복원 후 첫 타이베이 시장이 된 천수이볜 때의 일이다. 천수이볜은 "깨끗한 타이베이를 만들겠다"며 대대적인 범죄 조직 소탕, 공무원 부정부패 해소에 나섰다. 이런 그에게 공창 제도는 물론 '성매매 천국'이라는 오명(汚名)을 가져다준 '타이베이의 그림자' 성매매 업소들은 그냥 넘길 수 없는 문제였다. 그는 공창 폐지를 목표로 공권력을 동원하여 대대적인 단속에 나섰다. 성매매 및 유사 성매매업소들에게 자진 폐업 기간을 주었

159

고, 문을 닫지 않을 경우 전기와 수도를 끊어 영업 자체가 불가능하도록 강력한 조치를 취했다. 결국 시먼딩의 향락(享樂) 산업들은 철퇴를 피할 수 없었다.

시먼딩이 본격적으로 내리막길에 접어든 것은 1990년대 들어서다. 첫 본성인 총통 리덩후이 집권 이후, 중화민국 정부는 반공대륙의 꿈을 접고, '대만의 중화민국'이라는 현실을 좀 더 명확하게 인식하기 시작하였다. 그 동안 '헌법'상 '임시 수도'였던 타이베이도, '임시' 딱지를 떼고 명실상부하게 중화민국(대만)의 수도로서 자리매김하기 시작하였다. 여기에 날로 늘어가는 인구 문제로 포화 상태에 이른 타이베이 원도심을 대체할 대안으로 보통 '둥구(東區)'라 부르는 신이구(信義區) 일대를 새로운 중심업무지구(CBD)로 개발하였다. 자연 타이베이의 중심 축은 종전의 '서쪽'에서 '동쪽'으로 옮겨졌고, 시먼딩도 '화려한 과거'를 뒤로 한 채 점차 옛 영화를 잃었다.

청대 말 모습 그대로, 올드 타이베이

완화구

프루스트(Marcel Proust)의 소설 《잃어버린 시간을 찾아서》의 제목처럼 '타이베이의 잃어버린 시간'을 찾으려면 어디로 가야 할까? 한 군데만 콕 집어달라고 하면, 완화구(萬華區)를 들겠다. 이곳은 타이베이의 원도심이자, 타이베이의 본격적인 역사가 시작된 곳이다. 타이베이의 지난 역사를 알기 위해서라면 한 번 들러봄직한 곳으로 타이베이에서도 유독 어두운 느낌이 더 드는 곳이다. 건물들은 잔뜩 낡아 있고, 사람들의 옷차림도 왠지 더 초라해 보이는 곳이지만 현대 도시에서는 맛볼수 없는 낡은 것이 주는 정취로 가득찬 곳이다. 그중 타이베이의 지난역사를 간직하고 있고, '타이베이 토박이 정서'도 강하게 남아 있는 곳은 완화구 중에서도 보피랴오역사거리구(剝皮寮歷史街區)다.

보피랴오역사거리구에는 청—일본—중화민국으로 이어져 내려오는 근현대사의 흔적이 고스란히 남아 있다. 본격적인 '개화기'인 청대 말의 풍경이 영화 세트장처럼 펼쳐져 이 일대를 거닐다보면, 인천 차이나타운에 간 듯한 착각에 빠지곤 한다.

거리 북쪽 지역은 청대 전통 상점 양식 건물들이 즐비하다. '점옥(店屋)'이라는 것인데, 1층은 상점이고 2층은 거주 공간으로 구성된 폭이좁고, 속이 깊은 일종의 '주상 복합' 건물이다. 여기에서 '기루(騎樓)'

라고 불리는 양식 건물도 볼 수 있다. 이는 18세기 영국 식민지이던 인도 남부에서 유래한 건축 양식으로, 인도의 더위를 피하기 위해 건물 외부에 툇마루처럼 튀어나오게 하여, 지붕을 씌운 형태인데, 현지어를 따서 '베란다(Veranda)'라 불렀다. 이후 베란다가 있는 건축은 영국 세력이 미쳤던 지역 중 날씨가 더운 말레이반도와 동남아시아 일대, 홍콩(香港), 광저우(廣州), 광시(廣西), 샤먼(廈門) 등에 일대 유행처럼 자리잡았다. 이는 대만으로도 건너와 햇빛도 가리고, 비도 피할 수 있는 건물 1층에 긴 복도가 있는 양식의 건물들이 세워지기 시작하였으며, 강딩로에는 그 모습이 그대로 남아 여행자들을 100여 년 전으로 안내한다.

보피랴오역사문화거리구에서 가장 큰 건물은 강딩로 163번지부터 171번지까지 자리한 융싱정(永興亭)이다. 일제강점기의 저명 저널리스트인 린포수(林佛樹)는 〈대만경제일보(臺灣經濟日報)〉를 창립 후 이 건물을 사옥으로 사용하였다. 광복 후인 1956년 린포수가 국립중흥대학(國立中興大學) 교수로 자리를 옮기자, 신문 발행도 중단되었고 건물은 양복점, 안경점, 자전거점 등이 입주한 상가 건물로 바뀌었다. 후에 상점들도 떠나고 건물도 한동안 방치되었으나 2000년대 들어 복원 공사를 거쳐 옛 모습을 되찾았다.

옛 정취를 느끼며, '차 한 잔의 여유'를 즐길 수 있는 곳도 있다. 우리네 옛 다방의 분위기를 한껏 느끼게 해주는 슈잉다실(秀英茶室)은 지금도 옛 모습을 간직한 채 영업을 하고 있는 찻집(茶室)이다. 슈잉(秀英)이라는 이름은 처음 다실 운영을 맡았던 '여성 3인방' 린베이바오(林被抱), 린슈잉(林秀英), 궈메이지(郭梅吉) 중 린슈잉의 이름에서 유래하였다. 원래 강딩로 179번지에 있던 찻집은 광저우가 151번지로 옮겼다가 다시 강딩로 173번지로 옮겨 현재에 이른다. 이곳은 신선하고 향기로운 차와 따뜻한 인정의 여주인들로 인하여 명성이 자자하여 멀리서 찾아오는 손님도 적지 않았다고 한다. 지금은 인심 좋은 주인마님들은 떠났지만, 옛 모습만은 그대로 간직한 채 손님을 맞고 있다.

슈잉다실을 지나 6번째 건물은 일본식 목제 유리창이 있는 일양여사(日祥旅社)다. '여사(旅社)'는 일종의 호스텔로 주머니가 가벼운 여행자들의 숙소가 되기도 하였지만, 대부분은 저렴한 비용으로 숙식을 해결하려는 사람들이 장기 체류하던 대만식 주막으로 영화 '용문객잔(龍門客棧)'에도 나오는 '객잔' 같은 곳이었다. 1999년 문을 닫아 지금은 옛 모습만 볼 수 있다.

보피랴오역사문화거리구의 중간 지점에 자리한 태양제본소(太陽製本所)는 3대 100년에 걸쳐 명맥을 이어오고 있는 서적 제본소다. 일제강점기 초기에 문을 연 타이베이 최초의 제본소 중 하나로 지금은 책을 만들고 있지는 않지만, 과거 수십 년 간 '장인의 손길'로 수많은 명저들을 만들던 곳이다. 국립고궁박물원 유물들을 담은 《고궁문물(故宮文物)》, 장징궈(蔣經國) 총통의 회고록인 《장총통징궈선생애사록(蔣總統經國先生哀思錄)》 등도 이곳을 거쳐 완전한 책의 모습을 갖춰 세상에 나왔다.

이외에도 석탄 가게였던 토탄시(土炭市), 쌀가게 송협흥(宋協興), 전통 공중 목욕탕인 봉상욕실(鳳翔浴室) 등이 보피랴오역사문화거리구에 옛모습 그대로 남아 있어 '시간 여행자'들을 반기고 있다.

'껍질을 벗긴다'는 뜻의 '보피(剝皮 : 박피)'라는 지명이 생긴 유래는 크게 2가지다. 먼저 청대 중기 '푸디랴오(福地藔)'라 불리던 이 지역은 사통팔달의 교통 요지에 자리하여, 상품 집산지로 명성을 얻었다. 그 중에서도 중국 푸저우(福州) 지방 상인들의 발길이 잦았는데, 이들은 삼나무를 배로 실어다 이곳에 풀었다. 자연 삼나무 껍질을 벗기는 1차 목재 가공 산업이 이 일대에서 발달하여 '박피(剝皮)'라는 이름을 얻게 되었다고 한다. 또 다른 유래는 오늘날 시창가(西昌街) 부근에는 도살장이 많았고, 소가죽을 벗겨 가죽 가공품을 만드는 공장이 많아 '박피'라는 이름이 붙었다는 것이다. 이후 일본 통치기 일본인들이 일본어

'ほくひりょう'를 같은 음의 한자로 표기하여 '베이피랴오(北皮藔)'라 하였고, 광복 후인 1949년 발음이 같은 민남어(閩南語)로 다시 음차 표기하여 보피랴오(剝皮寮)라는 현재의 이름이 탄생하였다고 한다. 어떤 유래를 따르든 이 지역은 일찍이 '껍질을 벗기는' 산업이 발달했던 것만은 사실이다.

'올드 타이베이' 지역은 보피랴오역사문화거리가 있는 완화구와 어깨를 맞댄 다퉁구(大同區)까지를 이른다. '완화'라고 부르게 된 것은 1920년의 일로, 일본인들이 다퉁구의 옛 이름인 멍자(艋舺)의 대만어 발음인 '방카(Báng-kah)'와 비슷한 '반카(萬華)'로 이름지으면서부터다. 이는 '영원토록 변치 말고 번화하라(萬年均能繁華)'는 뜻을 담고 있다.

이 지역은 일본 통치기 때 추진된 '시구개정(市區改正)' 계획에 의해, 원도심인 이 지역에는 각종 공공시설이 확충되어 보다 근대화된 지역으로 거듭났다. 이 시기는 인쇄, 피혁, 제당 등 경공업 공장들이 자리잡은 도심 공단으로 개발되었다.

대만 광복 후에도 일대 공단은 계속 번영을 누렸다. 다만 이 제당 공장은 설탕 생산을 중단하고, 공장은 물류 창고로 용도가 바뀌었다. 1950년 위지중(余紀忠)이 창간한 〈중국시보(中國時報)〉의 전신 〈징신신문(徵信新聞)〉이 대만제당 창고를 인수하여 신문을 발간하기 시작하였기 때문이다. 이후 이 일대는 인쇄 관련 공장들이 모여들어 '인쇄 산업의 메카'로 부상하였다.

대만이 고도 성장기에 접어든 1960~70년대에도 '타이베이의 종로'라 할 수 있는 이 지역의 번영은 계속되었기에 이름 그대로 '영원한 번화'를 누릴 듯했다. 이런 완화 지역에 어둠의 그림자가 드리우기 시작한 것은 '대만의 기적'을 일궈가던 1980년대 들어서다. 타이베이 개발의 축은 서쪽에서 동쪽으로 이동하기 시작하였던 것이다. 타이베이 시 당

❶❷❸ 타이베이의 옛 모습을 그대로 간직한 완화구 보피랴오역사거리구. ❹❺ 보피랴오 역사거리구에서 볼 수 있는 청대 말 건축물. 햇빛과 비를 피할 수 있도록 1층에 복도가 있는 것이 특징이다.

국은 원래 허허벌판이던 오늘날 신이구(信義區) 일대를 신도심으로 개발하였고, 도시 기반 설비도 낡고 건물들도 조밀하게 들어선 완화 지역은 점점 사람들의 외면을 받게 되었다. 사람들은 좀 더 쾌적한 주거 환경을 찾아 신도심 지역이나 외곽 지역으로 떠나갔고, 완화는 다른 대도시의 원도심 지역처럼 슬럼화되었다. 타이베이의 옛 모습을 고스란히 간직한 채 말이다.

타이베이의 밤문화를 즐기는 법

야시장

　　야시장은 외국 관광객들이 가장 선호하는 관광지로 꼽히기도 했다. 진귀한 볼거리와 맛있는 먹을거리로 가득찬 야시장은 '밤의 타이베이'를 대표하는 상징이 되었다.

　　야시장의 '열기'를 즐기는 대만 사람들에 대해서 야시장 문화를 연구하는 중앙연구원(中央硏究院) 민족연구소(民族硏究所) 위순더(余舜德) 박사는 이런 해석을 내놓았다.

　　"사람들이 야시장을 구경하는 것은 단순히 먹거리와 쇼핑만을 위한 것이 아니다. 소음과 열기, 혼란과 번잡함 속에서 소비하며 느끼는 특별한 재미가 있기 때문이다."

　　야시장의 또 다른 매력은 '무질서 속의 질서'다. 야시장 점포의 구획과 배치는 잘 정리된 백화점이나 미식거리와는 근본적으로 다르다. 달리 말해서 설계 자체가 거의 없다고 할 수 있다. 예를 들어 옷가게 옆에는 국수 가게가, 장난감 가게 옆에는 한약방이 있는 식이다. 얼핏 보기에 무질서해 보이지만, 이것이야말로 야시장만의 특징이다. 각양각색의 상점과 상인들이 뒤섞여 있는 그 자체가 매력이다.

　　야시장을 찾는 사람들도 계획이 없기는 마찬가지다. 대부분 사람들은 야시장에 갈 때 특별한 목적이나 계획을 가지고 가는 것이 아니라,

일단 가서 상황을 보고, 무엇을 사고 어떤 것을 먹을지를 결정한다. 신비로운 점은 누가 가르쳐주지 않아도 야시장에 가면, 넘쳐나는 인파와 뜨거운 열기 속에서 '보이지 않는 힘'에 이끌려 나름의 방식대로 야시장을 즐길 수 있게 된다는 것이다.

짧게 잡아도 200년이 넘는 역사를 지닌 대만의 야시장은 노점상들이 멜대를 메고 길가에서 음식을 팔던 것에서 유래하였다. 청대부터 대만 개척이 본격적으로 이루어지면서 푸젠성·광둥성 출신 이민자들이 산림을 개간하기 시작하였다. 육체 노동으로 체력 소모가 컸던 이들은 늘 배가 고팠다. 이런 '수요'에 맞추어 '공급'이 발생하였다. 먹거리 노점상들은 음식을 담은 멜대를 메고 다니면서 소리쳐 사람을 부르며 팔기 시작한 것이다. 노점상들은 고객들의 일터인 산이나 들로 음식을 가져다주는 일종의 배달 서비스를 하기도 하였다.

롄헝(連橫)은 사람들로 홍청이는 야시장의 광경을 《대만통사(臺灣通史)》에서 이렇게 묘사하고 있다.

"시장에는 이른바 '단몐(擔麵 : 면을 메고 다닌다)'이라는 사람이 있는데, 대만 사람이라면 누구나 알고 있다. 면은 일반적인 것이지만 먹을 때는 뜨거운 국물에 채소와 고기, 새우즙을 넣고 검은 식초와 고추를 곁들인다. 뜨거운 김이 올라오면 그 향이 이를 데 없이 좋다. 초저녁이 지나면 멜대에 담아 메고 팔기 시작한다. 이들은 잠을 길거리에서 자는데 각각 정해진 자리가 있다. 길거리에서 잠자는 이유는 고객이 부르는데 즉시 가지 않으면 고객의 신용을 잃을까를 걱정해서이다."

'타이와니즈 드림'을 꿈꾸며 대만으로 온 개척민의 삶은 고단했으며, 그런 만큼 평안을 빌기 위해 여기저기에 사원을 세워 자신들만의 신을 섬겼다. 자연스럽게 궁(宮)이나 묘(廟) 주변에는 사람들이 모여들기 시작하였고, 먹거리 노점상들도 사묘(寺廟) 근처에 떼를 이루고 장사를 시작하였다. 룽산사(龍山寺)가 있는 타이베이 화시가(華西街)나, 덴지

❶❷❹❺ 야시장 음식들. 저렴한 가격으로 다양한 음식을 즐길 수 있다. ❸ 타이베이 사람들이 즐겨 찾는 야시장 중 하나인 랴오허가야시장 입구. 야시장 입구에서 볼 수 있는 중국식 대문.

궁(奠濟宮) 앞의 지룽 묘구(廟口) 야시장이 대표적이다. 사람들은 영험
한 기운이 있는 이곳에서 음식을 먹으면 조상의 신령(神靈)이 함께한다
고 믿었기에 사묘 인근의 야시장은 날로 번성하였다.

　대만 사람들에게 있어 야시장은 일찍부터 생활 속 감초와 같은 역할
을 했다. 옛 어르신들이 적적함을 달래기 위해 마실 다녀오는 것처럼,
어릴적 엄마 손 잡고 시장 구경 가는 것처럼 밋밋한 일상을 흥겹게 해주
는 양념과 같은 존재인 것이다.

　대만 사람들이야 무작정 아무런 계획 없이 야시장을 즐긴다지만, 여
행자가 그들처럼 체험하기 위해서는 각 시장마다의 특징 정도는 미리
챙겨두는 것이 필요하다.

　먼저 스린야시장(士林夜市場)은 타이베이의 많고 많은 야시장 중에
서 '대표 주자'다. 역사도 오래되었을 뿐 아니라 규모 면에서도 제일 크
다. 보통 스린야시장이라고 하면 MRT젠탄(劍潭)역에 내리면 보이는
'스린관광야시장'이라는 큰 간판이 붙은 '상설' 스린야시장 건물을 떠
올리지만, 큰 범위의 스린야시장은 상설 야시장뿐만 아니라 원린로(文
林路), 지허로(基河路), 샤오베이가(小北街), 샤오시가(小西街), 다둥로
(大東路), 다난로(大南路), 안핑가(安平街) 일대의 재래시장을 모두 포
함한다.

　원래 이곳은 타이베이시를 가로지르는 2개의 하천인 지룽하(基隆河)
와 단수이하(淡水河)를 통해 인근의 농산품이 운반되어, 구도심 지역의
재래장이 있는 다다오청(大稻埕), 멍자(艋舺) 등지로 실려나가던 중간
집산지였다. 그러다 1909년 '바다의 여신' 마조(媽祖)를 모신 사당인
쯔청궁(慈誠宮) 앞 광장에 '스린시장'이라는 이름으로 본격적인 장(場)
이 서기 시작하였다.

　스린야시장은 우리네 남대문시장·동대문시장과 같은 존재다. 다만
남대문시장은 도매시장으로서의 입지가 크고 취급하는 품목도 다양하

지만 스린야시장은 기본적으로 먹고 노는 것에 충실한 오락의 종합시장이라 할 수 있다.

따라서 타이베이 시민들이 스린야시장으로 발걸음을 하는 대표적인 이유도 시장 안의 다양한 먹거리들 때문이다. 샤오츠(小吃)라는 단품요리들을 저렴한 가격에 맛볼 수 있다. 지파이와 커자젠은 스린야시장 샤오츠의 대표주자다. 먹거리 외에도 새우 낚시나 야구 배팅 게임처럼 오락적인 요소와 애완동물 판매점 등도 구경 나온 사람들의 발길을 붙잡는다.

건강식(?)을 찾는 사람이나, 진귀한(?) 볼거리를 원하는 사람들에게 색다른 즐거움을 안겨주는 야시장은 구도심의 룽산사 부근에 있다. 바로 화시가관광야시장(華西街夜市)이다. 타이베이의 야시장을 방문했던 사람들에게 "가장 기억에 남는 볼거리는 무엇이었나요?"라고 물으면 상당수 사람들이 "야시장에서 팔던 뱀과 자라였어요. 그 징그러운 것을 산 채로 잡아다가 피도 뽑아 마시고, 먹기도 하는 것이 징그럽지만 기억에 남았어요."라고 답한다. 화시가야시장에는 '징그러운 야시장 이미지'를 남긴 물건(?)들로 가득하다.

룽산사(龍山寺)를 끼고 시장 입구에 들어서면 각양각색의 뱀들이 "주인님 저를 잡숴주세요"라며 혀를 날름거린다. 한국에서도 흔히 볼 수 있는 뱀들에서부터, 생텍쥐베리의 《어린왕자》에 조연(?)으로 등장하기도 하는 보아 뱀, 동양권에서는 영험한 동물로 알려진 백사, 길이가 2m는 족히 되고 두께는 어지간한 여자 허리둘레는 됨 직한 구렁이까지 정말 '뱀 천국'이다. 이런 뱀들은 주로 약용으로 쓰이는데, "요놈이요."라고 고르면, 현장에서 머리를 잘라 피를 뽑고, 껍질을 벗겨 먹기 좋게(?) 손질해주기도 한다. 주변에는 뱀고기(蛇肉)를 파는 가게도 있고, 뱀구이꼬치(烤蛇肉串), 뱀고기탕(蛇肉湯), 뱀간볶음(炒蛇肝) 등 각종 뱀 요리집과 함께 뱀술(蛇酒) 집도 성업 중이다. 이방인 입장에서 보면 좀

역겨워 보이기도 하는데, 현지 사람들은 '이게 뭐 대수냐?'는 식으로 맛있게 먹는다. 때로는 긴 생머리에 미니스커트를 입은 예쁜 아가씨들도 뱀요리를 아무렇지도 않게 먹어 '엽기적인 그녀'로 변신하기도 한다.

화시가 야시장은 뱀골목과 더불어 마사지숍도 유명한데, 인근에 '공창'이 있어 '정력'에 좋다는 뱀을 비롯한 보양식을 파는 거리가 형성되었다고 한다.

타이베이 시내 야시장 중 '고객 평균 연령대'가 가장 낮은 야시장은 국립대만사범대학(國立臺灣師範大學, 약칭 '사대') 근방에 자리잡은 스다야시장(師大夜市)과 공관야시장(公館夜市)이다. 타이베이의 대학로라 할 수 있는 이곳은 젊은층의 취향을 반영하여, 각종 보세옷, 액세서리 가게들이 즐비하다. 평균적으로 수수한 대만 사람들이라도 젊은이들은 그 나이답게 멋 부리고 꾸미는 데 관심이 상대적으로 많은 것은 어쩔 수 없는 듯하다. 그리 세련되지는 않지만 가격도 비교적 착한 편이어서 주머니가 가벼운 학생들에게 큰 부담이 없는 점도 매력이다.

멋 부리기보다는 '공부에만' 관심 있는 모범생에게도 스다야시장은 매력적이다. 저렴한 가격에 각종 학용품을 살 수 있는 문방구점들이 모여 있기 때문이다. 사실 평균 물가가 한국에 비해 저렴한 대만에서 의외로 비싸다 싶은 품목 중 하나가 학용품인데, 스다야시장의 문방구점들은 저렴한 가격에 품질 좋은 학용품들을 다양하게 구비하고 있다. 서울 남대문시장 문방구점 거리를 연상시키는 이곳은 인근 대학가의 대학생들뿐만 아니라, 초·중·고등학생들에게도 인기다. 학생뿐 아니라 어른들의 발길도 잦다. 어린 시절 학교 앞 문방구점에 팔던 조립식 로봇 장난감, 블루마블로 대표되는 보드게임 등 '잃어버린 동심의 세계'를 떠올리게 하는 물건들로 가득하기 때문이다.

스다야시장의 먹거리도 빼놓을 수 없다. '길거리 음식' 중에서 가장 유명한 음식은 루웨이(滷味)다. 커다란 냄비에 시커먼 소스를 보글보글

끓이다가, 바구니에 골라 담아둔 각종 재료들을 끓고 있는 냄비에 넣어 익혀 먹기 좋게 썰어주는 '대만식 떡볶이(?)'인데, 처음에는 특유의 향과 색깔, 일부 징그러워 보이는 재료 때문에 먹기 꺼려지지만, 대만에서 오래 살다보면 중독되고 마는 국민 간식이다. 루웨이와 더불어 스다야시장에 갔다 하면 꼭 먹어봐야 하는 음식은 대만식 쇠고기 스테이크인 뉴파이(牛排)다. 노점에 앉아 먹는 '야시장판 스테이크'는 철판에 달걀과 스파게티가 함께 얹어 나오는데 물론 고급은 아니지만 보통 150~200NTD(6,000~8,000원)로 저렴한 가격에 두툼한 쇠고기를 맛볼 수 있다. 뉴파이는 특유의 진한 소스에다 후추를 잔뜩 뿌려주는데 배고픈 청춘뿐만 아니라 관광객들에게도 인기가 높다. 스다야시장에서는 '우마왕스테이크(牛魔王牛排)'도 유명하다. 이밖에 군것질 거리로는 두툼한 피 안에 야채, 부추, 팥 등을 넣어 만든 융펑성(永豊盛) 만두와 일종의 군만두인 성젠바오(生煎包)가 있는데, 모두 스다야시장의 명물 샤오츠들이다.

이외에 '대만대의 공부벌레들'의 아지트이기도 한 국립대만대학 부근의 공관야시장(公館夜市), 비록 크지는 않지만 도심 속 '먹자골목'인 닝샤야시장(寧夏夜市), '오리지널' 타이베이 사람들이 즐겨 찾는 라오허가야시장(饒河街觀光夜市), 스쿨존에 자리하여 학생들의 발길이 잦은 징메이야시장(景美夜市) 등도 서로 다른 매력으로 사람들의 발길을 붙든다.

이처럼 다양한 먹거리, 볼거리로 가득 찬 타이베이의 야시장에서 타이베이 사람들은 즐겁고 열정적으로 긴 '남국의 밤(南國之夜)'을 즐기며 살아간다.

타이베이 사람들의 주말 휴식 풍경

다안산림공원

　　타이베이의 '휴일 정경(情景)'은 더 여유롭다. 일과 돈보다는 여가와 가정의 가치를 더 중요시 여기는 사람들이기에, 주중에도 되도록 정시에 퇴근해서 먹고 살기 위한 일이 아닌, 삶의 의미를 찾기 위한 일을 한다. 대체로 가정적인 이들은 가족들과 '저녁이 있는 삶'을 즐긴다. 대만은 한국보다 상당히 이른 1998년부터 주5일 근무제를 실시하였기에, 타이베이 사람들은 한결 더 여유로운 삶을 즐길 수 있게 되었다.

　　타이베이 사람들이 휴일을 즐기는 대표적인 곳은 '타이베이의 허파' 역할을 하는 다안산림공원(大安山林公園)이다. '크게 편안하다'는 뜻의 '다안(大安)'이라는 이름 그대로 도심 속 시민들의 편안한 쉼터다. 타이베이 시내 한복판 다안구(大安區)에 자리한 대규모 도심 생태 공원으로 면적은 약 2만 6,000ha에 달해 타이베이의 공원 중 가장 크다.

　　1992년 문을 열어 강산이 두 번 바뀐다는 세월이 지난 이곳은 날로 울창함을 더하고 있다. 이곳을 공원 부지로 일찌감치 점찍었던 것은 타이베이를 '식민 통치의 전시장'으로 삼고자 했던 일본이었다. 타이베이를 구역별로 나누어, 정돈된 도시로 만들고자 했던 그들은 시내 곳곳에 휴양 공원을 만드는 계획도 세웠다. 그중 다안산림공원 자리는 '제7호 공원' 부지였다.

❶❷ 공원에서 여유로운 한때를 즐기는 타이베이 사람들.
❸ 공원 야외공연장에서 열린 음악회.
❹ 다안산림공원 인근에 자리한 젠궈휴일옥시장. 대만을 비롯한 중화권에서는 옥을 신성시한다.
❺ 젠궈휴일꽃시장.

이렇게 일본인들이 청사진을 그렸지만 패전으로 실현되지 못한 공원 부지는 오랫동안 빈터로 남게 되었다. '공터'로 남아 있던 이곳에 자리를 튼 것은 중화민국 정부와 함께 대만으로 건너온 외성인들이었다. 이들은 대만 곳곳에 권촌(眷村)이라 불리는 '외성인 마을'을 이루고 살았는데, 공원 부지도 그중 한 곳이었다. 시간이 흐름에 따라 권촌은 점점 슬럼화되어, 도심 속 흉물이 되어갔다.

이에 타이베이 시 당국은 권촌 주민들을 이주시켜 재개발을 꾀하였다. 타이베이시가 제시한 비전은 대형 체육관과 부대시설을 갖춘 '스포츠 콤플렉스'를 건설하는 것이었다. 다만 재개발 사업이 대개 그러하듯 계획은 거주민들의 심한 반대에 부딪혔고 시 당국은 계획을 접을 수밖에 없었다. 그러다 1990년대 들어 계획을 변경하여 원래 일본인이 그렸던 청사진대로 도심공원을 건설하기로 결정하였다. 1992년 공사에 들어가 약 2년의 공사 끝에 1994년 '다안산림공원'이라는 이름으로 시민들에게 개방하였다.

다안산림공원 안에는 900석 규모의 야외 공연장이 갖추어져 있는데, 사시사철 각종 음악 공연이 펼쳐진다. 특히 여름이면 '한여름밤의 재즈 페스티벌'이 열려 문화와 예술을 사랑하는 타이베이 사람들의 기호를 충족시키곤 한다. 무엇보다 '식물 천국'을 방불케하는 공원은 다양한 수목들이 저마다의 자태와 향기로 사람들을 유혹한다. 그중 옥란(玉蘭), 칠리향(七里香), 수란(樹蘭) 등 타이베이가 아니고서는 보기 힘든 진귀한 종들이 많다. 이밖에 0.7ha의 결코 작지 않은 생태호수가 있는데, 호중도(湖中島)에도 발렌타인자스민(金露華), 파초(美人蕉), 연지황선(軟枝黃蟬) 등 아열대 국가의 정취를 한껏 느낄 수 있는 화초들이 가득하다. 공원 안에는 각종 운동 시설들이 갖추어져 있고, 공원을 끼고 도는 산책로와 자전거 전용도로 등이 있다.

이런 다안산림공원은 남녀노소를 막론하고 즐겨 찾는 도심 재충전 장소로, 스쿠터와 자동차가 내뿜은 배기가스로 인해 공기가 그다지 상쾌하지 않은 타이베이 도심에서 자연 속에서 숨쉬며 몸과 마음의 휴식을 취할 수 있는 대표적인 장소다. 휴일이면 가족 혹은 연인과 함께 삼삼오오 모여앉아 '여유로운 한때'를 즐기며, 도시락이나 샌드위치를 먹는 광경을 볼 수 있다.

타이베이 사람들은 '가족'의 의미를 남달리 생각하는 중화권 사람들이 그러하듯, 모든 일의 중심에 가족을 둔다. 이런 사람들이기에 가족의 의미는 남다르다. 물론 저출산과 핵가족화로 인해 가족의 개념은 조금 달라지고, 규모도 작아졌지만 의미만은 변치 않았다. 타이베이 사람들은 한결 여유로운 주말이면 가족들과 오붓한 시간을 보내는 것을 삶의 중요한 의미로 생각한다.

다안산림공원 인근, 젠궈난로(建國南路) 고가도로 아래에는 젠궈휴일꽃시장(建國暇日花市)과 젠궈휴일옥시장(建國暇日玉市)이라는 2개의 재래시장이 있다. 토요일과 일요일이면 젠궈난로를 끼고 남쪽은 꽃시장, 북쪽은 옥시장이 서는데, 길이는 약 500m에 달한다.

꽃시장에서는 대만 각지 화훼 농가에서 재배한 꽃과 나무들을 직거래가로 판매한다. 직거래이기 때문에 가격이 저렴할 뿐만 아니라, 산지(産地)의 싱그러운 향취를 그대로 간직하고 있다.

1978년 문을 연 옥시장은 대만 특산품 중 하나인 옥 원석과 가공품들을 판매한다. 대만뿐 아니라 아시아에서도 손꼽히는 유명 옥시장으로 자리매김한 이곳은 장이 서는 날이면 줄잡아 500여 개의 좌판이 깔리고 경옥(硬玉), 연옥(軟玉), 호박(琥珀), 진주(珍珠), 비취(翡翠) 등을 취급한다. 관광객들에게 인기 있는 제품은 도장석이나 목걸이, 팔찌 등인데, 흥정만 잘하면 좋은 제품을 싼 값에 살 수 있다. 중국어가 조금 된다면 가격 흥정을 해보는 것도 빠트릴 수 없는 재미다. 가격이 부담스러워 사지 못하더라도 아이쇼핑만으로 충분히 즐겁다.

사실 대만뿐 아니라 중화권 사람들은 여러 보석 중에서도 유달리 옥을 좋아한다. 이는 '옥(玉)'이라는 글자에서 오른쪽 점 하나만 빼면 '왕(王)'이 된다는 것에서도 알 수 있다. 중국인의 옥사랑은 긴 유래를 가지고 있다. 고대 중국 전설에 이런 이야기가 전한다.

"사람이 지구에 새로 나타나서 모든 야생동물들의 먹이가 될 때, 하늘에서 내려다보던 '폭풍의 신'이 이를 가엾게 여겼다. 그는 한 손엔 무지개를 움켜쥐고, 다른 한 손엔 '옥도끼'를 들고 무지개를 다듬었다. 그리고는 지상의 사람들을 향해 내던졌다. 사람들은 하늘에서 온 선물이라 귀하게 여기며, 이 천국의 돌을 '옥'이라 하였다."

이런 관점에서 볼 때, 중국인에게 옥은 하늘과 땅을 이어주는 '연결고리'다. 전설상의 삼황오제(三皇五帝) 이래로 역대 중국 황제들은 둥근 원판에 둥근 구멍을 뚫은 옥인(玉印)을 통해서만 신과 직접 대화할 수 있다고 믿었다.

공자(孔子)가 태어날 때에도 옥 이야기는 빠지지 않는다. 공자가 태어날 때 일각수(一角獸, Unicorn)가 나타나 공자의 어머니에게 옥패(玉佩)를 쥐어주었는데, 옥패에는 장차 태어날 아이는 '왕관 없는 왕'이 될 것이라는 예언이 새겨져 있었다는 것이다. 공자는 "군자가 옥을 귀하게 여기고 돌을 천하게 여기는 까닭은 무엇입니까. 옥은 희소하고 돌은 많은 까닭입니까?"라고 묻는 자공(子貢)에게 이렇게 답한다. "돌이 많아서 천하게 여기는 것은 아니며 옥이 희소하다고 해서 귀하게 여겨지는 것이 아니다. 단지 군자의 덕을 옥에 비유하기 때문이다."

즉 옥이 윤이 나는 것은 군자의 인(仁)과 닮았고, 옥의 단단한 성질은 지(智)와 서로 통하며, 사람을 찌를 만큼 날카롭지 않은 것은 군자의 품성인 의(義)와 닮았고 보았다. 더불어 몸에 드리워진 모습은 예(禮)의 상징이며, 맑고 은은한 옥의 소리는 유교에서 중시하는 락(樂)을, 잡티 없는 순수함은 충(忠)을, 사방에 가득한 광채는 신(信)을 의미한다는 것이다. 공자는 옥으로 유교에서 추구하는 가치관을 비유했던 것이다.

옥은 세월이 흘러도 변함없이 중국인의 사랑을 받고 있는데, 이는 '바다를 건너온 중국인'의 후예가 사는 대만도 다르지 않아, 휴일 옥시장의 열기는 뜨겁다.

야심한 밤 깊은 산속에서 음미하는 차 한 잔

마오쿵

풍수지리학적으로 타이베이의 남주작(南朱雀)이라 할 수 있는 산은 '남쪽 방위를 가리키는 산'이라는 뜻의 즈난산(指南山)이다. 서울의 관악산처럼 타이베이 시가지를 남쪽에서 감싸안고 있는 이 산은 예로부터 명차(名茶)의 산지로 이름이 높다. 마오쿵(猫空)이라는 별칭으로 더 잘 알려진 이 일대가 차 생산지로 명성을 얻게 된 것은 자연이 준 선물 덕분이다. 기후가 변덕스럽고 비가 자주 내리고 습도 또한 높은 타이베이에서도 특히 즈난산 일대는 비가 더 자주 내리고, 습함도 더하다. "타이베이 시내에서 비가 내리지 않는 날에 우산을 가지고 다니는 사람은 십중팔구 무자(木柵 : 즈난산 근처 지명) 사람이다."라는 말이 있을 정도다. 이런 기후는 사람을 견디기 힘들고 짜증스럽게 하지만, 차를 재배하기에는 최적의 환경이기에 즈난산은 중부 아리산(阿里山) 일대와 더불어 대만을 대표하는 차 생산지로 명성이 높다. 이 지역을 대표하는 브랜드로는 원산포종차(文山包種茶)와 무자철관음차(木柵鐵觀音茶)가 있다. (원산(文山)은 즈난산이 있는 '행정구' 이름이고, 무자(木柵)는 원산구의 지역 명칭이다.)

원산포종차는 약 150년 전 중국 푸젠성(福建省) 안시현(安溪縣) 우이산(武夷山) 일대의 차나무를 타이베이 근교에 옮겨 심으면서 시작되었다. 포종차라는 이름은 찻잎 하나하나를 손으로 정성스레 따서 150g씩 한 포(包)에 담아 포종(包種)이라는 낙인을 찍어 팔았다고 한 데에서 유래하였다. 그중에서도 해발 400m에 있는 원산 지역에서 재배한 차가 품질이 우수하여, '원산포종차'라는 브랜드가 탄생하였다. 원산포종차는 15~20% 정도의 약한 발효 과정을 거치는데, 짙은 녹색의 찻잎을 물에 우려내면 금색을 띠며, 은은하고 오래가는 향기가 특색이다. '차중미인(茶中美人)'이라 불리기도 한다.

무자철관음차도 원산지는 푸젠성 안시현이다. 본디 안시현은 차나무의 보고 중 하나로, 이 지역 차의 역사만 족히 1,000년이 넘는다. 푸젠성의 많은 명차들 중에서도 포종차와 철관음차는 대만으로 건너와 '현지화'에 성공한 품종이다.

철관음차는 청(淸) 건륭제(乾隆帝) 1년인 1735년 서생 왕사량(王士諒)과 친구들이 관음산(觀音山) 기슭에서 글을 읊으며 노닐다 바위 틈새에서 차나무 한 그루를 발견하여, 찻잎을 물에 우려 마셨는데 맛과 향이 좋아 차나무를 집 정원에 옮겨 심어 기르기 시작한 것에서 유래하였다. 왕사량은 정성스레 차나무를 길러 그 잎으로 본격적으로 차를 만들기 시작하였는데, 이내 그 명성이 널리 퍼졌다. 이후 왕사량은 자신이 만든 차를 당대 저명 학자이자 조정 고관이던 방망계(方望溪)에게 보냈고, 방망계는 황제와 조정 관리들에게 차를 소개하였다. 차를 맛본 건륭제는 "차색(茶色)의 아름다움이 관음보살과 같고, 차미(茶味)의 깊고 두터움은 철(鐵)과 같다."고 칭찬하여 철관음차(鐵觀音茶)라는 이름을 얻게 되었다.

대만에서 철관음차는 청 광서제(光緖帝) 재위기 때 무자(木柵)의 차 제조업자인 장내묘(張迺妙)·장내건(張迺乾) 형제가 무자 장후산(樟湖山 : 오늘날의 즈난산) 일대에 차나무를 재배한 것이 시초다. 즈난산 일대의 토질과 기후가 원산지와 유사하였기에, 무자로 이식(移植)된 차

역시 원산지의 명성을 추월하게 되어, 무자철관음차는 대만뿐 아니라 전 중국을 대표하는 명차 중 하나로 자리잡게 되었다.

즈난궁(指南宮) 남쪽 산록에 펼쳐진 무자 다원(茶園)은 풍경이 수려하고 인근에 산업도로가 있어 사통팔달의 교통망을 자랑한다. 이에 타이베이 시 당국과 타이베이시 농협(農會)은 이 일대를 관광다원(觀光茶園)으로 개발하여, 관광객들이 차 생산 현장도 직접 보고, 차도 마실 수 있는 차 천국으로 만들었다. 인근 국립정치대학(國立政治大學) 캠퍼스에서는 매년 '원산포종차 축제'를 개최하기도 한다.

즈난산은 산의 정취도 느끼고, '차 한잔의 여유'도 즐기기 위한 사람들로 늘 붐빈다. 특히 이 일대 찻집들은 '24시간 영업'을 기본으로 하기 때문에, '심야(深夜) 데이트'를 즐기기에 안성맞춤이다.

24시간 문을 열기에 아무 때나 마오쿵의 찻집을 찾아도 좋지만, 그래도 제일 좋은 시간대는 '야심만만(夜深滿滿)'한 때이다. 짙은 어둠이 마오쿵을 감싸안을 때, 즈난산의 찻집들은 불을 밝히며 밤손님들을 안내한다. 이 시간에 산을 바라보면 약간 음산한 분위기 속에 알록달록한 불빛이 어우러져 애니메이션 '센과 치히로의 행방불명'의 한 장면이 떠오르기도 한다. 멀리서 바라봤을 때 신비로운 이곳은 직접 찾았을 때 더 운치를 느낄 수 있다.

즈난산 자락의 많은 찻집 중에서 현지인들에게 가장 인기 있는 곳 중 하나는 '달을 찾다'라는 뜻의 요월차방(邀月茶房)이다. 1993년 문을 연 이곳은 일대 찻집 중 본격적으로 24시간 영업을 시작한 찻집이다. 고즈넉한 분위기의 중국풍 대문으로 들어서면 '邀月茶房'이라 붓글씨로 쓴 홍등(紅燈)이 곳곳에 걸려 있어 이국적인 분위기를 흠씬 풍긴다. 요월차방은 곤돌라역과 그 인근 버스 정류장에서 한참 떨어진 곳에 있어, 찾아가는 데 조금 번거롭기는 하지만 한적한 곳에 자리하여 조용한 분위기 속에서 차를 즐기기에 좋다. 이곳이 더욱 특별한 이유는 야외 다실이

❶❸ 즈난산 산록에 펼쳐진 차밭. 즈난산은 중부 아리산과 더불어 차 산지로 명성이 높다. ❷ 즈난산 자락을 운행하는 마오쿵 케이블카. 대만에서 가장 긴 케이블카다. ❹❺ 요월차방의 야외 다실. 비오는 날이면 '빗방울 전주곡'을 들으며 차를 마실 수 있다.

다. 중국식 목조 가옥인 본 건물뿐만 아니라 계단을 따라 이어지는 산자락 곳곳에 테이블을 설치하여 차를 마실 수 있게 하였는데, 조용한 밤이면 코로는 산내음을 맡고 귀로는 풀벌레 소리를 들으며 차를 마실 수 있어 마치 신선이 된 듯한 느낌이 든다. 비라도 내리는 날이면, '빗방울 전주곡'을 들으며 차의 향취를 즐길 수 있는 것도 매력이다. 더욱이 즈난산 자락 24시간 찻집의 원조답게 차의 풍미(風味)도 일품이어서, 내가 사랑하던 찻집 중 하나이다.

이렇게 차와 함께 중국어로 '랴오톈(聊天)'이라고 하는 한담(閑談)을 즐기는 것은 술도 담배도 가까이 하지 않는 건전한 대만 대학생들의 여가 생활 중 하나인데, '지리상의 이유'로 산 아래 학교에 다니던 친구들은 즈난산 자락 찻집을 자주 찾았다. 대만 대학생들은 학과 친구나 선생님들과 진지하게 이야기하며 친목을 다질 일이 있을 때, 이런 찻집을 찾아 몇 시간이고 앉아서, 때로는 밤을 지새며 랴오톈을 한다. 알코올이 적당히 들어가야 마음속 깊은 이야기를 하는 것이 자연스러운 한국과는 달리, 대만 사람들은 무알코올 음료인 차의 맛과 향에 취해서도 속 깊은 이야기를 나눈다. 이런 이유로 즈난산 자락은 타이베이 대학생들의 사랑받는 MT 장소이기도 하다.

즈난산에 오르면 타이베이 시내를 한눈에 조망할 수 있는데, 산을 오르는 방법은 크게 3가지다. 걸어서 등산으로 오르는 방법, 버스나 택시를 이용하는 방법, 또 한 가지는 곤돌라(케이블카)를 타는 방법이다. 타이베이의 도시철도 시스템인 MRT(Metropolitan Rapid Transit)는 지상·지하 구간의 일반 전철과, 타이베이 중북부의 네이후(內湖)와 타이베이시립동물원(臺北市立動物園)을 잇는 무인 경전철 원후선(文湖線), 마오쿵 케이블카(貓空纜車)를 운영한다. 프랑스 포마(Poma)사에서 제작한 케이블카는 2007년 정식 개통하였는데, 원후선의 남쪽 끝인 동물원역(動物園站)에서 별도 요금을 지불하면, 동물원내역(動物園內站),

즈난궁(指南宮)을 거쳐 종점인 마오쿵역(猫空站)에 도착한다.

총길이가 4.03km로 대만에서 가장 긴 이 케이블카는 정원이 8명이다. 이 케이블카를 타고 즈난산 트레킹을 할 수 있는데, 일부 객차는 바닥이 투명 강화 유리로 되어 있어 창뿐만 아니라 바닥을 통해서도 경치를 감상할 수 있다. 다만 외국 회사 것을 들여오다보니 운영상의 문제로 잔 고장이 잦아 개통 1년 만인 2008년 보수 공사를 위해 운행을 중단했다가 2010년 다시 운행하였고, 지금도 빈번한 지진과 태풍 등 자연 환경의 영향으로 운행이 자주 중단되곤 한다. 어쩌다 탑승 중에 지진이나 강풍을 만날 경우, 케이블카에 대롱대롱 메달리는 '아찔한' 경험을 할 수도 있다.

연인들의 데이트 코스

남 비탄 북 메이리화

"다정한 연인이 손에 손을 잡고 걸어가는 길…."

나와는 상당한 '세대차'가 나는 곡이지만, 타이베이 시내를 거닐 때마다, 1977년 대학가요제 수상곡인 '젊은 연인들'의 노래 가사를 떠올리곤 했다.

서울보다는 앙증맞은 크기의 타이베이는 천천히 거닐기 좋은 도시다. 걷다 조금 지친다 싶으면 어김없이 작은 공원이 나타나 쉬어 갈 수 있고, 화려하진 않지만 곳곳에 아기자기한 볼거리가 가득하다. '지금은 연애중'이라면, 뭘 하든 즐겁지 않겠냐마는, 타이베이는 노래 가사처럼 '다정한 연인'의 손을 잡고 곳곳을 거닐며 데이트를 하는 재미가 쏠쏠한 곳이다. 그래도 좀 더 낭만적인 데이트를 즐기고 싶다면, 들러봄직한 장소는 비탄과 메이리화다. 이곳에서는 속된 표현으로 '커플짓'이라 할 수 있는, 연인들만이 누릴 수 있는 특권을 제대로 누릴 수 있다.

타이베이 시내에서 살짝 벗어난 신베이시(新北市) 신뎬구(新店區)의 비탄(碧潭)은 '호반(湖畔)의 정취'를 제대로 느낄 수 있는 곳이다. 뜻풀이를 하자면, '푸른 호수' 이름 그대로 호수색은 에메랄드 빛이다. 다른 이름 적벽담(赤壁潭)은 나관중(羅貫中)의 《삼국지연의(三國志演義)》에서 제갈공명이 동남풍을 불어와 화공(火攻)으로 조조의 위나라 군대를

❶ 비탄의 명물 중 하나인 오리배. 대만 드라마 '악작극지문(장난스런 키스)'으로 인해 연인들에게 인기가 높다. ❷ 한자로 '碧潭'이라 새겨져 있는 비탄의 벽. 글씨의 주인공은 쑨원의 장남 쑨커다. ❸ 비탄적교. ❹❺ 타이베이101빌딩과 더불어 타이베이의 새로운 랜드마크가 된 메이리화회전대관람차.

전멸시켰다는 이야기가 있는 '적벽대전(赤壁大戰)'의 배경이 된 '적벽' 처럼 호숫가의 벽이 붉은색인 것에서 유래하였다.

원래 이곳에 자리잡고 살던 객가인(客家人)들은 이곳을 '적벽담' 혹은 '석벽담(石壁潭)'이라 불렀는데, 시인 채옥린(蔡玉麟)이 벗들과 어울려 시를 짓다 신뎬(新店)의 '청산벽수(靑山碧水)'를 노래하여 '비탄(碧潭)'이라는 이름이 유래하였다.

비탄은 아기자기하면서도 아름다운 풍광 덕분에 풍류객들의 사랑을 받는 장소로 명성을 얻었다. 차오산(草山 : 오늘날 양밍산), 우라이(烏來), 다시(大溪), 자오반산(角板山), 우즈산(五指山), 츠가오산(次高山), 바구이산(八卦山), 우서(霧社), 베이강(北港), 후우더우베이(虎頭埤), 사자머리산(獅頭山), 치산(旗山)과 더불어 이른바 '대만팔경십이승(臺灣八景十二勝)'으로 꼽힌다.

비탄의 붉은빛 암벽에는 '碧潭'이라는 휘호가 새겨져 있다. 글씨의 주인공은 쑨원(孫文)의 장남 쑨커(孫科)로 대만 광복 후 국민정부(國民政府) 부주석 자격으로 대만을 방문하였던 그가 비탄에서 잠시 휴식을 취하였는데, 이곳의 아름다운 풍광에 반해, 친히 붓글씨를 써서 새기게 한 것이 오늘날까지 남아 있다.

이곳의 다른 명물은 비탄적교(碧潭吊橋)다. 신뎬 시가지와 소적벽(小赤壁)을 이어주는 현수교로 1937년 완공된 이 다리는 당시만 해도 중요 교통 통로로 활용되었다. 지금은 호수에 비친 풍광을 감상하기 위한 다리로 주로 쓰인다. 특히 다리의 조명을 밝히는 밤이면 훨씬 더 낭만적으로 변하여 각종 드라마나 CF의 배경으로 자주 쓰인다.

다리 아래 에메랄드 빛 호수 위에는 우리네 유원지에서 흔히 볼 수 있는 페달식 오리배들이 떠 있다. 어딜 가나 쉽게 볼 수 있는 오리배지만, 특히 이곳 오리배는 인기가 높다. 이유는 2005년 방영된 대만 드라마 '악작극지문(惡作劇之吻 : 장난스런 키스)'에서 샹친과 즈슈가 오리배를 타다 물에 빠져 본의 아니게 근처 호텔에 투숙하는 사건이 계기가 되어 둘의 본격적인 사랑이 시작되고, '사랑의 결실'로 야외 결혼식을 올리는 장면 때문이다. 그래서인지 이 오리배들은 '드라마 속 주인공처럼' 낭만적인 데이트를 꿈꾸는 연인들로 만선이다. 어둑해질 무렵, 알록 달록 불을 밝힌 비탄적교와 주변의 포장마차들이 만들어내는 풍경 또한 운치가 있다.

타이베이 중북부에도 멋진 데이트 장소가 있다. 메이리화백락원(美麗華百樂園)이다. 이곳은 2004년 문을 연 대만의 첫 멀티 쇼핑센터로 쇼핑몰과 대형 할인매장 까르푸, '세계 최대 규모'의 아이맥스 영화관, 푸드코트 등을 갖추고 있다. 그중에서도 타이베이101빌딩과 함께 타이베이를 대표하는 아이콘으로 떠오른 회전대관람차는 연인들에게 최고의 데이트 장소다. 회전대관람차는 대만 중남부 윈린현(雲林縣) 젠후산월드(劍湖山世界), 가오슝시(高雄市) 이다월드(義大世界)에 이어 3번째로 세워진 회전대관람차로 규모 면에서는 대만 최대다. 직경 70m에 높이는 지상으로부터 100m에 이른다.

일본 센요코요(泉陽興業)사가 제작한 회전대관람차는 총 무게 600ton에 달하는 본체에 48개의 객차가 달려 있는데, 평균 17분이면 한 바퀴를 돈다. 48개의 객차 중 승무원 전용인 2개의 객차를 제외하고, 46개의 객차 중에서 2개는 바닥 전체가 투명 강화유리로 제작해 사방에서 타이베이 시내를 감상할 수 있는 행운을 누릴 수 있다. 확률적으로 '23:1'의 비율이다. 다만 지상 100m에 매달려 있는 회전대관람차는 천천히 움직인다고는 하지만, 실제로 타면 체감하는 '공포감'이 상당하다. 여기에 크고 작은 지진과 태풍, 강풍이 일상화된 타이베이이기에, 탑승 중에 이들과 만나기라도 한다면 '체감 공포 지수'는 훨씬 높아진다.

그럼에도 불구하고 회전대관람차는 비탄의 오리배와 더불어 타이베이 연인들이 로맨틱한 데이트를 즐기기에 가장 좋은 장소다. 원래 탑승 정원은 6명이지만, 연인일 경우 '당연히' 2명만 타게 해주고, 여기에 탑승 대기 인원이 많지 않을 경우 더 많은 배려를 해주기도 한다. '사생활 보호' 차원에서 1개 차를 걸러 승객들을 태우는 것이다. 이런 넘치는 배려 덕분에 연인끼리 회전대관람차를 탔다면, 약 17분의 시간 동안 둘만의 아지트에서 '천공(天空) 데이트'를 즐길 수 있다.

태평양 동쪽 끝에서 하늘을 떠받치다

타이베이101빌딩

　《그리스신화》에는 제우스에게 패하여, 하늘을 떠받치는 벌을 서고 있는 아틀라스가 등장한다. 말 그대로 천형(天刑)을 살고 있는 그는 대서양(Atlantic Ocean : 아틀라스의 바다)의 어원이 되기도 하였다. 그럼 지구 반대편 태평양 동쪽 끝에서 하늘을 떠받치고 있는 것은 무엇일까? 타이베이101빌딩이다. 높이는 509m로, 2004년 완공 후 2010년까지 두바이에서 부르즈할리파가 완공될 때까지 6년 동안 세계에서 가장 높은 마천루였다. 보통 타이베이101빌딩이라 부르지만, 실제 이름은 타이베이세계금융센터(臺北國際金融中心)이고, 층수가 101층이라 하여 이렇게 부른다.

　21세기를 눈앞에 둔 1990년대 대만 정부는 다음 세기 대만의 비전을 '아시아 · 태평양 운영 센터(亞太營運中心)'로 제시하였다. 대만이 아시아 · 태평양 지역의 제조 · 해운 · 항공 · 금융 · 정보통신 · 미디어의 중심이 되게 하겠다는 야심찬 프로젝트였다. 이 연장선상에서 대만정부는 신이구(信義區)를 타이베이의 새로운 비즈니스 중심지역(CBD)으로 선정하고 세계금융센터와 컨벤션센터, 호텔, 제반 상업 시설이 망라된 대규모 개발 계획을 수립하였다. 그중 가장 중요한 프로젝트가 세계금융센터 빌딩을 짓는 것으로 오늘날 타이베이101빌딩 청사진의 탄생이다.

1997년 첫 삽을 뜨는 것을 시작으로, 1998년 타이베이101빌딩 건축을 위한 컨소시엄이 구성되었고, 이듬해인 1999년 7월에 기공식을 가졌다.

연중 적게는 70회에서 많게는 100회가 넘는 지진이 발생하는 대만에서 세계 최고층 빌딩을 짓는 것은 큰 모험이다. 매년 대만을 찾는 불청객 태풍도 공사를 힘들게 하였다. 악조건 속에서 '세기의 대공사'의 설계를 맡은 이는 세계적인 건축가 리쭈위안(李祖原)이다. 중국 광둥성(廣東省)에서 태어난 그는 이공계 명문 타이난(臺南) 국립성공대학(國立成功大學) 건축학과를 졸업한 후 유학길에 올라 미국 프린스턴대학 대학원에서 건축학을 전공하였다. 귀국 후 대형 건축물 설계로 명성을 쌓았다. 1995년 낙성한 보아이특구(博愛特區)의 구 국민당중앙당사빌딩(中國國民黨中央委員會大樓 : 현재의 장룽파재단빌딩), 1998년 완공한 가오슝(高雄)의 랜드마크 가오슝85빌딩(高雄85大樓)이 대표적이다. 그가 두각을 나타낸 분야는 공공건축 설계 분야다. 2000년 개장한 타오위안국제공항(桃園國際機場) 제2터미널(第二航廈), 건축계에서 호평을 받은 타이베이 젠청로터리(建成圓環)도 그의 손을 거쳤다. 이런 리쭈위안이 대만을 대표하는 빌딩의 설계를 맡은 것은 어쩌면 너무나 당연한 일이었다.

설계를 맡은 리쭈위안은 전체 101층(지상 101층, 지하 5층)의 빌딩을 구상하였고, 전체적인 디자인은 하늘을 향해 뻗은 대나무 위에 꽃잎이 여러 겹 포개어 얹어진 모양이었다. '대나무 빌딩'의 마디는 총 8개, 이는 중화권에서 부와 번영을 가져다준다고 믿는 숫자 '8'을 상징화한 것이다. 마감은 대나무 색깔과 비취색 유리로 덮어, 타이베이 하늘에서 지구의 동쪽 끝을 떠받치는 거대한 기둥이 되게 하였다.

리쭈위안이 밑그림을 그린 것을 현실 세계에 구현한 것은 일본 건설회사 쿠마가이구미(熊谷組), 대만 쿠마가이(臺灣熊營造), 룽민공정(榮

民工程), 다유웨이건설(大友爲營造)의 4개 건설사의 컨소시엄이었다. 마무리 공사는 한국 삼성물산 건설부문이 맡았다.

　1999년에 시작한 공사는 이미 예상했던 대로 난관에 부딪혔다. 매년 빠짐없이 찾는 불청객 태풍과 지진으로 공사는 수차례 중단과 재개를 반복하였다. 그중 건물이 절반 정도 지어진 2002년 3월 공사장 근처에서 발생한 진도 6.8의 강진으로 크레인 2대가 무너지고 5명이 사망, 행인을 포함하여 수십 명이 중상을 입는 큰 사고가 발생했다. 여기에 다시 '국제공항'으로 복귀를 준비 중이던 쑹산공항(松山機場)에 이·착륙하는 항공기의 안전 문제도 불거졌다. 이런 불상사와 악조건을 극복하며 빌딩은 한 층 한 층 올려져 2003년 7월 1일 상량(上樑)식을 하고, 그해 10월 17일 준공되어 4년에 걸친 대역사(大役事)를 마무리하였다.

　2003년 마지막 날 정식 개관한 타이베이101빌딩은 그때까지 세계 최고(最高) 마천루 빌딩 타이틀을 지키고 있던 높이 451.9m의 말레이시아 쿠알라룸푸르의 페트로나스트윈타워(Petronas Twin Towers)를 57.1m 차이로 제치고 '세계 최고층 빌딩' 타이틀을 거머쥐었다. 부가적으로 아시아·태평양 지역 최고층 건축, 전 세계 섬에 있는 건축물 중 최고층 건축, 지진대에 자리한 건축물 중 최고층 건축이라는 '보너스 타이틀'도 얻었다.

　2004년 12월 31일 509m 첨탑 안에 빌딩 관리 사무소가 입주하였고, 해가 바뀐 2005년 3월에는 89층에 자리한 세계에서 가장 높은 실내 전망대가, 같은 해 9월에는 91층에 세계에서 가장 높은 옥외 전망대가 문을 열었다.

　지금은 세계 최고층 빌딩 타이틀을 내주었지만, 그래도 세계에서 손꼽히는 마천루인 타이베이101빌딩에 갔다면 '예의상' 먼저 해주어야 하는 일은 전망대에 올라가는 것이다. 5층 파이낸셜센터에서 입장권을 구입한 후 역시 《기네스북》에 '세계에서 가장 빠른 엘리베이터'로 기록된 엘리베이터를 타면 분속 1,010m의 '아찔한' 속도로 89층 전망대에 도착한다. 걸리는 시간은 정확히 37초, '찰나'라는 말은 이럴 때 쓰는 것이리라. 통유리로 시야를 시원하게 하는 전망대에서는 타이베이 시내를 말 그대로 한눈에 내려다볼 수 있다. 여기에 '엑스트라 차지(Extra Chargre)'가 발생하기는 하지만 동전 투입식 망원경을 사용하면, 타이베이 시내를 샅샅이 훑어볼 수도 있다.

타이베이 시내 조감이 끝난 후 전망대 옆문으로 나가면 거대한 쇠구슬이 눈에 들어온다. 역시 '세계에서 가장 큰'이라는 수식어가 붙는 댐퍼(damper)다. 지름 5.5m, 무게 680ton에 달하는 쇠구슬은 92층에서 강철 와이어로 매어져 87층과 88층 사이에 매달려 있다. 쇠구슬의 '메인 미션'은 매년 빠지지 않고 찾아오는 불청객인 태풍과 지진에 대비하여 고층 빌딩을 위에서 눌러 균형을 잡아주는 역할이다. 명실상부한 '균형추'다.

89층에서 2층만 더 올라가면 91층 옥외 전망대다. '날씨가 좋을 때만 개방한다'는 조건이 붙는 곳으로, 이곳에서 타이베이를 내려다보며 '구름 위의 산책'을 하는 듯한 기분을 만끽할 수 있다. 다만, 기상 환경이 썩 좋지 않은 타이베이에서 500NTD(18,000원 가량)라는 씨지만은 않은 입장료를 내고, 89층 실내 전망대에 올라가 본전을 뽑고, 91층 옥외 전망대까지 가서 보너스까지 받을 수 있는 날은 날이면 날마다 오는 것이 아니다. 변덕스러운 날씨 때문에 5층 입장권 판매대에서는 직원이 전망대에 올라갈 수 있는지 여부를 알려준다. 날씨가 나쁠 경우 '입장권 판매 중단' 메시지를 전광판에 공지한다.

타이베이 상공을 관장하는 운사(雲師)가 도와주지 않을 때나 전망대 입장료가 아까운 '알뜰한 당신'을 위해서 공짜로 타이베이 시내를 내려다볼 수 있는 방법도 있다. 35층 사무 구역에 문을 연 별다방(스타벅스)이나 앨리스 플라워 앤드 카페에 가는 것이다. 89층이나 91층에서보다

❶❷❸ 여러 방향에서 본 타이베이101빌딩. 중화권에서 행운의 숫자인 8을 형상화하여 8겹으로 쌓아올린 대나무 모양이다. ❹ 고층빌딩이 많지 않아 밋밋한 타이베이에 우뚝 솟아 있는 타이베이101빌딩. ❺ 타이베이101빌딩의 쇼핑몰. ❻ 타이베이101빌딩의 균형을 잡아주는 댐퍼. 세계에서 가장 크다.

'전망 만족도'는 감소하지만, 공짜인 데다 이 정도 높이에서 봐도 전망은 결코 나쁘지 않다. 이곳에서 타이베이 시내를 내려다보면서 '커피 한 잔의 여유'를 즐길 수 있다. 다만 원칙상 '외부인 출입 금지'인 사무 구역에 자리하고 있기 때문에 스타벅스나 앨리스 플라워 앤드 카페에 가기 위해서는 조금 번거러운 절차를 거쳐야 한다. 1층 방문객 안내소 (Visitor Accsess)에 가서 스타벅스나 앨리스 플라워 앤드 카페로 인터폰을 통해 연락을 해야 한다. 빈 자리가 있을 경우 방문자 카드를 발급해 주는데 이를 1층 입구 출입 데스크에 제시해야 비로소 사무 구역 안으로 들어가 전용 엘리베이터를 통해 35층으로 갈 수 있다. 다만 '비공인 세계 기록'으로 '세계에서 가장 높은 카페'인 스타벅스나 앨리스 플라워 앤드 카페에서 '공짜로 즐기는 타이베이 전망과 커피 한잔의 여유'는 이미 많이 알려져 자리 잡기가 쉽지 않은 편이다.

이렇게 '보는 즐거움'을 타이베이101빌딩에서 누린 후 할 수 있는 일은 '사는 즐거움'을 맛보는 것이다. 물론 여유가 있어야 한다는 전제가 붙지만. 타이베이101빌딩은 사무 구역에서 죽어라 일만 해야 하는 사람들에게는 '업무 지옥' 같은 곳일지 모르지만, 방문객들에게는 '쇼핑 천국'이다. '쇼핑 천국'의 공식 이름은 101몰이다.

지하 1층에는 미식광장(美食廣場)이라 이름 붙여진 푸드코트, 딘타이펑(鼎泰豐), 제이슨스 수퍼마켓(Jasons Market Place) 등이 자리해 있다. 총 1,200석에 달하는 푸드코트에서는 단품요리를 중심으로 동·서양의 미식들을 맛볼 수 있다.

101대로(101大道)라 이름 붙여진 1층은 샤넬, 시세이도, 랑콤 등 화장품 브랜드와 롤렉스, 오메가 등 명품 시계점, 아르마니 등이 자리하고 있다. 2층의 시상대로(時尙大道)는 유명 디자이너 브랜드숍들이, 3층 명인대로(名人大道)는 명품 가방과 시계 브랜드들이 자리하고 있다. 도회대로(都會大道)에는 루이뷔통 등 명품 브랜드들과 식당, 커피숍 등이 있으며, 보통 영어 이름으로 'PAGE ONE'이라 하는 엽일당서점(葉壹堂書店)도 있다. 전망대 매표소가 자리한 5층은 아객대로(雅客大道, Financial Center)로 은행 지점 등이 자리하고 있다.

맛있는 걸 먹으려면 어디로 가나요

융캉가

현지인에게 "타이베이에서 맛있는 것을 먹으려면 어디로 가야 하나요?"라고 물으면 열에 아홉은 융캉가(永康街)로 가라고 답한다. '미미지도(美味之都)' 타이베이에서도 융캉가는 '미미특구(美味特區)'라 할 만한 지역으로 골목골목마다 맛있는 냄새로 가득하다.

융캉가는 행정구역상 타이베이시 다안구(大安區) 신이로(信義路) 2단(二段) 일대인데, 미미특구는 거리의 중심이 되는 융캉공원(永康公園)을 둘러싼 주변 일대를 일컫는다. 이곳은 지리상 도심 한복판에 있으나, 대로에서 살짝 들어가 도심의 번잡함을 잠시 잊을 수 있는 한적한 골목길로 한국의 강남 청담동 일대의 분위기를 풍긴다.

청대만 하더라도 논밭과 몇몇 농가들이 옹기종기 자리하고 있던 융캉가가 본격적으로 개발되기 시작한 것은 '도시 계획'에 의해 타이베이를 개발하기 시작한 일제강점기 들어서다. '공간 격리'를 도시 계획의 기본 방침으로 정한 일본인들은 이곳을 대만총독부 직원들의 관사 부지로 획정한 후, 본격적인 택지 개발에 나섰다. 이후 이 일대는 대만 총독부의 고급 관리들이 거주하는 '관사촌'으로 상전벽해를 이루었다.

일본 패망 후 이른바 적산 처리 과정에서 융캉가의 고급 관사들은 외성인들 차지가 되었다. 주로 정부 고급관리, 판·검사, 인근 국립대만대

❶❸ 타이베이의 미식특구라 할 수 있는 융캉가 풍경. 노란색 가게가 빙수전문점 스무시다.
❷ 융캉가의 빙수전문점 융캉15.
❹ 해외에도 이름이 잘 알려진 딤섬 전문점 딘타이펑. '크고 풍요로운 솥'이라는 뜻의 '鼎泰豊'이라는 글씨는 초서체의 대가 위유런의 친필로도 유명하다.
❺ 딘타이펑과 더불어 저장식 딤섬으로 이름 높은 가오지.

학과 국립대만사범대학 교수들이 신거주민이 되었다. 외성인 신거주민들의 원향(原鄕)은 중국 대륙 각지였기에 이들은 저마다 그리워하는 '고향의 맛'은 달랐고, '수요 공급 법칙'에 의해 중국 각지의 다양한 음식들을 파는 가게들이 부근에 생겨나기 시작했다. 광둥식 오리구이(廣東燒鴨), 저장식 딤섬(江浙點心), 매운 맛이 특징인 쓰촨요리(四川料理), 북방식 면요리(北方麵食) 음식점들이 하나둘씩 자리를 잡고 '이향이미(異鄕異味)'의 손님들의 입맛을 맞추기 시작하였다. '미미지도 타이베이, 미미특구 융캉가' 역사의 서막이다.

외성인 신거주민들의 입맛에 맞추어 다양한 음식점이 생겨나기 시작한 융캉가 미식촌의 메뉴를 더욱 다양하게 만든 사건은 다소 엉뚱하게도 1979년 미국과의 단교다. 1971년 국제연합(UN) 퇴출 이후 나날이 심해지던 외교적 고립 속에서 '최대의 우방' 미국마저 단교를 선언하고 대만을 지켜주던 '중(대만)·미상호방위조약'마저 자동 폐기되어 고문단 형식으로 남아 있던 미군마저 떠나게 된 사건은 대만에 큰 충격을 던졌다. 특히 중산층의 안보와 미래에 대한 불안감을 키워, 타이베이의 부촌(富村)인 융캉가 거주민들 중 상당수가 고국을 등지고 해외로 이민을 떠났다. 이들이 떠나며 팔거나 세놓은 집에는 외지인들이 들어와 살기 시작하였는데, 대만 고도 성장기에 부를 축적한 기업가들과 저명 문인들이 많아, 교수, 공무원 일색이던 동네에 변화의 바람이 일었다. 생활의 여유를 즐기는 이들에 맞추어 융캉가 일대에는 또 다른 풍미의 카페와 음식점이 하나 둘씩 생겨났다.

융캉가가 새로운 전기를 맞이한 것은 1990년대 들어서다. 1994년 인근에 타이베이 최대 도심 공원인 다안산림공원의 개장과 1998년 전격 시행된 주5일 근무제로 인하여 여가를 즐기는 시민들이 대폭 늘어난 것이다. 공원에 왔다가 요기를 위해서, 혹은 주말이면 맛 기행을 하는 식도락가들은 자연스레 인근에 있는 융캉가를 찾게 되었다. 또한 타이베이를 찾는 외국인도 '타이베이 도보 여행의 성지'로 떠오른 융캉가를 즐겨 찾다보니 이 지역은 중국식, 대만식, 일본식, 유럽식, 미국식 음식점과 카페들이 대거 문을 열어, 내왕객들의 눈과 입을 즐겁게 하고 있다.

기본적으로 중산층의 기호에 맞추어진 융캉가의 음식점과 카페들은 '절제의 미학'을 지니고 있다. 고급스러우나 지나치게 화려하지 않고, 소박하지만 싸구려풍은 아니다. 융캉가가 지닌 고유의 풍격(風格)은 타이베이 시민뿐만 아니라 지구촌 시민들에게 보편적으로 통하는 코드라 할 수 있다.

융캉가의 맛집들 중 '융캉'이라는 브랜드가 들어간 곳 중 단연 으뜸은 융캉뉴러우몐(永康牛肉麵)으로, 1963년 정(鄭)씨 성을 가진 본토 출신 군인에 의해 문을 연 후 반세기 동안 사랑받아오고 있다. 알싸하게 매운맛이 특징인 뉴러우몐의 원 고향은 중국 쓰촨성(四川省), 처음 문을 연 정사장님의 고향도 당연히 쓰촨성이다. 그는 융캉가에서 고향 쓰촨성의 맛을 제대로 살린 뉴러우몐을 만들어 팔기 시작하면서 큰 인기를 끌었다. 이곳은 타이베이의 많고 많은 뉴러우몐 전문점 중에서도 전통 쓰촨식 맛을 구현한 곳으로 명성이 높다. 뉴러우몐은 크게 국물에 따라 맑은 국물의 '칭둔(淸燉)'과 매운 국물인 '홍샤오(紅燒)'로 나누어지는데, 우리네 지리와 매운탕의 차이 정도로 생각하면 이해가 쉽다. 여기에 들어간 재료에 따라 쇠고기만 들어간 '뉴러우(牛肉)', 쇠심줄인 '뉴진(牛筋)' 고기와 심줄이 반반씩 들어간 '반진반러우(半筋半肉)', 고기와 심줄, 내장이 들어간 '뉴자(牛雜)'로 나누어 팔고 크기도 대·중·소 3가지 중 하나를 선택할 수 있다. 20여 종의 쓰촨식 단품 요리도 파는데, 한국돈 1,000~4,000원 정도면 '골라먹는 재미'를 즐기며 다양한 음식들을 맛볼 수 있다. 1980년도에 연로한 창업주 정사장님이 손을 떼고 지금의 뤄(羅)사장님으로 바뀌었지만, 반세기 동안 맛은 변치 않아 타이베이를 찾는 한국인들도 즐겨 찾는 뉴러우몐의 명가가 되었다.

맛집에는 맞수가 있는 법. 융캉뉴러우몐의 강력한 경쟁자는 아이궈 둥로(愛國東路)와 리수이가(麗水街)가 만나는 모퉁이에 자리잡은 라오 장뉴러우몐(老張牛肉麵)이다. 원래 융캉가에 있다가 살짝 떨어진 이곳 으로 옮겼다. 이름에서 알 수 있듯 장(張)씨 성을 가진 사장님이 운영한 다. 유명 인사들이 즐겨 찾고, 미디어 '맛집 탐방'을 통해서도 널리 알려 진 곳으로 역사는 융캉뉴러우몐보다 짧지만 50년에 달하는 노점(老店) 이다. 이곳 역시 쓰촨식 뉴러우몐을 파는데, 한약재와 사골을 넣고 우린 깊은 맛의 국물에 양질의 쇠고기 덩어리가 들어가고, 무엇보다 수타(手 打) 면발이 '끝내주는' 곳이다. 특히 라오장뉴러우몐이 자랑하는 '비장 의 무기'는 중국어로 '판체(番茄)'라고 하는 토마토가 들어간 뉴러우 몐, 칭둔·홍샤오 국물과는 다른 새콤달콤한 맛을 즐길 수 있다. 이런 라오장뉴러우몐의 명성은 날로 더해가서 2005년 타이베이 뉴러우몐 축 제(臺北牛肉麵節)에서 2등(亞軍)을, 이듬해인 2006년에는 당당히 1등 (冠軍)을 차지하기도 하였다. 사업도 날로 번창하여 중정구 난창로(南 昌路)에 분점을 열었고, 근래에는 중국 상하이 장닝로(江寧路)에도 새 로 오픈하였다.

뉴러우몐이 쓰촨 요리를 대표한다면, 저장(浙江) 요리의 대표주자는 가오지(高記)와 한국에도 널리 알려져 더 이상 설명이 필요 없는 딘타 이펑(鼎泰豐)이다. 둘 다 저장식 딤섬(點心)으로 명성이 자자하다.

창업 연도상 '형님'이라 할 수 있는 가오지의 역사는 중국 상하이로 거슬러올라간다. 1대 창업주 가오쓰메이(高四妹)는 16세 나이로 고향 저장성(浙江省) 셴쥐현(仙居縣)을 떠나 상하이로 가서 상하이식 딤섬 요리법을 사사하였다. 1949년 타이베이로 건너와 이듬해인 1950년 대 만 최초의 상하이식 딤섬 전문점인 가오지를 현재 이 자리에 열었다. 샤 오룽바오(小籠包)를 비롯해 '정통 상하이식' 딤섬을 구현하였기에, 이 향에서 고향의 맛을 그리워하며 살던 외성인들의 사랑을 받게 되었다.

여기에 융캉가 일대에 살던 정부 고관들, 타이베이를 찾은 외국 귀빈들의 접대 장소로도 널리 이용되어, 가오지의 명성은 나날이 높아졌다. 가오쓰메이에 이어 아들, 손자에 걸쳐 3대째 가업을 이어오고 있다.

난형난제(難兄難弟)의 난제라 할 수 있는 딘타이펑은 1958년 현 2대 경영자 양지화(楊紀華)의 아버지 양빙이(楊秉彝)에 의해 신이로(信義路)에서 노점으로 시작하였다. 역시 상하이식 딤섬을 팔던 딘타이펑은 1980년 들어 '대표 메뉴' 샤오롱바오(小籠包)를 팔기 시작하였다. 양빙이는 외성인 노병(老兵)이 만들어 먹던 샤오롱바오에서 아이디어를 얻어, 이를 상업화하여 대량 판매하기 시작했다. 샤오롱바오는 곧 큰 인기를 끌어 오늘날 글로벌 레스토랑 체인 딘타이펑을 만든 히트 상품이 되었다. 샤오롱바오의 대성공에 힘입어 사업은 날로 번창하였다. 이에 딘타이펑은 신베이시(新北市) 중허구(中和區)에 생산 조리 공장을 세워 샤오롱바오를 비롯한 주 판매 품목들을 생산하여 배송하는 방식을 채택하여, 재료, 생산 공정, 맛의 통일과 규격화를 도모했다. 이는 딘타이펑이 융캉가의 식당을 벗어나, 대만 전역뿐만 아니라 해외로 뻗어나가는 원동력이 되었다. 이후 2001년 흔히 둥구(東區)라 불리는 신도심에 제1호 분점 중샤오점(忠孝店)을 시작으로 2006년 푸싱점(復興店), 2009년 스린구(士林區) 톈무점(天母店), 2011년 타이베이101빌딩점(臺北101店)이 각각 문을 열었다. '크고 풍요로운 솥'이라는 뜻을 지닌 붉은 바탕의 흰 글씨로 쓰여진 '鼎泰豊'은 국민당 원로로 감찰원장(監察院長 : 감사원장 역할을 하는 총리급 인사)을 지내기도 한 '초서체의 성인'으로 불리는 위유런(于右任)의 친필로도 유명하다.

뉴러우몐이나 샤오롱바오로 요기를 한 후 입가심을 할 디저트를 파는 곳도 융캉가에는 많다. 그중 찬 것을 유달리 좋아하는 내가 그냥 지나칠 수 없는 곳은 빙수점이다.

원래 융캉가 빙수집의 대명사는 '아이스몬스터(Ice Monster)'로 더 잘 알려진 빙관(氷館)이다. 커피 전문 체인점을 연상시키는 세련된 인테리어가 돋보이는 이곳은 오랫동안 융캉가 빙수 전문점의 지존으로 군림하였다. 다만 주인 부부의 이혼과 재산 상속 분쟁을 겪으면서, 융캉가의 '아이스몬스터' 간판은 내리고 지금은 중샤오둥로(忠孝東路)에서 '빙관'이라는 상호로 영업하고 있다. 빙관의 본점이 있던 융캉가에는 '융캉가 15번지(號)'라는 주소에서 이름을 따 '융캉15'라는 상호로 영업을 계속하고 있다. 융캉15로 바뀐 구 빙관의 주력 상품은 팥빙수다. 한국 돈 4,000원 정도면 어지간한 사람은 혼자 먹기 버거울 만큼 풍성한 양의 빙수를 맛볼 수 있다.

융캉15(구 빙관)가 '전통적인 빙수' 맛을 구현한다면, 젊은이들 취향에 맞게 보다 세련된 맛의 빙수를 만드는 곳은 망고를 연상 시키는 노란색 간판이 인상적인 스무시(思慕昔, Smoothie)다. 이곳의 주력 품목은 중국어로 빙사오(氷沙)라 하는 스무디(Smoothie), 그중 대만 특산 과일인 망고를 재료로 한 망고스무디와 망고빙수가 단연 인기다. 창업자는 대만에서 흔한 과일인 망고와 구미(歐美)에서 인기를 끌고 있는 음료 스무디에 착안하여 망고스무디를 만들어 팔기 시작하였는데, 큰 인기를 끌어 가게는 날로 번성하고 있다.

지성의 공간, 타이베이의 교정을 거닐다

타이베이의 대학가

　대만을 대표하는 국립대학 중 3개 대학이 타이베이 시내에 자리하고 있다. 국립대만대학(國立臺灣大學), 국립대만사범대학(國立臺灣師範大學), 국립정치대학(國立政治大學)이다. 이들 대학들은 학교 평판도 정상급이지만, 각기 다른 역사와 전통을 지닌 캠퍼스도 아취(雅趣)가 있어 한 번쯤 둘러볼 만하다.

　오랜 기간 동안 '중화권 최고 대학'으로 꼽혀온 국립대만대학 본캠퍼스는 타이베이 시내 중심부에서 남쪽으로 살짝 내려온 공관(公館)에 있다. 국립대만대학은 명성도 높지만, 자산도 많은 학교다. 그중 많이 가진 것이 '땅'인데, 자그마치 대만 전국토의 1%를 가진 '부동산 재벌' 대학이다. 부동산 재벌 대학답게 본 캠퍼스도 넓어 '광활하다'는 표현을 써도 무리가 없을 정도다.

　시내 중심부로 이어지는 루스벨트로(羅斯福路)를 끼고 자리한 대학 정문으로 들어서면 '여기는 열대 지방'이라고 말해주는 듯 야자수가 쭉 늘어서 있다. 학교 상징이기도 한 '야자수길'은 드라마 '유성화원(流星花園)'에서 'F4'가 스포츠카를 타고 질주하는 곳이기도 하다. 야자수길 끝에 있는 거대한 벽돌 건물이 '대학의 심장' 중앙도서관이다.

　정문에서 중앙도서관으로 이어지는 야자수길 양쪽으로 '유구한' 역사를 상징하는 오래된 벽돌 건물들이 서 있다. 그중 꼭 봐야 할 곳은 원래는 중앙도서관이었던 학교역사관(校史館)과 대학본관(行政大樓)이다. '올드 캠퍼스' 구역에 있는 낡았지만 기품 있는 건물들은 '제국대학'이던 국립대만대학 초기 역사를 고스란히 간직하고 있다. 이런 건물들은 보존 가치가 있을 뿐만 아니라, 미적으로도 아름답다. 각 건물 앞에는 지난 역사를 알려주는 표지판이 있어 100년 가까운 학교의 지난 역사를 알 수 있다. 대부분 문화재로 지정되어 있어 부수고 새로 짓는 것은 상상하기도 힘들다. 중·개축을 하려 해도 정부의 허가를 받아야 한다.

야자수길을 끼고 들어서면 캠퍼스 오른편에 역시 오래된 건물들이 잔뜩 있는 구역이 있다. 농학원(農學院 : 농학대학) 관련 건물들이다. 강의동을 비롯 각종 연구실, 식물원 등이 자리하고 있고, 조금 떨어진 곳에는 결코 작지 않은 교내 농장도 있다. 농학원 구역에는 허름한 구내 매점이 있는데, 이곳에서는 학교 농장에서 직접 기르고 가공한 각종 유기농 제품들을 저렴한 가격에 판매한다. 특히 새벽이면 농장에서 갓 짜내어 만든 신선한 우유를 '한정판'으로 팔기도 한다. 우유 양이 많지 않기 때문에 새벽부터 줄을 선 사람만 맛볼 수 있는 특권인데, 새벽에 학교를 찾은 부지런한 사람에게 주는 선물이다. 매점과 더불어 캠퍼스 곳곳에는 다양한 입맛을 충족시켜줄 크고 작은 식당들이 곳곳에 자리하고 있다. 학교 식당답게 가격은 저렴하지만 맛은 절대 떨어지지 않는 편이라, 캠퍼스 안에서 학생들과 어울려 한 끼 식사를 하는 재미도 쏠쏠하다.

국립대만대학 캠퍼스는 '작은 도시'를 연상케 할 정도로 넓기도 하고, 학교 밖을 나가지 않더라도 생활에 불편함이 없을 정도로 각종 인프라스트럭처가 잘 갖추어져 있기에 캠퍼스를 둘러보는 것만으로도 한나절 여행이 될 정도다. 아름답고 넓은 캠퍼스에, '대만 지성의 요람'이므로 캠퍼스 투어 코스로도 인기가 높다. 대학 입시를 준비하는 학생들이나 언젠가 대학생이 될 아이와 부모가 함께 찾기도 한다. 넓은 캠퍼스를

❶ 국립대만대학
중앙도서관.
❷ 국립대만대학
상징으로 UI에도
들어가 있는
대학본관 앞의 푸종.
❸ 국립대만사범대학
정문.
❹ 국립대만사범대학
중앙도서관 로비.
❺ 국립정치대학
중정도서관.
학교 초대 교장이었던
장제스 총통의 본 이름
'중정'을 딴 것으로,
학교와 국민당의 밀접한
인연을 보여주는
상징적인 건물이다.
❻ 국립정치대학
학생증 도안으로도
사용되는 사유당.

자전거를 타고 가로지르는 젊은 지성들을 보면 묘한 동경이 느껴진다.

국립대만대학은 '제국주의' 시절 일본이 세운 9개 제국대학 중 하나인 다이호쿠제국대학(臺北帝國大學)이 모체다. 개교 연도는 1928년으로 1924년 문을 연 게이조제국대학(京城帝國大學)보다 4년 늦다. 일본은 메이지(明治)유신 후 1886년 공포한 '제국대학령'에 의해 '내지(內地)'라 부르던 일본 본토에 7개의 제국대학—도쿄(東京, 1886년), 교토(京都, 1897년), 도호쿠(東北, 1907년), 규슈(九州, 1911년), 홋카이도(北海道, 1918년), 오사카(大阪, 1931년), 나고야(名古屋, 1939년)—을, 식민지이던 한국과 대만에 각각 1개의 제국대학을 세웠다.

'다이호쿠제국대학'으로 불리던 시절 국립대만대학은 일본에서 남양(南洋)으로 부르는 동남아시아와 화남(華南)이라 부르는 중국 중·남부 연구의 중심지였다. 대만은 지리적으로 일본과 중국, 동남아시아의 중간 지역에 위치하였다. 지정학적으로 식민지 조선과 흔히 만주(滿洲)라고 하는 중국 동북(東北)지방이 육로를 통해 중국으로 진출하는 통로였다면, 대만은 바다에서 중국에 이르는 길목이었다. 대만에서 '제국주의 엘리트의 요람'인 다이호쿠제국대학은 이른바 '중국 진출'을 위해 반드시 필요한 지역 연구를 수행하였다. 그중 연구 수준이 정상급에 오른 것이 지역 언어 연구, 풍토병 연구와 더불어 뱀 연구다.

'피지배자들이 똑똑해지면 머리 아파진다'는 '식민 통치의 기본 상식'을 체득하고 있던 일본은 본토의 제국대학과는 달리 한국과 대만의 2개 학교에서는 실용 학문 위주의 교육을 실시하였다. 그중 다이호쿠제국대학에서 중점을 두었던 분야는 농업이었다. 이런 배경 때문에 그 시절부터 이미 농학부는 명성이 높았고 이 전통은 대학이 '부동산 재벌'이 되게 하는 데 결정적인 영향을 미쳤다. 대만총독부는 대대적인 토지 조사를 실시하여 세수 증대를 꾀하였는데, 이 과정에서 토지 소유권이 불분명한 땅의 상당수가 등기 과정에서 대만총독부 명의가 되었고, 그중에서 대만 각지의 엄청난 산과 농장 등이 다이호쿠제국대학의 소유가 되었던 것이다. 농학부와 더불어 나중에 대만총독부의학교(臺灣總督府醫學校)를 합병하게 되는 의학부의 수준도 높아, 식민지 엘리트의 요람이 되었다.

1945년 대만 광복 후 옛 다이호쿠제국대학은 존폐 위기를 맞이하였다. 대만을 다시 품에 안은 중화민국 정부 입장에서 볼 때, 이곳은 대표적인 친일 엘리트의 요람이었다. 이런 학교가 눈에 고울 리 없는 법, 정부의 명령에 의해 학교는 문을 닫고 졸지에 일자리를 잃은 교수들은 한동안 중·고등학교 교사로 생계를 유지해야 했다. 그러다 같은 해 11월 '국립대만대학'으로 현판을 바꾸어 달고 또 몇 개의 전문학교를 합병하여 오늘날 대만을 대표하는 종합대학으로 재탄생했다.

국립대만대학의 역사를 말할 때 빠트릴 수 없는 인물은 푸쓰녠(傅斯年)이다. 1919년 베이징 5.4운동을 주동하기도 한 그는 당대 대표적인 지식인으로 1945~1946년 베이징대학(北京大學) 대리 교장(총장)을 맡기도 하였다. 이후 중화민국 정부의 대만 천도 후인 1949~1950년에는 국립대만대학 교장을 맡아 학교 중흥의 기틀을 다졌다. 학교 UI에도 들어가 있는 대학본부 앞 종(그의 이름을 따서 '푸종(傅鐘)'이라 한다.)은 1951년 전임 교장인 그를 기리는 의미에서 만들어졌다. 건물 자체가 아름다워 사진 촬영 배경으로도 많이 사용되는 그리스 신전 양식의 푸쓰녠 기념관도 세워졌다.

국립대만대학은 '대만의 공부벌레들'이 모이는 대표적인 학교다. 졸업생들은 대만 사회 전반에 걸쳐 막강한 영향력을 행사하고 있다. 장징궈 이후 현 총통까지 모두 동문이다. 그중 농업경제학부를 졸업한 리덩후이를 제외한 천수이볜(陳水扁) 전 총통과 마잉주(馬英九) 현 총통은 법학부 동기동창이고, 대만 정계 여성 파워를 상징하는 뤼슈롄(呂秀蓮) 전 부총통과 차이잉원(蔡英文) 민진당 주석도 모두 법학부 선후배다.

국립대만사범대학은 "대만의 '스승'을 길러낸다"는 모토로 단순히 가르치는 직업으로서의 '교사'가 아니라, 인격적 학문적 수준이 높은 진정한 '스승'을 배출한다는 취지로 창립된 학교다.

'만세사표(萬世師表 : 영원히 빛날 스승의 사표)'라 불리는 공자(孔子)가 이 학교의 상징으로서 캠퍼스에는 공자상이 '미래의 스승을 꿈꾸는 학생'들을 맞아준다. 사실, 공자상은 비단 국립대만사범대학뿐만 아니라, 중화권의 교육 사범대학에서 쉽게 찾아볼 수 있는데, 이곳의 공자상은 그 원조격(?)인 셈이다.

국립대만사범대학의 전신은 1922년 문을 연 대만총독부고등학교(臺灣總督府高等學校)다. 식민지 대만에 종합대학이 없던 시절 전문학교나 일본의 정규대학에 진학하려는 학생들을 위한 '예비 학교' 성격이었으며, 대만에 있던 일본 관리의 자제들도 다니던 곳이었다. 광복 후인 1946년 대만성립사범학원(臺灣省立師範學院)으로 개편되어 대만의 '백년지대계(百年之大計)'를 담당할 교육자를 양성하는 기관으로 거듭났다. 1955년 대만 최초의 4년제 사범대학인 대만성립사범대학(臺灣省立師範大學)을 거쳐 1967년 국립대만사범대학으로 이름을 바꾸어 오늘에 이르고 있다.

국립대만사범대학은 '사범(師範)'이라는 이름답게 교육 관련 학과가 핵심이지만, 기초 인문학, 미디어, 예술, 체육 관련 학과들도 대만에서 수위를 다툴 만큼 수준이 높다. 총 10개 학원(學院 : 단과대학)에 58개 학과가 개설되어 있다. 특히 중국 전통 학문의 핵심이라 할 수 있는 문사철(文史哲) 방면에서 뛰어난 업적을 쌓은 석학들이 있으며, 청출어람(靑出於藍)하여, 스승의 뒤를 이어 학문의 길을 가며 세계 곳곳에서 중국어를 비롯, 중국사, 중국철학을 가르치는 교육자를 많이 배출하였다.

한국과 인연도 깊어 1992년 단교 이전까지 '중국'에 대해서 공부하고자 하는 한국 유학생들의 보금자리가 되어준 곳으로, 오늘날도 한국 대학 중국 관련 학과 교수진 프로필에서 '국립대만사범대학 졸업'이라는 글귀를 쉽게 찾아볼 수 있다.

국립대만대학이 일본의 제국대학 전통에다 광복 후 서양식 학풍이 더하여진 학교라면 국립대만사범대학은 동양적 전통을 고수하고 있어 교수들은 학생들을 보수적이고 엄격하지만 따뜻한 정으로 가르치기로 정평이 나 있다.

2014년 방영된 '꽃보다 할배' 대만편 도입부에 타이베이에 첫발을 디딘 '꽃 할배'들이 첫 만남 장소이자, 숙소이기도 한 게스트하우스를 찾아 헤매는 장면이 나온다. MRT구팅(古亭)역 근처, 처음 '꽃 할배'들이 헤매던 곳 가까이에 국립대만사범대학 본캠퍼스가 있다. 캠퍼스는 그리 넓지 않은데, 길을 사이에 두고 대학본부와 문학원(인문대학) 등이 자리한 문학원캠퍼스(文學院校區), 중앙도서관과 학교 상징 공자상이 있는 도서관캠퍼스(圖書館校區)로 나누어져 있다. 이밖에 공관 남단 딩저우로(汀州路)에 보통 사대분부(師大分部)라 부르는 이학원캠퍼스(理學院校區)를 두고 있으며, 신베이시(新北市) 린커우구(林口區)에 국제캠퍼스인 린커우캠퍼스(林口校區)를 근래에 만들었다.

스다로 캠퍼스에서 가장 가볼 만한 곳은 중앙도서관이다. 반원형과 직사각형이 합쳐진 형태의 건물인 중앙도서관 내부는 현대식 설비를 갖추고 있고 장서량도 약 150만 권을 소장하고 있다. 도서관에서 가장 아름다운 공간은 반원형의 로비다. 1층에서 천장까지 뚫려 있는 거대한 내부 공간 전체가 자연 채광이 가능하게 설계되어 있으며, 층마다 책으로 가득한 서가들이 늘어서 있는 모습은 장엄한 느낌을 준다. 도서관의 또 다른 자랑(?)은 개인 열람실이다. 캡슐 형태의 작은 개인 열람실로 아늑한 공간에서 집중해서 공부할 수 있는 시설인데, 연구소(대학원) 학생들이 사용한다. 이런 개인 열람실을 볼 때마다 '나도 이 학교 학생이었으면 좋았을 텐데…'라는 생각을 하곤 했다.

'성정근박(誠正勤樸 : 성실, 정직, 근면, 질박)'이라는 교훈을 몸소 보여주듯, 대학 캠퍼스는 단아한 기품이 있다. 타이베이고등학교부터 시작하면 100년에 가까운 역사를 간직한 국립대만사범대학은 붉은 벽돌로 외장 마감한 건물들이 주를 이룬다. '타이베이고등학교구역'의 강당(禮堂 : 타이베이고등학교 강당), 보자루(普字樓 : 타이베이고등학교 보통교실), 문회청(文薈廳 : 타이베이고등학교 학생 휴게실)은 일제강점기 모습을 그대로 간직하면서 오늘날 학교 주요 행사장으로 사용되고 있다. 그중 강당은 타이베이 시정고적으로 지정된 건물로 후기 르네상스 양식의 아름다운 건축물이다.

'교육기관'으로서 국립대만사범대학의 성가(聲價)를 드높이는 곳은 부설 국어교학중심(國語教學中心 : 중국어랭귀지센터)이다. 1956년 문을 연 대만 최초이자, 최대 규모 랭귀지센터로 평판도 최고로 꼽힌다. 때문에 중화권으로 어학연수를 생각하거나 이에 관심이 있는 사람이라면 한 번쯤 들어보았거나, 연수를 생각하게 하는 곳이다. 대만에서 중국어를 공부하는 학생들 대부분이 사용하는 교재《실용시청화어(實用視聽華語) 1~5》를 발간할 뿐만 아니라, 대만 내 중국어랭귀지센터 교사의 다수는 국립대만사범대학 출신이다.

국립대만사범대학은 국립대만대학, 국립정치대학과 더불어 인문·사회 분야 3대 명문대학으로 꼽히고 있지만, 근래 들어 평판이나 위상이 하락세다. 저출산·고령화 문제에다 교사 공급 초과로 인해, 졸업생들의 임용률이 낮아졌기 때문이다. 이런 이유로 신입생들의 선호도도 떨어지고 신입생 입학 성적도 낮아지는 추세다.

특이한 이름의 국립정치대학은 인문·사회 계열로 특화된 학교다. 캠퍼스는 공관 지역에서 남쪽으로 내려온 원산구(文山區)에 있다. 1927년 중국 난징(南京)에서 개교한 중국국민당중앙당무학교를 모체로 하며, 1949년 삼민주의청년단중앙간부학교와 합병하여 현재의 이름으로 거듭났다. 국공내전 혼란기 때 잠시 문을 닫았다가 1954년 타이베이 현재 자리에 다시 문을 열었다. 국민당과 정부의 간부 양성을 주목적으로 설립된 학교답게 전반적으로 사회과학 분야가 강세다. 그중 외교학과, 신문학과, 기업관리학과(경영학과)와 동아연구소(東亞硏究所 : 동아시아학 대학원)는 정상이다. 여기에 4년제 '외국어대학'이 없는 대만에서 26개의 외국어를 가르치기에 외국어 교육 부문에서도 중요한 역할을 맡고 있으며 한국어학과도 설치되어 있다.

국립정치대학의 '친애정성(親愛精誠 : 온힘으로 정성을 다하여 사랑하라)'이라는 교훈은 1924년 중국 광둥성(廣東省) 광저우(廣州)에서 개교한 황포군관학교와 같다. 이는 두 학교의 초대 교장이었던 장제스가 '호국의 간성'이 될 학생들에게 강조했던 말로 교훈이 되었다. '국민당 문관 엘리트의 요람'이라는 학교 설립 목적에 맞게 졸업생들은 국민당 정부 간부로 맹활약하였다. 이는 전통으로 이어져 대만의 외교·안보·미디어 분야에서 동문들의 활약이 두드러지고 있다. 오늘날에도 많은 학생들의 졸업 후 희망 직종은 국가 공무원이다.

국립정치대학이 원래 '국민당 학교'임을 보여주는 것은 대학 내 여러 건물들의 이름이다. 중앙도서관은 장제스의 본명 중정(中正)에서 유래한 중정도서관이고, 이학원(理學院)은 국민당을 좌지우지 했던 CC파라는 파벌의 영수 천커푸(陳果夫)에서 유래한 커푸루(果夫樓), 상학원(商學院)의 부속 건물로 MBA 과정 학생들이 사용하는 건물 이름은 쑨원(孫文)의 본래 이름인 이셴(一仙)을 딴 이셴루(一仙樓)다. 이밖에도 장다오판(張道藩), 다이지타오(戴季陶), 천바이녠(陳百年) 등 국민당 역사에서 중요한 역할을 담당했던 인물들의 이름을 딴 건물들이 있다.

학교 정문을 들어서면 바로 마주치는 분수대 양옆으로 학교에서 가장 오래된 건물 중 하나인 커푸루가 나타난다. 천커푸(陳果夫)·천리푸(陳立夫)라는 천(陳)씨 형제 중 형인 천커푸의 이름에서 딴 건물로 두 형제의 영어 이니셜 'Chen'에서 유래하여 'CC파'라 불리기도 했던 이들은 국민당의 중국 대륙 시절, 당을 좌지우지하던 대표적인 파벌의 형제 대부였다. 국민당과 중화민국 정부 간부를 양성하는 것이 주목적인 학교 운영에도 깊숙이 관여하여 명목상 교장은 장제스 총통이었지만, 실권은 교무위원이던 천커푸에게 있었다. 후에 공산당과의 싸움에서 패해 대만으로 밀려난 장제스는 패전의 주요 원인 중 하나가 당내 분열에 있다고 진단하였고, 당권을 쥐고 흔들던 천커푸·천리푸를 해당(害黨) 행위자로 지목, 이들을 실각시켰다. 그럼에도 학교 초기 설립과 운영에 큰 역할을 하였던 천커푸는 그 이름을 학교 건물에 남겼다.

산상(山上)과 산하(山下) 2개의 캠퍼스로 나누어져 있는 국립정치대학에서 학교의 상징 건물이자 학생증 도안으로도 쓰이는 건물은 사유당(四維堂)이다. 유교에서 국가를 유지하는 데 필요한 4가지로 든 "예(禮, 예절)·의(義, 법도)·염(廉, 염치)·치(恥, 부끄러움)"를 아는 것에서 유래한 건물 이름 자체가 이 학교가 원래 어떤 목적으로 세워졌는지를 잘 보여준다. 원래 이름은 중미합작체육관(中美合作體育館), 중국 난징에 있던 캠퍼스를 '임시수도' 타이베이로 옮겨 세울 때 학교 건립 자금을 미국에서 지원받았음을 보여주는 건물이다. 실제 1949년 국립정치대학으로 개편되고 1954년 타이베이에서 복교(復校)하는 과정에서 미국의 직·간접적 지원을 많이 받았는데, 학교를 대표하는 학과 중 하나인 신문학과의 경우 교수진과 교육 프로그램을 미국 컬럼비아대학으로부터 지원받기도 하였다. 이런 이유로 대학 저널리즘 관련 학과의 수준과 명성이 높다.

유학 시절 '그래도' 가장 많은 시간을 보낸 건물은 중정도서관이다. 이름 그대로 학교 초대 교장이기도 했던 장제스 총통을 기리는 건물이다. 도서관 1층 로비에는 '인자한 모습을 한' 장제스 좌상이 있으며, 뒷면 벽에는 그가 직접 쓴 '중국국민당중앙당무학교 졸업식 훈시사'가 새겨져 있다. 도서관 외벽에는 '中正圖書館'이라 쓴 금색 휘호가 붙어 있다. 글씨의 주인공은 장제스가 아닌 후임 총통이던 옌자간(嚴家淦)이다. 도서관은 장제스 총통 생전에 착공하였지만, 1975년 그가 세상을 떠나고 이듬해인 1976년에 완공되었기 때문이다. 문을 열 당시 동아시아 최대 규모 도서관으로 오늘날에도 규모나 장서량에서 대만에서 손꼽히는 큰 도서관이다. 별관(別館)이라 할 수 있는 사회과학자료실은 국가도서관(국립중앙도서관 해당)과 함께 대만에서 간행되는 모든 학위 논문을 반드시 납본해야 하는 곳 중 한 곳이므로, 중국 · 대만 관련 연구자라면 한 번쯤 들러볼 만하다.

국립정치대학 캠퍼스는 고풍스러운 면에서 국립대만대학이나 국립대만사범대학에 비해 떨어지는 편이지만, 대신 주변 환경은 수려하다. 2009년 가을 입학했을 때 신입생 오리엔테이션에서 지금은 정부 각료로 자리를 옮긴 당시 교장(총장) 선생님이 "국립정치대학은 산수가 어우러진 캠퍼스에다 대만에서는 유일하게 캠퍼스를 끼고 2개의 작은 강이 흐르는 아름다운 곳입니다."라고 하셨는데, 실제 공부하는 동안 아름다운 자연을 한껏 느끼며 공부할 수 있었다.

학교 옆 징메이계(景美溪) 둔치에는 공원이 조성되어 있다. 산책로도 있고 자전거길도 있는데, 이곳은 타이베이 시내에서도 인기 있는 '데이트 코스'다. 둔치길을 따라 서북쪽으로 올라가면 드라마 '악작극지문(장난스런 키스)'의 촬영지로 유명한 비탄(碧潭)이고, 동남쪽으로 내려가면 '아시아 최대 자연 동물원'으로 꼽히는 타이베이시립동물원으로 이어진다.

대학 캠퍼스 안에도 산상 · 산하 캠퍼스를 이어주는 올레길은 나무데크로 바닥을 깔아 조성하였는데, 20~30분의 짧은 등산(?)을 하며 풍경 감상도 하고, 건강도 챙기는 일석이조의 효과를 볼 수 있다. 캠퍼스 올레길이 끝나는 지점에는 진짜 등산객을 위한 등산로가 있고, 학교 후문을 가로지르는 곳에는 학교의 또 다른 상징이기도 한 거대한 장제스 기마상이 있다. 도서관 메인홀의 동상이 문(文)을 강조한 온화한 학자풍인데 비해, 후문 동상의 장제스는 군복 차림으로 말에 올라 있다.

대학원 1학년 시절에 살았던 기숙사는 이 동상에서 시작되는 '영웅의 길(英雄之道)'이라는 가파른 계단을 한참 올라야 하는 산꼭대기에 있었다. 타이베이 특유의 더위와 높은 습도로 땀을 뻘뻘 흘리며 기숙사를 올라갈 때마다 "아니 교장 선생님 어쩌자고 기숙사를 이런 산꼭대기에다 지어 우리를 매일 고생시키시나요?"라며 장제스 동상을 보며 원망하곤 했다. 기숙사를 올라갈 때마다 반드시 보게 되는 이 기마상에는 황당하지만 재미있는 이야기가 전해온다. 내용인즉슨, 모두가 잠든 야심한 시각 아무도 보지 않을 때, 장제스 기마상 앞에 10NTD 동전을 올리면 장제스 총통 기마상이 깨어나 말을 달리기 시작한다는 것이다. 여기다 50NTD 동전을 올리면 말이 거꾸로 장제스를 탄다는 것이다. 학교 학생뿐만 아니라 대만에서는 꽤나 유명한 이야기로 계엄령 시절 무시무시한 총통이었기에 감히 범접할 수 없었던 그였지만, 민주화가 진행되면서 그를 두고 농담도 할 수 있게 되면서 생긴 이야기다.

각기 다른 역사와 전통이 있는 3개 대학은 교풍(校風)도 다르다. 국립대만대학은 자유로운 학풍 속에 학문적 탐구를 중요시하는 전통이 강한 학교다. 정치 성향도 자유주의가 강한 편으로 '대만 독립파' 색채가 짙다. 이에 반해 국립대만사범대학은 보수적인 학풍을 지녔고, 교수진도 친국민당 색채가 강한 편이다. 사회과학과 실용학문이 강한 국립정치대학은 근래에는 조금 바뀌었다고는 하지만 학교 역사 자체가 국민당과 떼려야 뗄 수 없는 운명이다. 학생들의 성향도 차이가 나서 국립대만대학 학생들은 대체로 공부는 잘하지만 개인주의 성향이 강한 편이고, 국립대만사범대학은 얌전한 순둥이 모범생들의 집합소로 알려져 있다. 마지막으로 내 모교이기도 한 국립정치대학은 공부도 열심히 하고 놀기도 잘해, 세 학교 중 분위기 면에서는 가장 발랄하다.

책 순례자를 기다리는, 역사와 개성을 간직한 서점들

충칭난로 서점 거리

"아무도 잠들지 말라."

푸치니의 미완성 오페라 '투란도트'에서 투란도트 공주가 자신이 낸 3가지 수수께끼를 모두 맞힌 '페르시아 왕자' 칼라프의 정체를 알아낼 때까지 잠들 수 없다며 베이징(北京) 신민들에게 내린 명령이다.

바다 건너 타이베이에도 '공주의 명령'이 아닌 '고객의 명령'으로 잠들지 않는 공간이 있다. 타이베이시 번화가 신이구(信義區)에 자리한 청핑서점(誠品書店) 둔화난로(敦化南路)점이다. 1999년 문을 연 이곳은 '야독(夜讀)'하고 싶은 타이베이 시민들의 요청을 받아들여 1년 365일 24시간 불을 밝힌다. 아무리 '밤손님'이 많다고 하여도 낮에 비하면 매출이 떨어지는 것은 당연한 일이다. 24시간 영업으로 인한 '장부상의 손실'도 상당하지만, '다독야독(多讀夜讀)'을 즐기는 타이베이 시민들의 열화 같은 요청을 받아들여, 서점을 운영하는 청핑그룹은 24시간 영업 방침을 지키고 있다.

청핑서점은 1989년 창업자 우칭유(吳淸友) 회장에 의해 타이베이시 런아이로(仁愛路) 로터리에 문을 열었다. 첫 시작은 인문·예술 서적을 주로 다루는 결코 크지 않은 서점이었다. 1995년 종합서점으로 업종 변환을 하면서 둔난금융빌딩(敦南金融大樓)의 지금 자리에서 새롭게 오픈한 후, 1999년부터 오늘날까지 잠들지 않고 있다. 복합 문화 기업인 청핑그룹은 기업의 창업 정신인 인문·예술·창의를 바탕으로 선량함·아름다움·사랑이 조화를 이루는 평생 학습 공간을 지향하며, 이를 바탕으로 대만과 전 인류의 인문 정신 함양을 추구한다.

이런 기업 가치를 가진 서점의 '플래그십 스토어' 둔화난로점은 '지성의 살롱'뿐만 아니라 밤 올빼미들의 사랑방으로 자리매김하였다. 외국인 관광객도 '대만의 문화'를 느끼기 위해, 또 '야독의 즐거움'을 즐기기 위해 발걸음을 하는 곳이기도 하다. 2004년 미국 〈타임〉지에 의해 '아시아 최고 서점'으로 선정되었고, 2011년 대만 경제부(經濟部)가 선정한 '대만 100대 브랜드' 중 문화 창조 사업 부문에 선정되었다.

내가 청핑서점을 사랑하는 이유는 이곳이 오감을 모두 즐겁게 해주는 곳이기 때문이다. 눈으로는 저마다의 자태를 뽐내는 세계 각국의 명저들을 보며, 귀로는 은은한 클래식 선율을 들을 수 있다. 새 책 특유의 향긋하고 비릿한 종이 냄새와 잉크 냄새를 맡으며, 책장을 한 장 한 장 넘겨보는 것도 좋았다. 그러다 잠시 쉴 겸 '커피 한 잔의 여유'를 즐기면 '오감 만족'이 가능하다.

청핑서점을 사랑할 수밖에 없는 또 다른 이유는 편안한 분위기다. 세련되기 그지없는 인테리어는 품위 있으면서 아늑함을 주고, 직원들은 고객을 편안히 맞아준다. 여기에 '이보다 더 좋을 수 없는 것'은 반질반질 윤이 나는 나무 바닥과 매장 곳곳에 있는 책상들이다. 옷이 조금 더러워지는 것만 감수한다면 내 집 안방처럼 편안하게 퍼져 앉아 독서삼매경에 빠져들 수도 있고, 좀 더 품격 있는 독서가가 되고 싶으면 책상에 앉아 읽을 수도 있다. 이 중 문학·예술 코너는 공간이 더 널찍하고 편안한데, 여기서 책을 읽노라면 특급 호텔을 전세 내어 읽고 싶은 책을 실컷 읽는 '고품격 휴양'을 즐기는 느낌이 든다. '지갑이 가벼운 유학생 신분'이었던 나로서는 잠시나마 공짜 호사를 잔뜩 즐길 수 있었다.

❶❷ 청핑서점 내부.
❸ 국립대만대학 정문 앞에 자리한 청핑서점 공관점.
❹ 청핑 둔화난로점의 쇼핑가.
❺ 청핑그룹 창업자 우칭유 회장을 커버스토리로 다룬 잡지 표지.

엄격한 기준으로 선정된 세계 각국의 책을 전시하고 파는 청핑서점이 독특한 이유는 다양한 테마로 책을 진열하고 있다는 점이다. 특정 작가나 주제에 관한 책은 국적을 가리지 않고 한데 모아 전시하기도 하고, 각 출판사 책들을 따로 모아 전시하기도 한다. 큐레이션 전시다. 여기에 빠트릴 수 없는 것은 '동심(童心)의 동심(動心)'을 자극하는 어린이 서적 코너다. 한 개 층을 통째로 '숍 인 숍' 개념의 어린이 서점으로 따로 꾸며놓았는데, 비록 낯선 외국어로 된 책들이지만, 어린 시절 소리내어 읽곤 했던 동화책의 추억을 떠올릴 수 있다.

청핑이 더욱 빛나는 이유는 부가 서비스다. 대표적인 것이 매달 발행하는 소식지다. 소식지는 매월 출간된 신간 정보, 베스트셀러 등 도서 정보는 물론, 신규 음반 정보, 작가 인터뷰, 주제별 문화 공간, 각종 공연, 외국 출판계 동향, 각 나라별 문화계 소식을 망라한 '종합 문화 정보지'다. 이밖에 도서 이벤트, 저자 초청 강연 등으로 대만을 대표하는 복합 문화 공간의 명성에 걸맞게 고객들의 문화 욕구를 만족시키고 있다.

24시간 문을 열기에 언제든지 찾아갈 수 있는 청핑서점이지만 가장 적절한 시간을 꼽으라면, 땅거미가 깔린 지도 오래고, 한낮의 더위도 가신 지 한참인 밤이다. 아무래도 낮보다는 손님이 적어, 호사스런 공간을 차지했다는 만족감을 느끼기에도 좀 더 좋고, 낮 동안 부산하게 움직이던 도시도 잠들기 시작하여 고요함도 한층 더해진다. 이 속에서 시간 가는 줄 모르고 반짝이는 눈빛으로 '북 월드'에 빠져든 사람들 속에 서 있으면, 남국의 나른한 기운이 느껴지는 타이베이지만, 정신이 바짝 든다. 매너리즘에 빠져, 몸도 마음도 나른해질 때, 한밤중에 청핑서점을 찾아보라. 삶이 리프레시 됨을 느낄 수 있다.

'회색빛 타이베이'에서 반짝반짝 빛나는 '숨은 진주'들은 시내 곳곳의 서점들이다. 청핑(誠品), 금석당(金石堂), 정대서성(政大書城) 등 대

222

형 서점 체인뿐만 아니라 저마다의 역사와 개성을 간직한 크고 작은 서점들이 묵향을 가득 머금은 채, '책 순례자'들의 발길을 기다리고 있다. 이 중 서점들이 밀집해 있는 곳은 타이베이역 부근 충칭난로(重慶南路) 서점거리(書店街)와 국립대만대학과 국립대만사범대학이 자리한 공관(公館) 일대다. 그중 타이베이를 대표하는 서점거리는 줄잡아 30개의 서점이 늘어선 '충칭난로 서점거리'다.

원래 이곳은 대만총독부와 가까워 '총독부앞거리(府前街)'라 했는데, 대만 광복 후 항일전쟁기 임시수도이자 제2차 국·공합작의 상징적인 도시인 중국 충칭시(重慶市)의 이름을 따서 바꾸었다.

일제강점기 때 이곳에는 교과서를 주로 만들던 대만서적주식회사(臺灣書籍株式會社)가 문을 열었고, 광복 후 이름을 대만서점(臺灣書店)으로 바꾸어 영업을 계속하였다. 그 후로 인근에 출판사와 직영 서점들이 하나둘씩 둥지를 틀기 시작하면서, 묵향 가득한 거리가 되었다. 이 일대는 당대 지식인, 학생, 청운의 꿈을 품은 인재들의 요람이 되었고, 타이베이뿐 아니라 대만을 대표하는 서점거리로 명성을 높여갔다. 명성은 이내 대만뿐 아니라 바다 건너 중국 본토, 홍콩 등에도 알려졌다. 특히, 사회주의 체제하에서 언론·출판이 자유롭지 못한 중국의 지식인층이 본국에서 구하지 못하는 자료들을 구할 수 있는 중국 연구의 보고(寶庫)가 되기도 하였다.

충칭난로 서점거리의 터줏대감은 대만상무인서관(臺灣商務印書館)이다. 1897년 상하이(上海)에서 문을 연 중국 최초의 근대식 출판사 상무인서관의 대만 법인이다. 설립자인 '중국의 출판왕' 장위안지(張元濟)는 "수백 년 명문 세가 중 덕을 쌓지 않은 집안이 없지만, 그 중 제일 유익한 일은 바로 독서다(數百年舊家無非積德, 一件好事還是讀書)."라는 글을 남겼다. 글에서 알 수 있듯 그는 정말 책을 좋아해서 책을 찾고, 책을 만들고, 책을 쓰면서 평생을 보낸 사람이었다. 상무인서관은 국·

공내전의 혼란 속에서 어려움을 겪었지만, 전쟁이 끝난 후 재정비하여 '중화권 최고 출판사 및 서점'의 명성을 이어갔는데, 중국 본토뿐만 아니라 대만, 홍콩, 마카오에서도 영업하고 있다. 충칭난로에 있는 대만상무인서관 직영점에는 중국 근·현대사의 진보(珍寶)들을 눈으로 볼 수 있다. 그중 각종 고문서의 영인본(影印本), 복각본(復刻本) 등을 보노라면, 장구한 중국 역사를 눈으로 느낄 수 있다. 중국사를 제대로 공부하자면 반드시 보아야 하는 《24사(史)》 등의 전집류를 반값에 판매하는 특별전을 때때로 열기도 하지만, 가격, 분량 모두 유학생에게 부담스러워 보고 만지는 것만으로 만족해야 했다. 더하여 대만 각 대학 출판부에서 펴낸 학술 서적 컬렉션 또한 빼놓을 수 없다.

상무인서관이 본디 '중국 출판의 자존심'을 상징한다면 '대만 출판의 자존심'을 상징하는 곳은 삼민서국(三民書局)이다. 1953년 류전창(劉振强), 허쥔친(柯君欽), 판서우런(范守仁)에 의해 문을 열었다. '삼민(三民)'이라는 이름은 중화민국(대만)의 국가 이념인 쑨원의 '삼민주의(三民主義)'를 연상시키지만, 3명의 소시민이 힘을 합쳐 만든 출판사를 의미한다. 처음 헝양로(衡陽路)에 20평 규모의 문구점을 겸한 작은 서점으로 시작하였으나, 이내 대학 교재, 각종 사전류, 아동·청소년 도서 등을 발간하는 종합 출판사로 성장하였고 대만을 대표하는 대형 출판사 중 하나로 자리매김 하였다. 1961년 본사를 충칭난로로 옮겼고, 1965년 현재 이 자리에 대형 직영 서점 문을 열었다. 삼민서국은 국학(國學 : 전통적으로 대만에서 국학은 중국학을 의미), 대만학, 종교, 철학, 예술, 사회과학 분야가 강세다. 그중 중국사와 대만사를 공부하는 데 교과서가 될 만한 책들을 많이 펴내고 있다. 충칭난로 직영점에서는 삼민서국 책들뿐만 아니라 중국과 대만을 공부하는 데 기초가 될 만한 책들을 빠짐없이 갖추고 있으며, 일반 서점보다 평균 20% 정도 할인된 가격에 팔고 있다. 특히 눈길을 끄는 것은 각종 정부 간행물들이다. 이러하기에

❶ 티베트 전문 서점 덕기서방 내부. 티베트 관련 문화 행사가 자주 개최된다.
❷ 대만을 대표하는 출판사인 삼민서국의 충칭난로 직영서점.
❸ 일제강점기 건물에 자리한 금석당서점.
❹ 중국어로 징검다리를 뜻하는 점각석서국.
❺ 충칭난로 서점거리의 서점 간판들.

대만을 본격적으로 연구하기 위한 사람이라면 발길이 잦아질 수밖에 없는 서점이다.

이름에 걸맞게 황금을 상징하는 노란 바탕에 검정색 글씨 간판이 눈에 띄는 금석당(金石堂)은 1989년 청핑(誠品) 체인이 문을 열기 전까지 대만 최대 규모의 서점으로 현재도 전국에 64개의 지점을 두고 있다. 1983년 공관 서점거리에 있는 딩저우로(汀州路)에 종합 문화 아케이드 금석문화광장(金石文化廣場)이 문을 연 이래 이듬해인 1984년 충칭난로에 분점을 열어 영업을 시작하였다. 금석당은 대만에서 본격적으로 체인형 대형 서점 시대를 열고, 복합 문화 공간형 매장을 운영하였다. 〈출판정보(出版情報)〉라는 무료 잡지를 통해 출판·문화·예술 소식을 고객들에게 전하고 있는데, 청핑서점에서 제공하는 소식지의 원조라 할 수 있다. 충칭난로 금석당문화광장은 매장의 세련됨에서는 청핑서점만 못하지만, 일제강점기 시절 지어진 고풍스러운 건물에다 역사와 전통을 보여주는 인테리어가 특징이다.

중국어로 '징검다리'를 뜻하는 '점각석(墊脚石)'을 상호명으로 쓰는 점각석서국(墊脚石書局) 역시 규모는 청핑이나 금석당에 비해 상대적으로 작지만 전국 체인을 갖춘 종합 서점이다. "환잉광린(歡迎光臨)!"을 외치며 손님들을 반기는 듯 넓고 시원한 창문이 인상적인 이 서점은 금석당에 비해서 비교적 밝은 분위기로 학생들과 젊은이들의 발걸음이 잦은 곳이다.

이런 '종합' 서점 외에 충칭난로 서점거리를 더욱 빛내는 것은 각종 전문 서점들이다. 종교, 철학, 각종 학습 서적, 고시(考試) 전문 서점들이다. 더욱이 중국어로 '우슈'라 발음하는 무술 서적을 비롯해 저마다 특색 있는 서점들이 '선택과 집중'의 원칙하에 해당 분야에서 깨알같이 방대한 컬렉션을 갖추고 있다.

불제자라면 반드시 들러볼 만한 곳은 불철서사(佛哲書舍)라는 불교・철학 서점이다. 본래 홍콩에 본사를 둔 서점으로, 불교 서적 컬렉션의 수준은 세계적이다. 세계 각국에서 수입된 불교 관련 서적을 망라하고 있으며, 책 판매뿐 아니라 불교 관련 책들을 번역 발간하기도 하고, 각종 불교 관련 용품들도 취급한다.

외국인 신분이고, 더군다나 대만 국적을 취득하여 공무원이 될 생각은 전혀 없었기에 나와는 별 인연이 없는 곳이지만, 호기심에 발걸음을 하곤 했던 정문서국(鼎文書局)은 수험서 전문 서점이다. 대만에서도 '철밥통의 대명사'인 공무원은 인기가 높은 직종이다. 대만 공무원은 크게 위임(委任)—천임(薦任)—간임(簡任) 3개의 큰 구분 속에 14개 계급으로 나누어지는데, 정문서국에서는 이런 공무원 임용 시험을 위한 각종 수험서, 대학 입시 관련 서적들을 주로 취급한다. 입시 위주의 교육 제도라든가 공무원의 인기가 높은 것은 한국과 매한가지라, 대만 사회의 현실을 보여주는 각종 시험 관련 책들로 넘쳐난다.

지금은 추억의 영화지만, 황비홍 영화나 이소룡(李小龍)을 좋아하는 사람이라면 한번쯤 들러봄 직한 서점은 무학서관(武學書館)이다. 중화권에서 '무운의 수호신'으로 추앙받는 관우(關羽)상이 반겨주는 이곳은 무술을 단순 '기술(Art)'이 아닌 '학문(Science)'으로 업그레이드시킨 이름에 걸맞게, 무술 역사에서부터 이론과 실제, 고수・대가들의 강의 서적까지 '얼 어바웃 무술'을 망라하고 있다. 애장가라면 놓칠 수 없는 희귀 서적과 사진, 외국 수입 서적까지 있는데 시쳇말로 다리를 후덜덜하게 만드는 가격이 문제지만 무술에 관심이 있는 사람의 눈을 휘둥그레지게 만든다. 책 판매와 더불어 무술 관련 책도 펴내고 있다. 중고 책을 매입하고 판매하기도 하는데, 경우에 따라서는 교환도 가능하다.

중・고등학교부터 수학・과학 등 이른바 '이과 과목'이라면 질색을 하던 나에게는 보기만 해도 머리 아픈 책들로 가득한 건홍서국(建弘書局)은 자연과학 전문 서점이다. 수학, 물리, 역학 등 기초 자연과학에서부터 의학, 건축, 체육, 보건 등 광범위한 자연과학 분야의 책을 몽땅 모아놓았다. 여기에 영화, 커뮤니케이션 등 기술적인 면에서 자연과학과 뗄 수 없는 인연을 지닌 학문에 관한 책도 갖추어져 있다. 외국어로 된 원서 컬렉션도 수준급인데 해당 분야에서 이름난 저서들의 '오리지널 에디션'을 만날 수도 있다.

한국에서 중국어를 배워 대만·홍콩에서 쓰는 번체(繁體) 중국어에 익숙하지 않은 사람들을 위해 중국에서 수입된 간체(簡體) 중국어 서적을 모아놓은 곳도 있다. 천룡도서(天龍圖書)가 그곳이다. 민주화 이전 대만은 중국과의 관계에서 통상(通商 : 교역)·통항(通航 : 항공기와 배의 운항)·통우(通郵 : 우편 왕래)의 통(通)자 돌림의 3가지를 엄격히 금지시키는 '3불 정책(三不政策)'을 고수하였다. 당연히 중국에서 발간된 서적이 수입되는 것도 있을 수 없는 일이었다. 후에 3불정책은 양안관계의 해빙 속에서 폐지되었고, 중국에서 수입된 책들도 판매 길이 열려 중국 책을 전문으로 다루는 서점들도 문을 열었는데, 천룡도서도 그중 하나다.

그다지 크지 않은 규모의 여명문화공사(黎明文化公司)는 같은 이름의 대형 출판사가 운영하는 직영 서점으로, 회사에서 출판된 책을 주로 판다. '종합출판사'답게 발간하는 책의 분야와 종류도 다양한 편이다. 더하여 외국 명작 소설이나 각종 무협지, 만화책도 갖추어놓았다.

상달서국(上達書局) 충칭난로점은 학생들로 붐비는 대표적인 서점이다. '위에 도달한다'라는 뜻의 '상달(上達)'이라는 이름 그대로 각종 시험을 봐서 '등용(登龍)'을 꿈꾸는 '잠룡(潛龍)'들로 득실댄다. 이유는 서점의 주품목이 각급 학교 참고서와 각종 수험서이기 때문이다. 이밖에 경제·재무 공무원 연수를 위한 정부기관인 금융연수원에서 발간하는 재무, 금융, 투자 분야 전문 서적도 갖추어져 있다. 전체적으로 규모만 훨씬 클 뿐 지금은 대부분 사라진 우리네 학교 주변의 문구점을 겸한 교재 전문 서점 분위기를 흠씬 풍겨, 사라진 옛 추억을 돋게 만드는 곳이다.

천룽정보통신(天瓏資訊)은 '정보통신'이라 이동통신사 대리점을 연상시키지만 전자, 컴퓨터 등 정보통신(IT)으로 특화된 전문 서점이고, 전우서국(全友書局) 역시 성격은 비슷하다. 금교도서공사(金橋圖書公司)는 외국서적 수입·판매 에이전시의 직영 서점으로 전문서와 대학 교재를 주로 다룬다.

립스틱을 연상시키는 분홍색 간판이 인상적인 신륙서국(新陸書局)은 경제·재무와 더불어 여행 관련 서적과 여행에 반드시 필요한 각종 지도로 특화된 서점이다. 여기서 주로 파는 책은 단행본보다는 전집 위주다.

전문 서점들 중에서 단연 눈에 띄는 곳은 덕기서방(德祺書坊)이다. 여기서는 '시장(西藏)'이라 부르는 티베트 관련 책을 다룬다. 종류도 다양해서 티베트어 교재에서부터 티베트 불교 관련 서적까지 망라한다. 대만은 티베트의 정교일치(政敎一致) 지도자 달라이 라마와 밀접한 관계를 맺고 있다. 전통적으로 몽골 문제와 더불어 티베트 문제를 '영토상의 중요 문제'로 다루어온 중화민국 정부는 행정원 산하에 몽골·티베트위원회를 설치하는 등 티베트 문제에 각별히 신경을 써오고 있다. 중국의 탄압을 피하여 티베트 불교 승려들이 대거 대만으로 망명하기도 했고, 1998년에는 달라이 라마 망명정부의 주대만대표부인 '달라이 라마 티베트종교기금회(達賴喇嘛西藏宗敎基金會)'가 타이베이에 문을 여는 등 티베트와의 관계가 밀접하다. 여기에 대만불교는 전통적으로 밀교(密敎)라고도 하는 탄트라 불교에 바탕을 두고 있기에 이의 원류인 티베트와의 관계는 더욱 긴밀하다. 티베트 관련 연구도 활발한 편이라 덕기서방은 중요한 역할을 한다. 이곳은 단순히 책 판매뿐 아니라 각종 티베트 관련 강좌나 문화 행사도 자주 개최하고 있다.

중화권 지성사(知性史)의 중요한 페이지를 써온 충칭난로 서점거리는 근래에 들어서 어둠의 그림자가 짙어졌다. 2000년대 들어 본격화된 디지털 문명의 파고는 대만도 빗겨가지 않아, 사람들이 점점 책을 외면하기 시작하면서 '독서인'이 줄어들기 시작한 것이다. 여기에 청펑서점으로 대표되는 전국 규모의 대형서점 체인과 온라인 서점들의 거센 도전 속에서 대만 사람들도 좀 더 편리하고 저렴하게 책을 구입하는 데 익숙해졌고, 충칭난로의 서점거리를 찾는 발길은 점차 줄어들고 있는 형편이다. 이 속에서 충칭난로 서점거리의 서점들도 날로 줄어드는 고객의 발걸음을 붙들기 위해 절치부심하고 있지만, 옛 영광을 되찾기에는 왠지 힘겨워 보인다.

귀신과 더불어 사는 삶, 소원 비는 사람들

타이베이의 궁

　　타이베이 풍경 중에서 한국 사람들에게는 신기하면서도 낯선 광경은 길거리나 상점 앞에 제단을 차려놓고 향을 사르며 절을 하는 장면이다. 종이돈(紙錢)을 태우는 장면도 흔히 볼 수 있는데, 이를 바이바이(拜拜)라고 한다. 하느님, 부처님을 믿는 사람이 상대적으로 많은 한국 사람들이 볼 때, 조금 이상하고 낯선 광경이지만 사람들의 표정이나 행동에서는 진지함과 간절함이 묻어난다.

　　사실 소수의 신실한 불제자나 크리스천, 더 수가 적은 무슬림을 제외한 대만 사람들에게게 바이바이는 생활의 일부분이다. 이사를 하거나, 개업을 하거나, 아니면 일이 잘 풀리지 않는다 싶을 때면 사람들은 바이바이를 하면서, 소원이 이루어지기를 간절히 빈다.

　　평상시에도 바이바이에 열심인 대만 사람들이 '정말 열심히' 바이바이를 하는 기간은 음력 7월이다. 중화권에서 음력 7월의 다른 이름은 '귀신의 달(鬼月)'이다. 7월 1일이 되면 천당과 저승의 문이 열리고 온갖 귀신들이 사바세계(娑婆世界)로 내려와 인간들과 함께 신나는(?) 시간을 갖는다고 사람들은 믿는다.

　　한 달 동안 귀신을 접대(?)하기 위한 각종 행사가 벌어진다. 매년 7월 1일 타이베이의 외항(外港)이라 할 수 있는 지룽(基隆)에서 벌이는 '감문(龜門)열기 의식'이 가장 잘 알려져 있다. 이는 '사바(인간)세계에서 한 달 간의 휴가(?)를 즐기려는 귀신들을 맞이하기 위해 저승의 문을 여는 의식이다. 이때부터 대만사람들의 본격적인 '귀신과의 동거'가 시작된다. 변덕스럽고, 짓궂으며, 때로는 이승에서 품은 한(恨)을 아직 삭히지 못해 사람들에게 복수(?)까지 하는 귀신들과 함께 사는 한 달, 금기(禁忌)는 더욱 많아진다. 예를 들어 이사나 여행은 삼가야 하고, 인륜지대사(人倫之大事)인 결혼을 하는 것도 금기 목록에 포함된다. 자동차를 사는 것도 안 되고, 물가에 가는 것도 안 되고, 밤에 휘파람을 불어도 안 되고, 밤늦게 돌아다녀도 안되고, 울긋불긋한 옷을 입고 돌아다녀도 안된다. 이 기간 동안 '어쩔 수 없이' 이사를 하거나 자동차를 새로 장만한다면, 되도록 계약만 하고 새집으로 들어가거나, 새차를 인수하는 것은 음력 7월이 지난 후에 할 정도다. 그만큼 이 기간 동안 대만 사람들은 조심 또 조심한다. 한국 사람들이 보기에는 지나치다 싶을 정도인데, 이 사람들은 너무나 진지하다. 유학생활 초기, 귀신달에 접어든 줄도 모르고, 대만 친구들에게 "날씨도 더운데 바다나 강으로 놀러가지 않을래?"라고 했다가 친구들이 "안돼! 이달에 물가에 가면 물귀신이 잡아가."라며 정색했던 기억이 있다.

그렇다고 분위기가 가라앉아 있지만은 않다. 사람들은 평소보다 열심히 바이바이를 하는 한편, 경극(京劇) 공연도 열고, 퍼레이드도 벌이는 등 각종 축제들을 즐긴다. 물론, 축제의 본질은 귀신 위문 내지는 접대다. '제발 저희 정성을 보시어, 해코지는 말고 재미있게 노시다 가세요.'라는 대만 사람들의 간절한(?) 마음이 담겨 있다.

축제의 절정은 그달 보름, 음력 7월 15일 열리는 중원절(中元節)이다. 불교 용어로 보시(布施)를 뜻하는 푸두(普渡)를 하는데 가가호호(家家戶戶) 정성 드려 음식을 차려놓고, 귀신을 맞이한다. 그중 떠돌이 귀신이나 아귀(餓鬼 : 굶주려 죽은 귀신들)을 더욱 정성스레 모셔야 한다

❶ 싱텐궁.
❷ 즈난궁.
❸ 룽산사.
❹ 바이바이를 하는 모습. 대만 사람들에게 바이바이는 생활의 일부분이기도 하다.
❺ 바이바이를 하고 난 후 지전을 태우는 모습.

고 믿는다. 이러한 음식 보시는 중원절 행사 중 가장 중요한 것으로, 귀신들을 잘 대접하면 사람들에게 행운을 가져다준다고 한다. 사람들은 행운까지는 아니더라도 적어도 해코지 당하지 않기 위해서라도 푸두라 부르는 음식 보시를 열심히 정성껏 마련한다. 종이돈 태우는 것도 빠지지 않는데, 이는 먼 길을 가는 혼령에게 주는 여비(旅費)의 의미다. 경극을 공연할 때 맨 앞줄 VIP석은 비워두는데 귀신들이 좋은 자리에서 편하게 구경하라는 뜻에서다.

푸두는 도시와 시골을 가리지 않는다. 타이베이를 비롯한 대도시는 물론, 첨단제품을 생산하는 회사에서도 사장(總經理)이 제주가 되어 정성껏 제사를 올린다. '첨단과 전통의 공존' 내지는 '과학과 미신(?)의 조화'인 셈이다. 평소 선정적이기 짝이 없는 미디어들도 귀신달이나 중원제 무렵이 되면, 귀신의 도움으로 오랫동안 해결하지 못한 사건을 해결하고, 살인범을 잡았다는 식의 기사를 내보내곤 한다. '저런 걸 뉴스 기사로 보도해도 되나?' 싶은데도 대만의 언론은 개의치 않고 열심히 보도한다.

중원절의 기원은 크게 두 가지다. 그중 하나는 석가모니의 10대 제자 중 한 사람인 목건련(目犍連)에서 유래하였다. 목건련이 어느 날 천안통(天眼通 : 모든 것을 막힘없이 꿰뚫어 환히 볼 수 있는 능력)을 통해 돌아가신 자신의 부모를 보았다. 아버지는 천상에서 편안하게 살고 있었으나, 평소 탐욕스러웠던 어머니는 아귀도(餓鬼道 : 재물에 인색하거나 음식에 욕심이 많거나 남을 시기·질투 하는 자가 죽어서 가게 된다는 곳, 늘 굶주림과 목마름으로 괴로움을 겪는 곳)에서 고통받고 있었다. 그는 자신의 신통력으로 어머니를 고통에서 구하려 하였으나, 그녀의 악업이 커서 구원할 수 없었다. 이에 목건련이 석가모니께 "어떻게 하면 제 어머니를 아귀도에서 구할 수 있겠습니까?"라고 묻자, 부처님은 승려들의 하안거(夏安居 : 승려들이 여름 동안 한 곳에 머물면서 수

행에 전념하는 일, 음력 중순 ~ 7월 중순)가 끝나는 7월 15일에 100가지 음식과 5가지 과일을 우란분(盂蘭盆)에 담고 향과 초를 켜서 승려들에게 공양을 하면 어머니를 죄업에서 구할 수 있을 것이라고 하였다. 목건련이 이 말씀을 따르자, 어머니를 아귀도에서 구해낼 수 있었고, 이후 음력 7월 15일은 중요 명절이 되었다. 우란분절이다.

다음 유래는 도교와 관련 있다. '중원(中元)'이라는 말도 여기에서 생겼다. 도교에서는 옥황상제(玉皇上帝)가 1년에 3번 인간 세상의 선악(善惡)을 살핀다고 하는데, 그 날을 원(元)이라 하였다. 음력 1월 15일을 상원(上元), 7월 15일을 중원(中元), 10월 15일을 하원(下元)이라 하며, 이날 각각 천관(天官), 지관(地官), 수관(水官)에게 제사를 지냈다.

중원절은 후에 민간신앙과 결합하여, 귀신달 중에서도 '귀신의 기운이 가장 센 날'로 치부되어, 이날 하루 인간 세상으로 찾아온 귀신들을 정성드려 대접하는 날이 되었다. 영어로 중원절을 '고스트 페스티벌(Ghost Festival)'로 번역한 것도 이 때문이다. 동양판 할러윈데이인 셈이다.

중원절을 절정으로 음력 7월 그믐이 되어 지옥문이 닫힐 때까지 대만 사람들은 귀신과 함께하는 삶을 산다. 비록 축제로 지낸다고 하지만, 앞서 이야기한 대로 각종 금기가 너무 많다보니 사람들의 생활은 움츠려들게 마련이다. 이는 경제 활동으로도 이어지는데, 실제 음력 7월을 전후해서 소비 활동도 위축되고, 여행, 결혼, 부동산임대업 등은 고객이 줄어 '개점 휴업' 상태에 들어가기도 한다. 이 속에서 경제학에서 이야기하는 '계절적 실업'이 발생하기도 한다.

귀신과 더불어 사는 삶을 살고, 바이바이에도 열심인 타이베이 사람들은 정말 간절한 소망이 있거나, 삶이 잘 풀리지 않는다고 여길 때 도시 곳곳에 있는 궁(宮)을 찾아 치성(致誠)을 드린다. 대표적인 곳은 룽산사(龍山寺), 싱톈궁(行天宮), 즈난궁(指南宮)과 더불어 하해성황묘(霞

海城隍廟)다.

타이베이 구도심 완화구에 자리한 룽산사는 청 건륭제 시절에 지어졌다. 타이베이 시내 사찰 중 역사가 가장 길다. 긴 세월 속에서 풍파도 많이 겪었는데, 청 가경제(嘉慶帝) 시절 발생한 대지진으로 큰 피해를 입었고, 1867년 다시 폭우로 심각한 피해를 입어 폐사지(廢寺地)가 되었다. 룽산사의 면모를 갖춘 것은 1919년에 들어서다. 당대 이름 높은 승려 복지법사(福智法師)의 노력으로 옛 모습을 찾게 되었고, 오늘날 타이베이 사람들이 가장 사랑하는 도심 사찰로 자리매김하였다.

룽산사는 건축학적으로도 의미가 있는데 룽산사의 가람배치는 건축 용어로 삼진사합원(三進四合院) 양식이다. 베이징(北京) 자금성(紫禁城) 등에서도 볼 수 있는 중국 궁전 건축 양식이다. 본래 중국 전통 가옥은 동서남북 4방향을 모두 담으로 둘러쳐져 있다. 전란(戰亂)을 많이 겪고, 본디 나와 가족 외에 다른 사람을 잘 믿지 않는 중국인들은 가족의 안위를 위해서 사방이 높은 담으로 쳐진 '작은 성채' 같은 집을 짓고 살았다. '사합원(四合院)'이다. 사합원은 다시 둘러쳐진 담의 겹에 따라 한겹인 단진(單進), 두겹인 이진(二進), 세겹인 삼진(三進)으로 구분하는데, 룽산사는 세 겹의 담으로 둘러쌓인 '삼진사합원' 양식이다. 자세히 살펴보면 대문을 지나 앞 전원(前院), 공간을 나누는 문인 수화문(垂花門)을 지나 내원(內院)을 지나 본 건물인 정방(正房)에 들어서게 되는 이진삼합원에 다시 후조방(後照房)이라 불리는 뒤켠방을 추가하였다. 룽산사는 대만 사원 건축 중에서 가장 아름다운 건축물로 꼽히기도 한다.

룽산사는 불교·도교·유교 3개 종교의 신을 두루 모시는 혼합 종교 사찰로, 전전(前殿), 대전(大殿), 후전(後殿)의 3열로 배치된 건물 중 전전은 불교를, 대전은 도교를, 후전은 유교를 위한 공간이다. 이중 으뜸으로 모시는 대상은 세상을 구원한다는 관세음보살이다.

관세음보살은 불교에서 석가모니 부처님 열반 후 미륵불(미래의 부처님)이 오실 때까지, 중생들을 고통으로부터 지켜주는 대자대비(大慈大悲)한 보살이다. 룽산사 관세음보살은 실제로 타이베이 시민들을 구해주기도 했다. 태평양전쟁 말기, 1942년 미드웨이 해전 승리 이후 일본 본토를 옥죄어오던 미군은 대만에도 대대적인 폭격을 했다. 전시(戰時)에 룽산사는 타이베이 시민들이 폭격을 피하는 곳으로 이용되었다. 그러던 어느날 극성스러운 모기 떼가 나타나 룽산사 경내에 대피해 있던 시민들은 집으로 돌아가야만 했다. 그날 밤, 미군은 룽산사에 폭탄을 떨어뜨렸는데, 경내는 텅 비었기에 인명 피해도 없었고, 관세음보살상도 전혀 다치지 않았다. 그후로 룽산사 관세음보살의 영험함은 널리 알려졌고, 타이베이 사람들은 룽산사와 관세음보살을 더욱 사랑하게 되었다.

타이베이의 궁과 묘(廟) 중에서 룽산사 못지않은 인기를 누리는 곳은 싱톈궁(行天宮)이다. 다른 이름은 무묘(武廟)로서, 공자(孔子)를 모신 사당인 문묘(文廟)에 비견되는 곳이다. 싱톈궁에는 중화권에서 무왕(武王)으로 추앙받는 《삼국지연의(三國志演義)》의 관우(關羽)를 주신으로 하여 모두 108위의 신위를 안치하고 있다. 그중 '오은주공(五恩主公)'이라 하여 관우, 여동빈(呂洞賓 : 도교의 8대 신선 중 하나), 장단(張單 : 아궁이를 관장하는 신, 조왕신(竈王神)), 왕선(王善 : 도교의 호법신(護法神)), 악비(岳飛)를 주신(主神)으로, 2위의 종신(從神)으로는 《삼국지연의》에 등장하는 관우의 양자 관평(關平)과 수하장수 주창(周倉)을 모시고 있다.

싱톈궁은 1967년 푸젠성이 원 고향인 황총(黃欉)에 의해 1956년 공사에 들어가 9년 만에 완공되었고, 이듬해인 1968년 문을 열었다. 싱톈궁이 다른 궁들과 차별화되는 것은 일체 금품 모금을 하지 않으며, 그밖에 어떤 제물(祭物)도 봉헌하지 않는다는 점이다. 그럼에도 관우를 모신 곳이기에 영험은 널리 알려져 참방객이 가장 많은 궁으로 꼽힌다.

싱톈궁이 사람들의 발길을 붙드는 또 다른 이유는 주변의 점집들이다. 이 일대가 '영험한 땅'으로 알려지면서 역술가, 관상가들이 몰려들어 일대 '역술타운'을 형성하였다. 자미두수(紫微斗數)나 사주팔자(四柱八字)를 이용하여, 운명을 점치거나 관상(觀相), 손금을 통해 '과거, 현재, 미래'를 알려주는 '포천텔러'들이 성시를 이루고 있다. 외국인들을 위하여 영어나, 일본어 서비스를 제공하는 곳도 있고, 중국어에 어느 정도 자신 있다면, 한 번 들러서 '인생 상담'을 받아보는 것도 재미다.

타이베이시립동물원역에서 출발하는 마오쿵(猫空) 케이블카를 타고 갈 수 있는 즈난궁(指南宮)은 유·불·도 혼합이긴 하지만 도교 색채가 강한 사원이다. 경내에는 대만 도교 교육의 중추적인 역할을 하는 중화도교학원(中華道教學院)이 있다. 그중 순양보전(純陽寶殿 : 순양은 여동빈의 호)에 모셔진 여동빈(呂洞賓)은 종리권(鍾離權), 이철괴(李鐵拐), 한상자(韓湘子), 조국구(曹國舅), 장국로(張國老), 남채하(藍采何), 하선고(何仙姑)와 더불어 '도교 8신선(神仙)'의 하나로 중국 사람들이 가장 좋아하는 신선이다. 그는 당(唐) 말기 할아버지가 예부시랑(禮部侍郎 : 교육 문화부 차관)을 지낸 귀족가문에서 태어났으나 과거에 여러 번 낙방하였다. 그러던 어느날 과거 시험을 보러 창안(長安 : 당의 수도, 오늘날 시안(西安))으로 가던 중 종리권(鍾離權)을 만나 도가에 입문, '도를 깨우쳐' 신선이 되었다고 한다. 도교 신화 속에서 여동빈은 자신의 신분을 숨기고 시장을 다니며, 먹(墨)을 파는 사람으로 등장한다.

본디 문인(文人) 출신인 여동빈은 사대부층뿐만 아니라 평민층에도 인기를 끌었는데, 그가 민중에게 인기를 모은 것은 민중을 고통에서 구해주고 민중들에게 즐거움을 주는 신선이었기 때문이다. 그림 속에서 그는 선비 차림에 그의 상징인 보검(寶劍)을 들고, 허리에는 호리병을 찬 모습으로 묘사되는데, 8신선 중 가장 민중 친화적인 신선이다.

즈난궁에는 산비탈을 따라 층층이 오르는 돌계단이 있는데, 무려 1,185개에 달한다. 돌계단을 오를 때마다 수명이 20초씩 늘어난다는 이야기도 전해지는데, 사실이든 아니든 계단을 걸어 오르자면 상당한 운동이 되므로 건강에 좋은 것만은 틀림없다. 즈난궁에 얽힌 이야기도 많은데, 그중 가장 유명한 것은 "연인이 즈난궁을 찾으면, 여동빈(혹은 처녀귀신이라는 말도 있다.)의 질투로 헤어지게 된다."는 것이다. 그냥 웃어 넘겨버릴 수 있는 이야기지만, 대만 사람들은 성향상 이런 이야기도 잘 믿어 커플들은 즈난궁에 방문하지 않는다고 한다.

즈난궁이 연인들에게 금기시되는 곳이라면, 짝을 찾지 못했거나 미래의 배우자가 누구인지 궁금하다면 들를 만한 곳이 있다. 타이베이시 다퉁구(大同區) 디화가(迪化街)의 하해성황묘(霞海城隍廟)다. 이곳이 사람들의 발길을 끄는 이유는 '부부의 인연'을 붉은 실로 매어 맺어준다는 월하노인(月下老人) 때문이다. '달빛 아래 노인'이라는 뜻의 월하노인에 관해서는 이런 이야기가 전해온다.

당(唐) 원화(元和 : 당 11대 황제 헌종(憲宗)의 연호) 2년인 807년 위고(韋固)라는 서생이 오늘날 허난성(河南省)인 쑹청(宋成) 난뎬(南店)의 한 객잔(客棧 : 중국의 주막)에 묵게 되었다. 어느날 저녁 그는 룽싱사(龍興寺) 근처를 거닐었는데, 달빛 아래서 백발이 성성한 노인 한 사람이 두꺼운 책을 읽고 있는 것을 보았다. 위고는 처음 보는 책이기에 "소생이 책을 좀 읽은 편이나 노인께서 읽고 계시는 책은 처음 보는 책입니다. 어떤 책입니까?"라고 묻자, 그 노인이 답했다. "범상한 인간들이 보는 책은 아니네. 세상 남녀들의 혼인에 관한 책이라네." 위고가 노인의 허리에 찬 물건을 보며 "허리에 찬 것은 무엇입니까?" 하고 묻자 노인은 "홍실이네. 장래에 부부가 될 남녀의 발을 묶는 데 쓰는 것이지. 이 실로 발을 묶으면 두 사람은 절대 헤어질 수가 없지." 이미 혼기가 꽉 찬 위고는 이 말을 듣고 노인에게 물었다. "그러면 소생의 부인은 지금 어디에서 무엇을 하고 있습니까?" 그러자 노인은 "자네의 배필은 쑹청 난뎬 북쪽 거리에서 야채를 파는 진(陳)씨 노파의 딸인데, 올해 3살이네. 그 아이가 16살이 되면 자네와 부부로 맺어질 것일세."라고 했다.

위고는 자신이 13년 후면 30세를 넘긴 노총각이 될 것이기에, 노인의 말을 반신반의하며 물었다. "그러면 지금 미래의 부인을 볼수 있습니까?" 이에 노인은 앞장서서 위고를 시장으로 데리고 갔다. 거기에는 눈먼 노파와 비쩍 말라 볼품없는 여자아이가 있었는데, 두 사람을 가리키며 노인이 말했다. "저 아이가 자네의 미래 부인일세." 이 말을 듣고 화가난 위고는 "저는 명색이 과거 시험을 준비하는 서생인데, 어찌 천한 야채장수의 딸과 맺어질 수 있단 말입니까?" 이에 노인은 크게 웃으며, "이미 정해진 일이라 돌이킬 수 없네."라고 이야기하며 사라졌다.

괴상한 노인을 만나 농락당했다는 생각에 더욱 화가 난 위고는 집으로 돌아와 하인을 시켜 그 여자아이를 죽이라고 했다. 하인은 야채가게로 달려가 아이를 칼로 찌르고 달아났다. 하지만 급히 하느라 칼끝이 미간을 스쳐 상처만 냈을 뿐이다. 세월은 흘러 13년이 지났고, 과거에 합격한 위고는 상저우(相州 : 오늘날 허난성(河南省)) 자사(刺史 : 지방 행정관) 왕태(王泰)의 수하 관리로 일하게 되었다. 위고를 마음에 들어한 왕태는 그를 자신의 딸과 혼인 시키기로 했다. 신부는 아주 아름다웠고, 게다가 상관의 딸이었기에 위고는 아주 흡족했다. 다만 신부는 미간에 칼자국이 있었다. 혼례를 치른 첫날밤에 위고가 신부에게 칼자국의 연유에 대해서 묻자, 신부는 13년 전 있었던 일을 이야기해주었다. "사실 저는 자사님의 친딸이 아닙니다. 어릴적 부모님이 돌아가신 후로 보모가 행상을 하면서 어렵게 저를 키웠습니다. 후에 저의 숙부이신 자사님이 거두어주시어 친딸처럼 키워주신 거랍니다." 이 말을 들은 위고는 소스라치게 놀라며 13년 전 달빛 아래 노인을 떠올렸다. 그러면서 신부는 신이 맺어준 것이라 굳게 믿었다.

이런 월하노인을 모신 사찰 중, 디화가의 하해성황묘는 영험함이 뛰어나다고 해서, 아직 인연을 찾지 못한 사람들로 인산인해를 이룬다.

세계 10대 커피 도시, 타이베이

타이베이 카페 스토리

　제목만 들어도 에스프레소의 진한 향이, 카푸치노의 달콤한 맛이 느껴지는 영화 '타이베이 카페 스토리'는 제목 그대로 '이 시대 아가씨들의 로망' 중 하나인 카페를 경영하는 자매 이야기다. '비정성시(悲情城市)'를 연출하기도 한 거장 허우샤오셴(侯孝賢)의 문하생 출신 샤오야취안(蕭雅全)이 메가폰을 잡고, '말할 수 없는 비밀(不能說的秘密)'에서 청순미를 한껏 뽐냈던 구이룬메이(桂綸鎂)와 린전시(林辰唏)가 서로 다른 개성을 가진 자매 역으로 출연하였다.

　원 중국어 제목은 '36번째 이야기(第36個故事)'로 영어로는 '타이베이 익스체인지(Taipei Exchanges)'다. 스크린 속에서 '우아한 카페 주인 아가씨'로 변신한 구이룬메이는 메뉴 추천을 부탁하는 손님에게 이렇게 말한다. "에스프레소 한 잔과 브라우니, 그리고 사랑!"

　'카페 주인 아가씨들'은 월요일에는 치즈 케이크, 화요일에는 티라미수, 수요일에는 에클레어, 목요일에는 초콜릿 브라우니, 금요일에는 크렘블레, 토요일에는 쉬폰 케이크를 '메인 디시'로 선정하여 손님들을 유혹한다. 여기에 항상 티격태격하며 서로 다른 매력을 뽐내는 구이룬메이와 린전시는 '거부할 수 없는 유혹'으로 다가온다. 영화를 보다 보면 '이 시대 아가씨들의 로망'이 보이고, '이 시대 아저씨들의 로망'을 느끼는 나 자신을 발견하게 된다. '타이베이 익스체인지'라는 영어 제목에서 알 수 있듯, 영화의 조연(?)은 타이베이다. 타이베이의 한 카페에서 벌어지는 일들을 통해서 '타이베이의 오늘'을 조망하고 있기 때문이다. '젊은이들의 트렌드'로 자리잡은 카페를 통해서 말이다.

'타이베이 카페 스토리'가 오늘날 타이베이를 보여주는 테마로 '카페'를 정한 것처럼 실제 타이베이 시내 곳곳에는 카페들이 성업 중이다. 별(Star)은 뜻풀이해서 옮기고, 벅스(Bucks)는 비슷한 음으로 옮긴 '싱바커(星巴克)'라는 브랜드로 진출한 스타벅스(Star Bucks), '이커(怡客)'라고 중국어로 옮겨 쓰는 일본계 카페 체인 이카리(Ikari), 원래 이름이 바이랑(伯朗)인 대만 브랜드 미스터 브라운(Mr. Brown)과 역시 '브랜드 인 타이완'인 단테커피(丹提咖啡), 85℃ 등 커피 전문 체인점뿐만 아니라 서로 다른 개성을 가진 카페들이 동네 어귀마다 서로 다른 커피향을 풍기며 길 가는 이의 발을 붙든다. 더하여 세븐일레븐(Seven Eleven), 훼미리마트(全家), 하이라이프(Hi Life)의 3대 편의점 체인들 또한 저렴하면서도 품질은 떨어지지 않는 커피를 선보이며, '커피 중독증'을 부추긴다. 이렇듯 오늘날 타이베이는 '가비지성(咖啡之城 : 커피의 도시)'이라 불러도 손색이 없다. 이런 명성은 바다 건너까지도 전해져 미국 대중지 〈유에스에이투데이(USA Today)〉는 타이베이를 미국 시애틀과 포클랜드, 캐나다 밴쿠버, 브라질 상파울루, 오스트리아 빈, 노르웨이 오슬로, 오스트레일리아 멜버른, 포르투갈 리스본, 쿠바 아바나와 더불어 '세계에서 가장 좋은 커피를 맛볼 수 있는 10대 도시' 중 하나로 선정하기도 하였다.

'가비지성 타이베이' 역사의 첫 페이지는 번화가 시먼딩(西門町) 청두로(成都路)에 자리잡은 펑다커피(蜂大咖啡)로 시작된다. 1956년 문을 열어 반세기가 넘는 역사를 자랑하는 타이베이 최고(最古)의 커피 전문점으로 매일 각 나라의 이름난 원두를 들여와 엄격한 가공 과정을 거쳐

▶
'타이베이 카페 스토리'
영화 포스터.

242

커피를 내린다. 반세기가 넘는 기간 동안 축적된 노하우와 변치 않는 맛으로 최고(最高)의 커피 전문점으로 꼽는다. 오래된 카페답게 주로 찾는 손님들도 나이 지긋한 어르신이 많은 편이다. 약 35종의 다양한 커피 원두들과, 가구(咖具 : 커피 관련 도구들)들이 매장 안을 가득 채우고 있어, 타이베이 커피 역사를 보여주는 작은 커피 박물관을 연상시킨다. 이곳에서는 중화권에서 뜻풀이하여 '남산(藍山)'이라 쓰는 자메이카의 블루 마운틴(Blue Mountain), 예멘의 모카(Mocha)와 더불어 세계 3대 커피로 평가받는 하와이안 코나(Hawaiian Kona)를 맛볼 만하다. 여기에 더치커피도 빠트릴 수 없다.

독특한 커피 원두 맛으로 널리 알려진 카페는 바덴 팜스테드(Barden Farmstead, 巴登莊園)다. 대만 중부 윈린현(雲林縣) 허바오산(荷苞山) 자락의 바덴 장원(莊園)에서 직접 재배한 아라비카(Arabica)종 커피 원두를 사용하는 카페다. 창업자 장라이언(張萊恩)은 오랜 실험 끝에 특유의 달콤한 맛이 나는 커피를 개발하였는데, 비법은 원두를 햇볕에 말리고 처리 과정에서 꿀을 넣는 것이다. '바덴'과 '대만' 2개의 브랜드로 전국에 직영점을 두고 있는데, 타이베이에서는 장라이언의 장남 장쥐진(張倨晉)이 경영하는 톈무점이 유일하다. 타이베이 톈무(天母)에서 카페가 영업을 시작한 것은 1996년부터다.

'철학을 사모하다'라는 뜻을 지닌 모철커피(慕哲咖啡, Cafe Philo)의 '주인 아가씨'는 카페 이름 그대로 실제 철학을 전공한 철학자다. 소유주 정리쥔(鄭麗君)은 국립대만대학 철학과를 졸업한 후, 프랑스 파리 10대학에서 철학을, 프랑스 고등사회과학원에서 역사·문명학과 경제학을 전공한 후 다시 파리 10대학 박사과정에서 공부하였다. 국립대만대학 재학 시절인 1988년 연극회를 조직하여 회장으로 활동하는 등 문화·예술 운동에도 관심이 많았던 그는 1990년대 프랑스 유학 시절 카페에서 문학·예술·철학을 논하는 파리지앵 문화에 심취하였다. 그러다 귀국 후 타이베이에 '철학을 사모한다'는 의미를 담은 카페를 열었다. 중정구(中正區) 사오싱베이가(紹興北街)에 자리한 이곳은 '주인의 철학'을 반영하여 시민들의 사회·문화·예술의 담론을 나누는 살롱으로 자리잡았다. 정계에 투신하여 민진당 집권 2기인 2004년 행정원 청년보도위원회(靑年輔導委員會 : 청소년부 해당) 주임위원(장관)을 거쳐 현재는 민진당 비례대표 입법위원(국회의원)으로 활동하고 있는 정리쥔은 〈유에스에이투데이〉와의 인터뷰에서 "대만의 커피숍들은 문학, 예술, 역사, 철학 등 문화를 담고 있으며, 이런 커피숍들은 단순히 커피를 마시는 장소 이상의 의미를 지니고 있다."고 했다. 아닌 게 아니라 그녀가 운영하는 모철커피의 커피에는 철학의 향기가 배어 있다.

중정구(中正區) 중산베이로(中山北路)의 타이베이의 집(臺北之家)은 커피를 마시며 예술영화도 보고, 전람회 관람도 할 수 있는 갤러리 카페다. 온통 하얀색으로 뒤덮여 마치 미국의 백악관을 옮겨놓은 듯한 이곳은 1979년 단교 이전까지 주대만미국대사관저였다. 단교 이후 대사관과 함께 대사관저도 철수하였지만 건물의 역사성과 보존 가치에 주목한 대만 정부는 본관을 내정부 3급 고적(古蹟)으로 지정한 후 유지·보수에 힘썼다. 그러다 건물을 예술영화 상영관을 중심으로 한 복합 문화 공간으로 활용하기로 결정한 후 거장 허우샤오셴(侯孝賢)이 이사장을 맡고 있던 대만영화문화협회(臺灣電影文化協會)에 관리·운영권을 맡겼다. 이후 사회 각계의 관심과 도움으로 공간 재창조를 위한 기금을 모았고, 재단장에 들어가 2002년 '타이베이의 집'이라는 새 이름으로 문을 열었다.

1층은 광뎬영화관(光點電影院)이다. 82석 규모의 소규모 영화관으로 매일 오전 10시 30분부터 매일 6편의 영화를 상영하는데, 예술영화와 실험적 장르의 영화, 대만 향토색 짙은 영화들 위주다. '영화관 옆 카페'의 이름은 세계 최초로 영화를 만든 프랑스 오귀스트 뤼미에르와 루이 뤼미에르 형제의 이름을 딴 뤼미에르다. 관저의 접견실이었던 이 카페는 약 60명 정도 앉을 수 있는 아늑한 공간이다. 창밖으로 보이는 정원을 가득 메운 고목들을 보면서 커피를 마시며 사색에 잠기기에 좋은 장소다. 카페 뤼미에르 바로 옆은 '광뎬생활(光點生活)'이라는 예술품 가게인데 각종 인문, 예술, 영화, 음악, 디자인 관련 제품들을 팔고 있다. 가격은 조금 비싸지만 심미성·예술성이 높은 제품들이다.

2층은 다목적 예술관과 전람회장, 또 다른 카페 겸 세미나장인 빨간 기구(紅氣球)다. 어린 시절 상상력을 자극했던 쥘 베른(Jules Verne)의 《80일 간의 세계 일주》에 나옴 직한 '빨간색의 커다란 열기구'라는 이름이 인상적인 카페는 발코니와 관저 침실을 개조하여 만든 공간으로 실제 대사 가족들과 귀빈들이 정원을 내려다보며 애프터눈 티(Afternoon Tea)도 마시고 책도 읽던 곳이다. 여전히 대사관저의 품격을 보여주는 인테리어와 가구들이 남아, 여기서 차를 마시면 마치 VIP가 된 듯한 '찰나의 호사'를 맛볼 수 있다. 무엇보다 채광이 잘 되는 창에, 넓직한 탁자는 문인(文人)들이 모여 토론을 하거나 창작을 하기에 적합해 이곳에서 생각을 하고 글을 쓰면 왠지 모르게 술술 잘 써질 듯한 착각이 들곤 하였다. 50명 정도 앉을 수 있는 아늑한 공간인데, 카페가 본격적으로 영업을 시작하는 매일 오후 5시 이전에는 무료로 빌려주기도 한다.

수안커피숍(水岸咖啡屋)은 '지리상의 이유'로 내가 즐겨 찾던 곳이다. 바로 국립정치대학 본관 2층 로비 한켠에 있기 때문이다. '강 언덕'이라는 뜻의 수안(水岸)이라는 이름이 붙은 이유는 국립정치대학이 2개의 작은 강을 끼고 있는 데서 유래하였다.

수안커피숍은 비록 교내 커피숍이지만, 엄선된 커피 원두를 직접 로스팅해서 만들어 커피 맛도 뛰어나고 인테리어 또한 절제되어 있으면서도 아취 있다. 여기에 '교내 커피숍'이기에 주로 찾는 손님도 대학 교

❶ 오랜 역사를 가진 펑다커피. 맛과 분위기에서 최고로 꼽히는 커피숍 중 하나이다.
❷ 원래는 주대만미국 대사관저였던 타이베이의집.
❸ '철학을 사모한다'라는 뜻을 담은 모철카페.
❹ 타이베이 카페 풍경. 타이베이는 '세계 10대 커피 도시'로서 시내 곳곳에는 다양한 역사와 문화를 간직한 커피숍들이 있다.
❺ 국립정치대학 본관 2층 로비에 있는 수안커피숍.

수와 학생들이고, 외부 손님도 세미나 등의 이유로 학교를 찾은 학자들이 주를 이루기에, 자연 학구적인 분위기가 흠씬 난다. 비록 가격은 스타벅스에 버금갈 정도로 '대만 현지 물가에 비하면' 좀 비싼 편이지만, 커피 맛과 분위기가 좋아, 공부하기 싫을 때 고상하게 말해서 '망중한(忙中閑)'을 즐기고, 천박하게 말해서 '멍 때리기'를 즐기던 장소다. 카페의 2/3 정도는 테이블이 있는 입식 홀이고, 나머지 1/3은 바닥을 윤기반지르한 나무로 깐 좌식 홀로 꾸며놓았는데, 좌식 홀에서는 여럿이 모여 앉아 세미나를 하거나, 중국어로 '랴오톈(聊天)'이라 하는 '한담(閑談)'을 즐기기에 알맞다. 거기다 교직원에게는 10%의 할인 혜택도 있어, 교수님을 물주로 해서 가기에 좋은 곳이다.

아직 인생의 맛을 모르거나 알고 싶지 않아 쏩쓰름한 커피 맛을 즐기기보다는 동심의 세계에서 살고 싶은 사람들을 위한 카페들도 있다. 그 중 왕자웨이(王家衛) 감독의 '중경삼림(重慶森林)'을 연상시키는 카페 소웅삼림(小熊森林)은 이름 그대로 '소웅(小熊 : 작은 곰)의 숲'이다. 곰 인형 마니아인 사장님이 직접 만들었거나 세계 각국에서 수입한 작은 곰인형으로 가득하다. 앤티크식 인테리어로 꾸며진 카페 내부는 정돈된 듯 적당히 어질러진 분위기가 편안함을 더한다. 방 안 가득한 곰인형들을 바라보면서 순수했던 어린 시절을 되새겨볼 수 있다. 입구에 있는 '사람보다 큰' 곰인형은 안거나 손을 잡고 사진을 찍을 수도 있다.

어린 시절 누구나 한 번쯤 보았을 그림 형제의 동화《헨젤과 그레텔》에 나오는 '과자로 만든 집'과 로알드 달의《찰리와 초콜릿 공장》의 '실사판'을 꿈꾸는 사람들을 유혹하는 카페도 있다. 융캉가(永康街)의 초코 홀릭(巧克哈客)이 바로 그곳이다. 커다란 초콜릿 모양의 간판이 인상적인 이 카페는 말 그대로 초콜릿 천국이다. '초콜릿' 자가 들어간 음료와 케이크, 그리고 각종 디저트로 가득하다.

반려동물을 사랑하는 사람들, 그중 '묘공(猫公) 집사'라면 놓칠 수 없는 카페는 다안구(大安區) 타이순가(泰順街)에 있다. '미니멀 (Minimal)'이라는 뜻을 담은 극간커피(極簡咖啡)는 각양각색의 고양이를 만지거나 안고 커피를 마실 수 있는 '고양이 카페'다. '사람을 집사 취급하는' 도도한 고양이의 매력을 느끼며 끽가비(喫咖啡)를 할 수 있는 특별한 장소다. 게다가 고양이를 보고 만지는 것만으로도 만족 하지 못하는 '고양이 예비 집사'들에게는 분양을 하기도 한다. 다만, '타이베이 시민'이거나 '대만 거주민'이어야 한다.

이렇듯 저마다 다른 커피맛과 분위기를 즐기려는 사람들의 갖가지 사연을 담은 '타이베이 카페'들은 다양한 '스토리'를 만들어간다. '타이베이 카페 스토리'는 현재 진행 중이다.

폐공장과 예술의 절묘한 만남

화산1914와 쑹산

시간의 흐름 속에서 쓸모없어진 공공 건축물을 재활용하는 것은 현대 문화의 새로운 트렌드로 자리잡았다. 원조는 프랑스 파리 오르세미술관이다. 고흐, 고갱으로 대표되는 19세기 인상파 화가 작품들로 유명한 이곳은 1900년 파리 만국박람회를 맞이해 오를레앙철도주식회사가 건축한 역사(驛舍)를 겸한 철도호텔이었다. 1939년 이 구간 철도 영업이 중단된 후 폐역사의 활용을 두고 여러 논의가 있었다. 철거와 보존을 두고 격론이 오갔으나 프랑스 정부는 1970년대부터 '보존과 재활용'에 방점을 찍고 19세기 인상파 화가 작품들을 주로 전시하는 미술관으로 활용하기로 결정하였다. 이후 재단장 공사를 거쳐 1985년 오르세미술관이 개관하였고, 연간 방문객 수백만 명이 찾는 파리의 새로운 관광 명소로 자리 잡았다.

도버해협 건너 영국 런던의 테이트 모던(Tate Modern Museum)은 2000년에 문을 열었다. 원래 이곳은 템스 강변의 화력발전소 뱅크사이드(Bankside)였는데, 런던 도심의 전력 공급을 위해 세워졌던 화력발전소는 공해 문제로 1981년 문을 닫았다. 영국 정부와 테이트(Tate)재단은 템스 강을 끼고 있고 건물 연면적이 넓으며 접근성도 좋은 이곳을 현대미술관 부지로 선정한 후, 국제 공모전을 통해 설계안을 공모하였다. 스

❶❷❹❺
쑹산문화창작지구.
원래는 쑹산담배공장
터였다.
❸ 화산창의문화원구.
폐청주공장를 재활용,
도심 속 문화예술단지로
재창조하였다.

위스 건축 회사 헤르초크 앤드 드 뫼롱(Herzog and de Meuron)의 응모작이 채택되어 8년여의 공사 끝에 완성되었다. '런던의 명물' 붉은색 공중전화 부스 디자인을 맡기도 했던 유명 건축가 스코트(Giles Gilbert Scott)가 설계한 원 건물의 외관은 대부분 살린 채 내부만 미술관 용도에 맞게 새로운 구조로 리노베이션하는 방식으로 재탄생하였다.

아시아 지역의 대표적인 사례는 중국 베이징의 789예술구로, 베이징 도심 차오양구(朝陽區) 다산쯔(大山子)에 자리한 예술 거리다. 원래 이 지역은 무기 공장 지역이었다. 구소련과 동독의 기술 원조로 세워진 무기 공장들은 '공업 중국'의 한 페이지를 장식했다. 1990년대 동ㆍ서냉전체제가 끝난 후 재래식 무기 수요 감소로 공장들은 활력을 잃게 되고, 대부분 외곽으로 이전해야 했다. 당초 중국정부는 이 일대를 전자정보통신 중심 지역으로 재개발하려 하였으나, 2002년부터 예술인들이 집중적으로 자리를 잡고 문화예술 퍼포먼스를 개최하면서 '문화촌'으로 주목받기 시작하였다. 2006년 중국 정부는 이곳을 '문화창의산업집중구'로 지정하여 본격적인 재창조 프로젝트에 나섰고, 오늘날 베이징의 새로운 문화 아이콘으로 자리매김하였다. 이후 〈타임〉, 〈뉴스위크〉, 〈포춘(Fortune)〉 등 유수 미디어로부터 세계에서 가장 상징성이 높고 발전 가능성이 큰 '문화 예술 도시'로 호평받기도 하였다.

이에 질세라 원래 알뜰살뜰한 성격에다, '건물 재활용'에는 일가견 있는 대만 사람들도 이 대열에 동참하였다. 그래서 탄생한 것이 화산 1914창의문화원구(華山1914創意文化園區)와 쑹산문화창의지구(松山文化創意地區)다.

마치 영화의 한 장면처럼 시간이 멈추어버린 듯한 느낌이 물씬 드는 화산1914창의문화원구와 쑹산문화창의지구는 옛 모습을 그대로 간직한 공장들과 그 옆의 첨단 건물이 공존한다. 그래서인지 갈 때마다 '착시 현상'을 느끼곤 하였다. 사시사철 선보이는 다양한 문화 행사들은 본

252

디 문화와 예술을 사랑하는 타이베이 사람들의 소박하지만 고상한 취향을 엿볼 수 있다.

화산1914창의문화원구의 중심이 되는 건물은 1914년 문을 연 방양사(芳釀社)라는 청주(淸酒) 제조 공장이다. '화산1914창의문화원구'의 1914는 이 공장의 개업년도를 기념한 것이다. 현대식 냉동 제조 설비를 갖춘 이 회사는 당시 대만 최대 규모의 주류 제조 회사로 전성기 때는 직원이 400명에 달할 정도였다.

주류 생산기지로 번창하던 구 방양사 공장의 운명에 전기(轉機)가 찾아온 것은 1970년대 타이베이 시장을 맡았던 리덩후이(李登輝)가 '타이베이 재개발'을 본격 추진하면서, 도심에 위치한 공장들을 외곽으로 옮기기 시작하였다. 도심 지역에 위치한 데다 국영기업인 구 방양사 공장이 예외가 될 수는 없으므로 1987년 4월 현재의 신베이시(新北市) 린커우구(林口區)의 새로운 공업단지로 이전하였던 것이다.

약 10년 동안 마땅히 재개발되지 못하고 폐공장 부지로 방치되어 있던 곳에 처음 활력을 넣은 것은 황금가지영화사(金枝演社)다. 1993년 설립되어 대만 고유의 정체성과 문화를 주제로 한 영화 제작에 주력해온 이 회사가 1997년 이곳에 자리를 잡은 이후 문화계 인사들도 이곳을 문화창업지구로 활용해야 한다고 목소리를 높였다. 1999년 이곳의 관리권이 대만성 문화처(文化處)로 위탁되었고, 중화민국예문환경개조협회(中華民國藝文環境改造協會)가 설립되어 이 지역의 재개발과 경영에 대한 권한을 위임받았다. 이후 폐공장 부지는 화산예술문화특구(華山藝文特區)로 지정되었고 문화·예술계와 각종 비영리단체, 그리고 개별 예술인들이 창작열을 불태우는 지역으로 거듭났다.

2002년 들어 행정원 문화건설위원회는 이 지역을 효과적으로 재활용하기 위하여 '공간 재창조' 계획을 본격적으로 수립하였고, '문화특구' 지역을 '창의문화원구(創意文化園區)'로 확대 개발하였다. 이는 21

세기 들어 새로운 부가가치산업으로 자리 잡은 '문화창조산업' 발전을 촉진하기 위해서였다. 2005년 이곳은 화산창의문화원구(華山創意文化園區)로 거듭났고, 본격적인 재창조 프로젝트가 시작되었다. 이후 수년 간의 각종 리노베이션 공사와 예술계의 후원 속에서 오늘날 대만을 대표하는 문화예술지역으로 재탄생하였다.

남쪽 중샤오둥로(忠孝東路)와 북쪽 스민대로(市民大道), 동쪽의 진산베이로(金山北路) 사이에 'ㄱ'자 모양의 블록인 화산1914창의문화원구는 방양사 공장과 이를 둘러싼 야외 공원으로 구성되어 있다. 여기서 가장 눈에 띄는 건물은 담쟁이로 뒤덮인 공장 건물이다. 지구 오른편에 삼각형 모양 지붕의 건물이 잇대어 서 있는데, 건물은 외양상 원래 모습을 그대로 간직하고 있으면서도 내부는 공연과 전람회에 적합한 공간으로 꾸며져 있다.

이곳에서는 1년 365일 거의 하루도 빠지지 않고 문화·예술 행사가 열린다. 매월 주제를 바꾸어가며 전위예술(前衛藝術), 애니메이션, 영화, 대만 원주민 문화 등 다양한 기획 전시를 통해 시민이 문화를 몸소 체험할 수 있는 '살아 있는 학습장' 역할을 하고 있다. 그중 봄·여름·가을·겨울마다 주제를 바꿔 개최되는 '화산 계절풍(華山季節風)'은 문화와 유행의 최신 트렌드를 보여주고 있어, 각 계절마다 이곳을 찾는 재미가 있다. 여기에 다양한 카페와 식당, 예술품 가게들도 있어 보는 즐거움, 먹는 즐거움, 사는 즐거움의 '3락(三樂)'을 같은 공간에서 즐길 수 있다. 이 중 대만을 대표하는 만능엔터테이너 저우제룬(周杰倫)이 투자하여 더욱 유명세를 타고 있는 이탈리아 식당 '데자뷔(Deja-vu)'는 날로 인기를 더해가고 있다.

건물 밖 '야외공원지구'는 각종 예술 공연이 벌어진다. 각기 '화산(華山)', '산림(山林)'이라 이름 붙은 2개의 극장과 예술가의 거리가 조성되어 있는데, 규모상 실내 전시나 공연에 적합하지 않은 각종 예술 행사가 열린다.

또 하나의 문화창작지구인 쑹산문화창작지구는 이름과는 달리 쑹산구(松山區)가 아니라 행정구역상 신이구(信義區)에 자리하고 있다. 원래는 대만총독부 전매국 산하 쑹산담배공장(松山菸草工場) 터였기 때문에 붙여진 이름이다. 처음 문을 연 것은 방양사보다 7년 이른 1905년이다. 이 공장에서 생산되던 담배는 대만 전역에서 인기를 끌었고, 1935년 중·일전쟁 발발 후 중국 본토로 세력을 뻗어가던 일본의 기세에 비례하여, 화중(華中)·화남(華南) 지역에서도 인기 품목으로 자리 잡았다. 이후 일본이 남양(南洋)이라 부르던 남태평양 일대로 전선을 확장하면서 이곳 담배는 먼 이국 땅 전선(戰線)의 군인·군속들의 시름을 달래주는 기호품으로 수요가 높아졌다. 이에 비례하여 공장도 날로 번창하여 1940년을 전후하여 공장 직원은 1,200명에 이르렀다.

쑹산담배공장이 자리한 일대는 일제강점기부터 대표적인 공업단지로 개발되었다. 일본식 근대화·공업화를 대표하는 이곳 공업단지는 직원 기숙사, 목욕탕, 의무실, 약국, 탁아소, 매점 등의 후생복지시설을 갖춘 현대식 공업단지로 전체 면적이 18만 9,864㎡에 이르렀다. 해방 후 화산의 주류공장과 더불어 소속이 대만성 전매국으로 바뀐 후에도 공장은 계속 번창해 쌍희(雙喜)·중흥(中興)·승리(勝利)·진주(珍珠)·금마(金馬)·연포장수(軟包長壽) 등 대만 애연가들의 희로애락과 함께 해온 40여 종의 담배 브랜드를 생산하였고 공장 규모도 확장하여 1980년대 말 최전성기 때에는 2,000명의 직원이 근무하는 큰 공장으로 발전하였다.

1990년대 들어 범사회적인 금연 확산으로 담배 수요가 줄면서 공장의 활력도 점차 떨어지기 시작하였다. 여기에 타이베이 도시 재개발과 궤를 같이하여, 공장은 폐쇄·이전 대상에 올라 결국 1998년을 마지막으로 담배 생산을 중단하기에 이르렀다. 2001년 타이베이시 정부는 대만의 대표적인 근대식 생산 공장인 이곳을 시정고적(市定古蹟)으로 지정하고, 본격적인 유지·보수에 나섰다. 2004년에 이르러서는 대만창의설계센터(臺灣創意設計中心)가 이곳에 문을 열면서 본격적으로 복합창의문화공간으로 면모를 갖추었다. 2013년 8월에는 타이베이문화창의빌딩(臺北文創大樓)이 개관하였고, 건물 1층에는 청핑서점(誠品書店) 지점이 들어왔다. 2014년 1월에는 단교 이후 미국의 주대만대표부 역할을 하는 미국재대협회(美國在臺協會, AIT)와 대만창의설계센터가 합작하여 만든 미국혁신센터(美國創新中心)도 문을 열었다.

쏭산담배공장 본 건물은 동서 약 165m, 남북 93m, 연면적 4,500평에 이르는 직사각형 모양의 거대한 단독 2층 건물이다. 역시 일본을 상징하는 '날일(日)자' 형 건축으로 1층에는 각 제조 공정별 생산라인과 관리 사무실 구역으로 나누어져 있고, 직원 식당이었던 2층은 각종 행사가 열리는 대례당(大禮堂)으로 개조되었다. 보일러실, 창고, 헛간 등 부속 건물들도 옛 자취를 그대로 간직한 채 '시간 여행자'들을 위한 장소로 남아 있다. 근래에 개관한 타이베이문화창의빌딩은 사무실, 호텔, 쇼핑 센터를 겸한 멀티콤플렉스다. 세월의 향기를 그대로 간직한 옛 건물 뒤에 우뚝 선 첨단 건물로 '전통과 현대의 조화'가 무엇인지를 체현하고 있다.

대만창의설계센터 건물 안에 자리한 '설계·점(設計·點)'은 최신 유행 디자인 상품을 전시·판매하는데, 혁신적인 아이디어가 톡톡 튀는 각종 디자인 문구, 생활용품들이 볼 만하다. 유리공방타이베이쏭산예랑(琉璃工房臺北松山藝廊)은 유명 영화예술가 양후이샨(楊惠姍)과 영화감독 장이(張毅)에 의해 1987년 단수이(淡水)에 문을 연 유리공방의 분점이다. 탈납주조법(脫蠟鑄造法)으로 불리는 중국 전통의 유리 제조 기법을 복원하여 각종 유리 공예품을 생산한다. 동아시아를 대표하는 유리제품 브랜드로 '유리공방(琉璃工房)', 'LIULI LIVING', 'LIULI

PLUX' 3가지 브랜드가 있으며, 심미성과 경제성을 두루 갖춘 명품으로 인정받는다.

넓은 공원 지역을 둘러보느라 지친 다리를 쉬고, 허기를 달래줄 커피숍 카페솔로(CAFE SOLE, 日出印象咖啡館)와 레스토랑 YGG소산당(小山堂) 두 곳도 빠트릴 수 없다. 그중 유리공방을 만든 양후이샨과 장이가 운영하는 식당 체인인 소산당은 2001년 상하이 신천지(新天地) 지역에 문을 연 TMSK레스토랑의 노하우를 녹여 타이베이에 문을 연 레스토랑이다. 공장 부속 건물을 통으로 활용하여 탁 트인 넓은 홀 안에 오래된 옛 건물과 현대식 인테리어 소품들이 '부조화 속의 조화'를 이룬 것이 특징이며, 가격이 다소 비싸지만 음식 맛, 식재료는 정상급이다.

천연 온천 + 원주민 마을 전통 문화 체험

우라이

타이베이를 둘러싸고 있는 신베이시 남쪽 끝에 자리한 우라이(烏來)는 원주민 마을이다. 면적으로 따지면 신베이시에서 가장 큰 구(區)이지만, 5개 리(里)에 약 1,800가구, 6,000명 정도가 사는 전형적인 시골이다. 일제강점기 때 이곳은 타이베이주(臺北州) 원산군(文山郡)에 속한 원주민 번지(蕃地 : 원주민 거주지)였는데, 대만 광복 후 여러 차례 행정 구역 개편을 거치면서 신베이시에 속하게 되었다. 지금은 한족들에게 삶의 터전을 많이 내어주었지만, 터줏대감은 아타얄족(泰雅族) 원주민이다. 산기슭 강에서 뜨거운 김이 나는 것을 보고 "뜨거우니 조심해."라는 뜻의 아타얄족 원주민의 말 'Kiluh-ulay'에서 'Ulay'를 한자로 음차 표기하여 '우라이(烏來)'라는 지명이 생겼다. 지명에서 알 수 있듯 우라이는 천연 온천으로 유명하다.

아타얄족 원주민이 발견한 온천을 본격 개발한 것은 일본인이다. 1903년부터 대만에 주둔하던 일본은 일본군의 휴양 시설로 온천을 본격 개발하였다. 이 시기부터 우라이 지역에는 식민 정부의 온천 관리사무소가 설치되었고, 온천 호텔도 속속 들어섰다. 1941년 태평양전쟁이 발발한 후부터 베이터우와 우라이의 온천은 부상병 치료와 요양을 위한 온천으로 각광받았다.

❶ 원셴폭포.
❷ 원셴폭포를 가로지르는 케이블카.
❸ 우라이 관광 명물인 관광대차. 일제강점기 때 사용하던 목재 운송용 협궤 철로 위를 달리는 관광용 꼬마기차다.
❹ 우라이 옛 거리에서 흔히 볼 수 있는 죽통밥.
❺ 멧돼지돌판볶음.

우라이는 북부 양밍산 어귀의 베이터우(北投)와 더불어 타이베이 근교의 대표적인 온천 관광지다. 베이터우 온천이 유황 온천인 반면, 우라이 온천은 탄산수소나트륨 온천으로 유황 냄새를 싫어하는 온천 애호가에게 안성맞춤이다. 무색·무취에 수질도 우수한 우라이는 일제강점기부터 오늘에 이르기까지 온천 관광지로 인기를 끌고 있다. 우라이 마을 초입부터 각종 온천 호텔이 줄지어 서 있는데, 한 가지 주의할 점은 수요에 비해 천연 온천수는 부족하여 다수의 온천들이 천연 온천수에 데운 일반물을 섞어 사용하거나, 정화 과정을 거친다고는 하지만 온천수를 재활용하고 있는 형편이다. 이중에도 100% 천연 온천수 사용을 고집하고 있는 온천이 있는데, 우라이 마을에서 살짝 떨어진 곳에 있는 일월광온천(日月光溫泉)이다. 온천이나 온천 호텔에서는 온천욕으로 시장해진 위를 달래줄 스낵과 식사를 곁들여 팔고 있으며, 대부분 '입욕비+식사' 세트 메뉴의 경우 할인이 되기 때문에 온천으로 몸도 개운하게 하고, 입도 즐겁게 할 수 있다.

'자연이 선물한 볼거리'로 가득 찬 우라이에서도 단연 압권은 우라이폭포(烏來瀑布)다. 다른 이름은 '구름 속에서 노니는 신선'이라는 뜻의 윈셴폭포(雲仙瀑布)다. 묘하게도 온천 도시로 유명한 일본 나가사키현(長崎縣)의 '운젠(雲仙)'과 뜻이 같다. 우라이 옛거리를 지나 산자락을 따라 올라가면, 해발 800m 산중턱에 '구름 속에서 노니는 신선들의 낙원'이라는 뜻의 윈셴낙원(雲仙樂園)이 등장한다. '낙원'이라는 이름에 걸맞는 '종합 리조트'로 시원하게 떨어지는 우라이폭포를 감상하며 천연 산수화를 감상할 수 있다. 여기에는 어린이들을 위한 놀이기구와 선주(仙舟 : 신선들이 타는 배)를 연상시키는 조각배들도 있어, 정말 '신선놀음'을 즐길 수 있다.

윈셴낙원까지 빠르고 즐겁게 가는 방법은 '우라이 관광 명물' 중 하나인, 관광대차(觀光臺車)를 타는 것이다. 우라이 옛거리에서 폭포까지

1.6㎞를 달리는 3량짜리 꼬마열차다. 일본인들이 우라이의 울창한 나무들을 베어 효과적으로 나르기 위해 만들었던 궤도열차를 용도 변경하여 관광용으로 쓰고 있다. 놀이동산에 흔히 있는 꼬마열차로 비록 짧은 거리지만, 사방이 탁 트인 열차를 타고 바람을 가르며 우라이의 수려한 풍경을 감상하는 쏠쏠한 재미를 준다. 더욱이 잠시나마 동심의 세계로 빠져들게 하는 특별 보너스도 선물한다.

우라이에 갔다면 빠지지 말고 들러야 하는 곳은 우라이아타얄민족박물관이다. 산지 원주민 중 하나인 아타얄족은 오늘날 아메이족에 이어 인구 면에서 두 번째로 많은 부족이다. 이중 우라이는 아타얄족이 집중 거주하는 원주민 마을로 우라이아타얄민족박물관에서는 그들의 전통과 문화를 체험할 수 있다. 박물관 2층에는 우리와 비슷한 베틀이 놓여 있어, 전통 방식대로 베짜기를 해볼 수 있다. 비록 생김새와 말과 풍속은 다르지만 아타얄족 원주민의 생활상을 체험하다보면 '범아시아인'으로서 동질감을 느낄 수 있다.

이왕 원주민 마을에 와서 그네들을 더 이해하고 싶다면 들러봄직한 추장가무극장(酋長歌舞劇場)은 이름 그대로 아타얄족 원주민 추장과 그 일족들이 민속춤을 공연하는 공간이다. 우라이 지역을 처음 발견한 이야기, 전통 혼례, 농사, 사냥 등 지금은 사라진 아타얄족의 정경을 춤과 노래로 풀어낸다. 특히 공연 말미에는 흥겨워진 관객들의 손을 잡고 무대로 이끌어 공연자와 관객이 한데 어우러진 춤사위를 펼친다. 다만 한 가지 주의할 점은 '광란의 춤'에 빠진 관객이 모르는 사이에 폴라로이드 카메라로 사진을 찍어 공연이 끝나면 액자에 넣어 강매(?)를 한다는 점이다. 사진 한 장치고는 살짝 비싼 편이기는 하지만, '사진 한 장의 추억'을 생각하면 그리 대단한 가격도 아니고, 한족에게 삶의 터전 대부분을 내어주고 이렇게라도 생계를 유지해야 하는 아타얄족의 딱한 처지를 생각하면 기분 좋게 사줄 만하다.

사실 오늘날 '소수족군'으로 전락한 대만 원주민의 삶은 순탄치 않다. 삶의 터전이던 산과 들을 한족 이주민에게 내어준 후, 대만 사회의 마이너리티로 하루하루 힘겹게 살아가는 것이 현실이다. 일제강점기에는 '부샤사건'으로 대표되는 학대와 멸시를 당하였다. 대만 광복 후에는 한족 이주민들로부터 "피부색이 다르고, 더럽고 게으르며 가난해서 산에 산다"는 식의 멸시를 받아왔다. 그러다 1990년대 들어 본격적인 원주민 정책이 실시되어 입법원(국회) 선거 때 별도의 원주민 선거구를 통해 자신들의 대표를 선출할 수 있게 되었고, 전담부처인 원주민족위원회를 설치하기도 하였다. 이밖에 대학 입시, 공무원 채용 등 각종 국가고시에서 원주민에게 별도의 가산점을 주거나, 아예 정원의 일부는 원주민으로 채용하도록 하는 등 혜택을 주고 있다. 다만 이러한 정책에도 '대만 사회의 마이너리티'로 전락한 대만 원주민들은 한족 중심 사회에 적응하기 힘들어하여, 상당수 사람들이 알코올 중독, 도박 등에 빠져 사회 문제가 되고 있다. 각종 장려책에도 불구하고 '빈곤의 늪'에서 빠져나오지 못해, 여전히 많은 사람들이 한족 출신들에 비해 상대적으로 가난하게 살고 있는 것도 현실이다.

'우라이도 식후경!' 사실 우라이 여행은 많이 걸어야 한다. 일정을 넉넉하게 잡고, 온천욕을 즐기며 '휴양 여행'을 즐길 수도 있지만, 그래도 우라이를 한바퀴 돌다보면 다리도 아프고, 배도 고파진다. 이럴 때에 입을 즐겁게 해주는 것은 우라이의 토속 음식이다. 오랜 세월 우라이에 터를 잡고 살아온 아타얄족 원주민들은 본디 농경 민족인 한족과는 다른 독특한 음식 문화를 지니고 있다. 우라이 옛거리에는 토속 음식점과 노점이 즐비한데, 타이베이 시내에선 볼 수 없는 이채로운 음식들과 물건으로 가득하다. 우라이에 갔다면 반드시 먹어봄직한 것으로 대나무통에 찹쌀을 넣어 찐 죽통밥(竹筒飯), 멧돼지돌판볶음(石板烤肉), 민물새우튀김(炸溪蝦), 물고기튀김(炸溪魚) 등이 있다.

'말할 수 없는 비밀'의 도시

단수이

클래식 영화를 좋아하는 내가 여러 번 되풀이해 보아도 질리지 않는 영화 목록 중에 '쉘부르의 우산(Les Parapluies De Cherbour)'이 있다. 우산 가게 딸 쥬느뷔에브(까뜨린느 드뇌브)와 자동차 수리공 기이(니노 카스텔누오보)의 가슴 먹먹하게 하는 사랑과 이별, 재회가 아름다운 영상과 음악으로 재현된 명작이다. 영화의 전 대사가 노래로 처리된 것도 빠트릴 수 없는 매력이다. 영화의 배경이 된 프랑스의 소항(小港) 쉘부르를 나는 단수이(淡水)에 갈 때마다 떠올리곤 했다.

나에게 단수이는 '쉘부르의 우산' 이미지가 오버랩되어 다가오지만, 절대 다수 한국인에게 이곳은 '말할 수 없는 비밀(不能說的秘密)'의 도시다. 영화 속에서 샹룬(저우제룬)과 샤오위(구이룬메이)가 시공(時空)을 초월한 풋풋한 사랑을 나누던 곳이기 때문이다. 샹룬과 샤오위의 흔적이 묻어 있는 교정과 단수이 곳곳의 풍경, 그리고 노을. 이 공간을 바라본다는 것만으로도 아련함이 밀려온다. 주 배경인 담강고등학교(淡江高級中學)는 영화 연출 · 음악 · 주연을 모두 맡은 저우제룬의 모교이기도 하다.

비록 작은 항구도시지만, 아기자기한 매력으로 가득한 단수이는 '사랑의 항구도시'로 불린다. '해변의 연인'이 되어, 해변을 거닐어도 좋고, 대만에 발을 디딘 벽안(碧眼)의 사람들이 남긴 흔적인 오래된 서양식 건물들을 보는 것도 운치가 있다. 단수이에 갈 때면 로맨틱한 감성이 샘솟기도 하고, '옛사랑'의 추억이 밀려들기도 한다. 무엇보다 해질녘의 단수이는 나처럼 그리 낭만적이지 않은 사람조차도 로맨티스트로 만드는 매력을 지녔다.

오늘날 단수이는 연인들의 데이트 코스로 제격인 작은 항구 도시지만, 원래 이곳은 서양 문물이 대만 섬으로 들어오던 관문, 인천의 옛 이름 제물포와 같은 '근대 개항장'이었다.

단수이에 첫 발을 디딘 벽안(碧眼)의 이방인은 스페인 사람들이다. 포르투갈과 더불어 대항해 시대의 첫 장을 연 이들은 1628년 산토 도밍고(San Domingo)라는 요새를 쌓아 북부 대만 지배의 거점으로 삼았다. 1642년에는 남부 대만 타이난(臺南)을 축으로 대만 일부를 통치하던 네덜란드가 스페인 세력을 축출하였다. 1661년 '대만의 영웅' 정성공(鄭成功)이 네덜란드 세력을 몰아내고, 동녕왕국(東寧王國)을 연 후로 단수이는 다시 '대만인'의 품으로 돌아왔다.

단수이가 다시 '공식적으로' 벽안의 이방인들을 향해 문을 열게 된 것은 1860년이다. 제1차 아편전쟁(1839~1842년)으로 '잠자는 사자'로 평가받던 청이 '종이 사자'였음이 여실히 드러나자, 영국은 1856년 10월 발생한 애로호사건을 빌미로 제2차 아편전쟁(1856~1860년)을 일으켰다. 역시 청은 패배하여 1860년 톈진(天津)조약을 체결하게 된다. 톈진조약 내용 중에 중국 내 항구 추가 개항(開港)이 포함되면서, 단수이도 포함되었다.

승전국 영국을 필두로 하여 서구 열강들이 잇따라 발을 디뎠다. 얼마 지나지 않아 단수이는 지룽과 더불어 대만 최대 무역항으로 성장하였다. 차(茶), 장뇌(樟腦) 등 대만 특산품이 수출되었고, 서양식 일상용품들과 아편 등이 수입되었다.

단수이가 쇠락의 길로 접어든 것은 일본 통치기(1895~1945년) 중반이다. 항해술의 발달과 함께 함선들은 '더 멀리 항해하고, 더 많이 실어나르기 위해' 덩치가 크고 무거워졌으나, 수심이 얕은 단수이는 이들이 접안하기에 적합하지 않았다. 게다가 단수이하(淡水河)가 실어 나른 퇴적물까지 더해져서 항구로서 기능을 점차 잃어갔다. 일본은 대형 선박의 접안이 가능하고 역시 타이베이와 가까운 지룽항에 대규모 항만 시설을 확충하여 종래 단수이항의 역할을 대신하게 되었다. 이로서 단수이는 길지 않은 '황금 시대'를 마감하고, 쇠락의 길로 접어들었다.

'항구 도시'로서의 기능을 잃어버린 도시기에 오늘날 단수이에 가기 위해서는 '수상 운송 수단'이 아닌 '육상 운송 수단'을 이용해야 한다. 타이베이시를 남북으로 가로지르며 외곽과 이어주는 MRT 단수이선(淡水線)을 타고 북쪽 마지막역 단수이역에 내리는 것이 단수이에 가는 가장 빠르고 보편적인 방법이다. MRT 단수이선의 북쪽 종착역, MRT단수이역은 '중국풍'이다. 듬직한 붉은 벽돌 몸체에 붉은색 처마와 붉은색 지붕은 중국 궁궐이 주는 육중함을 느끼게 한다.

시내 중심 도로인 중정로(中正路)로 조금만 더 걸어가면 암회색의 거대한 두상(頭像)이 나타난다. 단수이와 떼려야 뗄 수 없는 인연을 지닌 인물, 맥케이(George Leslie Mackay)다. 그는 목사이자 의사로서 대만 북부 지방을 중심으로 활발한 선교 활동을 벌인 인물이다. 뿐만 아니라 그는 교육 부문에도 공헌하여 대만 최초의 근대식 대학인 이학당대서원(理學堂大書院)을 비롯하여 단수이여학당 등 여러 학교를 세웠다. '말할 수 없는 비밀'의 배경이 된 담강고등학교의 전신 단수이중학교를 비롯해 단수이의 진리대학(眞理大學)도 맥케이가 세웠다. 오늘날 고풍스러우면서도 정감 어린 분위기의 단수이가 있기까지 멕케이의 역할은 적지 않다.

맥케이 두상을 지나 단수이 라오제(老街 : 옛거리)를 15분쯤 걸어가면 '스쿨존'이 나타나는데, 담강고등학교도 있다. 교문을 지나 진입로를 끼고 들어가면 이곳이 미션 스쿨임을 알려주듯 예배당도 보이고, 교회 건축 양식의 각종 건물들이 곳곳에 서 있다. 작은 대학 캠퍼스를 연상시키는 담강고등학교는 세월의 향기를 머금은 건물들과 고목들이 100년이 넘는 이 학교의 역사를 말해주고 있다. 진입로를 따라 교정에 들어와 예배당을 지나면 양옆에 호리호리한 체형의 야자수가 서 있는 건물이 나타나는데, '말할 수 없는 비밀'에 등장하는 학교 본관이다. 중세 유럽의 학교를 그대로 옮겨놓은 듯 붉은 벽돌에 긴 회랑이 인상적이다. 영화 속에서는 '카메라 매직'의 효과로 인해서 건물이 상당히 커 보이지만, 실제로는 그리 크지 않다.

본관 회랑을 거닐다보면 어디선가 "네 이름은 뭐니?"라고 묻는 저우제룬에게 "(그건) 말할 수 없는 비밀이야."라고 장난스레 답하는 구이룬메이의 목소리가, 조금 멀리서는 쇼팽의 피아노 선율도 들려오는 듯하다. 저우제룬과 구이룬메이가 사랑을 속삭이던 학교 본관은 지금도 학생들이 수업을 하는 교사(校舍)로 사용되고 있다. 평일이면 교실에 앉아 공부하고 있는 학생들의 모습을 볼 수 있다. 다만 관광객 입장에서 영화 속 학교를 직접 둘러보고, 저우제룬과 구이룬메이가 앉아 있던 교실에서 실제 공부하고 있는 학생들을 볼 수 있는 즐거움이 있지만, '면학 분위기가 흐트러지지는 않을까?' 하는 걱정이 살짝 들기도 한다.

담강고등학교 바로 옆에는 지금은 진리대학(眞理大學)이라는 이름으로 불리는 '옥스퍼드 칼리지(Oxford College)'가 있다. 이 대학 역시 맥케이의 손길이 깃든 곳으로 '옥스퍼드'라는 이름은 그의 고향인 캐나다 옥스퍼드 카운티에서 유래하였다. 아치형 교문이 인상적인 캠퍼스는 아담하고 소담한데, 일년 내내 푸르름을 잃지 않는 초목들의 향연 속에서 알록달록 저마다 화려한 존재감을 뽐내는 꽃들로 가득하다. 여기에 호수라고 하기에는 앙증맞지만 결코 작지 않은 연못이 어우러진 원

❶ '사랑의 항구'로도 불리는 단수이는 연인들의 인기 데이트 코스다.
❷ 맥케이 두상. 선교사이자 의사였던 맥케이는 단수이 곳곳에 흔적을 남겼다.
❸ 단수이의 저녁놀. 어둠이 땅을 감싸 안을 무렵이 단수이가 가장 아름다울 때이다.
❹ 영화 '말할수 없는 비밀'의 촬영지 담강고등학교.
❺ 홍모성.

지(園池) 풍경은 마치 유럽의 한 장원에 온 듯한 착각에 빠지게 한다.

두 학교를 지나 비탈길을 따라 내려오면 붉은 빛깔의 작은 성채 하나가 나타난다. 홍모성(紅毛城)이다. 홍모성이라는 이름은 외벽이 붉은색이어서가 아니라, '붉은 머리칼'인 대만 역사상 최초의 식민 통치자였던 네덜란드인을 의미한다. 아시아에서는 서양인들 중에서도 유독 붉은 머리칼을 가진 사람들이 많은 네덜란드인을 '홍모인(紅毛人)'이라 불렀는데, 홍모성은 네덜란드인이 쌓은 요새이기에 이런 이름을 갖게 되었다. 홍모성은 늘 외세의 침략 혹은 영향을 받아오고 있는 대만 역사를 축약하여 보여주는 상징물이라 할 수 있다. 오늘날 홍모성 입구에는 대만 국기인 청천백일기를 비롯, 여러 나라의 국기들이 나란히 걸려 있다. 정확하게 이야기하자면 스페인 국기, 네덜란드 국기, 일장기(일본 국기), 청천백일기, 성조기(미국 국기), 유니언 잭(영국 국기), 오스트레일리아 국기가 걸려 있다. 이들 국기는 주인이 여러 번 바뀐 홍모성의 파란만장한 역사를 상징한다.

아편전쟁의 승자로 본격적으로 단수이에 거점을 마련한 영국은 청 정부와 '홍모성영구임차조약'을 체결하고 이곳에 영사관과 세관(稅關)을 세웠다. 이때부터 대영제국의 상징 유니언잭이 휘날리게 되었다. 영국의 홍모성 차지는 1941년까지 지속되었다. 1895년 일본의 대만 식민 지배가 시작된 후에는 일본이 '홍모성조차조약'을 체결하여 소유권을 유지하였으나, 1902년 체결된 '영·일동맹'에 의해 동맹국 영국의 권리는 보장되어, 홍모성은 일본 영토 내 영국 세력의 근거지로 남을 수 있었다.

그러다 1941년 12월 일본군의 진주만 기습으로 제2차 세계대전은 태평양 지역으로 번졌고, 주축국의 일원이 된 일본에게 영국은 적이었다. 삽시간에 홍콩, 말레이반도, 싱가포르 등 아시아 내 영국 식민지들로 손을 뻗친 일본은 홍모성에 대한 영국의 권리도 박탈해버려, 유니언 잭을 뽑고 일장기를 꽂았다.

1945년 일본 패망 후, 승전국 영국은 홍모성에 대한 권리를 되찾으려 하였다. 이에 연합국의 일원이자 새로 창설된 국제연합 5대 상임이사국이기도 했던 중화민국 정부는 이를 인정, 홍모성은 다시 영국 품으로 돌아갔다. 1946년 영국은 홍모성에 영사관을 열었고, '국제법'상 홍모성은 대만 내 영국 영토로 남을 수 있었다.

1949년 국 공내전에서 패배한 국민당 정부가 대만으로 천도한 이듬해인 1950년 영국 정부는 본토의 중화인민공화국 정부를 외교적으로 승인하였다. 이로써 대만의 중화민국과 영국의 공식 외교 관계는 종료되었다. 당시 영국으로서는 새로운 강국으로 떠오른 중국(중화인민공화국)을 의식하지 않을 수 없었고, 무엇보다 '동방의 진주' 홍콩의 안위도 생각하지 않을 수 없었다. 대만과의 단교로 홍모성에 대한 권리를 행사할 수 없게 된 영국은 '영연방' 주요 멤버이자 영국 국왕을 국가원수로 모시는 오스트레일리아에 홍모성 관리를 위탁하였다. 당시 영국으로서는 최선의 방안이었다. 오스트레일리아는 1972년 단교할 때까지 '위탁 관리권'을 행사하였고, 홍모성에는 유니언 잭 대신 오스트레일리아 국기가 걸렸다.

대만과 오스트레일리아가 단교한 후 영국은 다시 '형제의 나라(?)' 미국에 홍모성 관리권을 위탁, 성조기가 나부끼게 되었고, 1979년 1월 1일부로 미국과 단교하게 되어 이듬해인 1980년 홍모성은 완전히 대만 소유가 되었다. 이후 1984년부터 민간인에게 개방하고 있다. 홍모성은 여러 외국 세력의 손길이 미친 대만 땅의 운명을 축약해서 보여주는 상징인 셈이다.

단수이역에서 홍모성까지 둘러보면, 보통 2~3시간 걸린다. 보통 이른 오후에 도착했다면, 오후 5시 정도가 된다. 이때부터 발품을 더 팔아 '어부들의 부두'라는 뜻을 지닌 '어인마루'까지 걸어가 태평양을 바라보면 단수이 여행의 필수 코스는 끝난다.

이렇듯 반나절 정도 걸리는 단수이 여행을 마친 후 가던 길을 마저 걸어 단수이역에 도착할 즈음이면 낮 동안 중천에서 이글거렸던 해가 서쪽 하늘로 넘어가기 전 마지막 빛을 발하고 있다. '말할 수 없는 비밀'에서 저우제룬과 구이룬메이가 '아이스크림 키스'를 하며, 해변에서 사랑을 속삭일 때의 아름다운 광경이 실사로 재연된다.

단수이는 이때 가장 아름답다. 노을이 단수이를 뒤덮을 무렵이면 길지도 짧지도 않은 단수이 여행도 막을 내린다. 이때 빠트릴 수 없는 것이 여행의 피로를 풀어줄 시원한 캔맥주 한 잔이다. 단수이 옛 거리에는 술안주로 적합한 각종 해산물로 만든 길거리표 음식들이 많아 술을 즐기지 않더라도 '거부할 수 없는 유혹'으로 다가온다.

좁디좁은 계단을 따라 시간을 거스르다

주펀

아직 '계엄령'의 그림자가 남아 있던 시기인 1947년에 일어난 2.28 사건을 주제로 하여 1989년 베네치아영화제 그랑프리를 수상하기도 했던 허우샤오셴의 영화 '비정성시'. 영화 첫 장면에는 좁은 계단이 끝없이 이어진 비탈길을 가운데 두고 양 옆으로 각종 가게들이 이어져 있는 옛 거리가 나온다. 일본의 식민 지배와 광복, 2.28사건에 이르기까지 대만의 혼란과 아픔을 한 가족의 비극을 통해 잔잔히 조망하고 있는 영화는 주펀과 지룽을 주 배경으로 하였다. 영화 속에는 사람들로 흥청거리는 소도시의 모습들이 펼쳐지는데, 오늘날 주펀(九份)을 찾아도 당시의 모습에서 크게 변하지 않아 옛 분위기를 느낄 수 있다.

'아홉 구(九)'에 '몫 분(份)'이라는 뜻의 '주펀'은 있는 그대로 해석하자면 '아홉 명 분'이라는 뜻이다. 특이한 이름의 유래는 크게 두 가지가 있다. 한 가지는 다소 낭만적이나 현실성은 떨어지고, 다른 한 가지는 낭만적이지는 않으나 현실적이다. 먼저 '낭만적인 유래'를 살펴보면, 청 초기 이곳에는 아홉 집이 옹기종기 모여 살고 있었다. 당시 이곳은 꽤나 궁벽한 곳이었기에 모여 살던 아홉 집은 밖에서 필요한 물건이 있으면 한꺼번에 장을 봐서, 아홉 집이 사이좋게 나누어 사용했다고 해서 이러한 이름이 생겼다고 한다. '현실적인 유래'는 본디 '개척자들의 나라' 대만의 역사와 관련 있다. 본토에서 이주한 한족들은 대만 원주민들을 점점 산지로 몰아내며 개척지를 넓혀갔다. 원래 소유 관계가 명확하지 않던 땅을 새로 차지한 한족 개척자들은 어느 한 지점을 기점으로 하여 토지를 나누어 경계선을 표시하였는데, 당시 이 지역은 원점에서 아홉 번째 지점에 해당하여 이런 이름이 붙었다는 것이다. 비단 주펀뿐만 아니라 대만 땅 곳곳에는 숫자가 들어간 땅이름이 많은데, 대부분 한족 개척자들이 경계선을 표시한 것에서 유래하였다. 다만 타이베이 일대를 기록한 공문서인 《타이베이현지(臺北縣誌)》 등에는 낭만적인 유래를 지명의 근거로 들고 있기는 하다.

오늘날은 '영화 속 한 장면'을 찾는 사람들로 넘쳐나는 '관광 도시'지만 그 옛날 주펀은 '대만판 골드러시'를 꿈꾸던 사람들이 몰려들던 금광 도시였다. 주펀과 바로 옆 동네 진과스(金瓜石)는 청(淸) 광서제(光緒帝) 19년인 1893년부터 사금(砂金)이 채취되기 시작한 이후로 연내 흥청거리는 금광 도시로 발전하기 시작하였고, 연이어 아시아 최대 금광 도시의 하나로 자리 잡았다. 이러한 도시에는 있기 마련인 술집, 유곽(遊廓) 들도 번성하기 시작했다.

'비정성시'의 첫 부분에서 특유의 느릿한 카메라 앵글에 비춰지는 주펀의 광경 중에서는 '조선루(朝鮮樓)'라는 간판의 술집이 눈에 들어온다. '조선'이라는 이름에서 알 수 있듯, 여기서 일하던 여인들은 조선인이었기 때문이다. '너무나 사실적인' 영화의 한 장면이 말해주듯, 당시 대만에는 상당수 조선인이 터를 잡고 살았다.

당시 조선과 대만은 모두 일본의 식민지로서, 조선―대만―일본은 법률상으로 '같은 나라'인 일본제국에 속하였기 때문에, 거주 이전 면에서 비교적 자유로웠다. 한국에서 삶이 힘겨운 사람들 중 일부는 바다 건너 대만으로 이주하기도 하였는데, '대만의 한국인 이민 1세대'는 이렇게 시작되었고 주펀은 그 삶의 애환이 담긴 대표적인 곳 중 하나이다.

▶
산비탈에 자리잡은
주펀. 밤이면 더욱
신비스러운 분위기를
풍긴다.

1920~1930년대 주펀은 '대만판 골드러시'가 절정을 이룰 당시엔 결코 넓지 않은 도시 규모에 비해 번성함은 무시 못할 수준이었다. 별칭이 '작은 상하이(小上海)' 혹은 '작은 홍콩(小香港)'이었다. 이러한 주펀의 역사를 이해하기 위해 반드시 들러야 하는 곳은 '주펀을 사랑한 이방인' 뤄지쿤(羅濟昆)이 1992년 문을 연 주펀문화역사공작실(九份文史工作室)이다. 그는 주펀만의 특색을 보여주는 각종 생활용품, 역사 기록, 영상물들을 한데 모아 작은 전시실을 열어 주펀을 찾는 사람들에게 무료로 개방하고 있다. 특히 다큐멘터리들이 볼 만하다.

주펀의 역사를 알아본 후에는 본격적인 주펀 여행이 시작된다. 보통 주펀 옛거리라 부르는 지산가(基山街)는 '어둠의 길(暗街)'이라고도 한다. 지산가에 사람들이 몰려드는 시간이 주로 어둠이 대지를 감싸안을 시간대인 저녁 무렵이기 때문이다. 거리 양옆으로 각종 찻집, 음식점, 기념품 가게들이 줄지어 서 있고 어둑해질 무렵이면 청사초롱이 불을 밝히며 운치를 더한다.

지산가에는 아기자기한 기념품을 파는 가게들이 많은데, 그중 고양이 나무 인형을 파는 라양(蠟漾), 수제 오카리나 가게 스청타오마오(是誠陶苗)는 꼭 한 번 들를 만하다. 또 빠트릴 수 없는 곳은 '먹는 재미'를 한아름 안겨주는 곳이다. 이름 그대로 대적할 상대가 없을 정도로 크고 맛있는 무적소시지(無敵香腸), 구운소라구이, 대만식 땅콩아이스크림, 떡, 토란(土卵)경단 가게는 늘 문전성시를 이룬다.

각종 볼거리, 먹을거리로 가득 찬 지산가를 지나 면 '봉(丰)'자형 계단길이 나타난다. 주펀의 상징이자 '비정성시'의 첫 장면에 나오는 수치로(豎崎路)다. 일제 강점기 길의 이름은 명(明)·청(淸)대 지방행정조직인 '보갑(保甲)'제에서 이름을 딴 바오자로(保甲路)였다. 후에 한자 '봉(丰)'자형 혹은 영어 '티(T)'자형으로 생긴 길 모양을 따서 '험한 산세를 가로지르다'라는 뜻의 '수치(豎崎)'라는 이름을 얻게 되었다. 가파른 비탈길을 따라 줄잡아 362개의 돌계단이 이어지는 길 양옆으로 시대극의 배경으로 쓰였을 법한 옛 건물들이 처마를 맞대고 빼곡히 들어서 있다. 땅거미가 질 무렵이면, 처마에 대롱대롱 매달린 홍등(紅燈)들이 하나둘씩 불을 밝히고 손님맞이를 시작한다. 비록 옛 영화(榮華)는 지난 영화(映畵) 속 한 장면이 되어버렸지만, '홍등가'의 풍취는 여전하다. 중국어로는 '신은소녀(神隱少女)'라 번역된 미야자키 하야오(宮崎駿)의 애니매이션 '센과 치히로의 행방불명'의 모티브가 된 곳도 수치로다.

오늘날 수치로 홍등가에는 술과 웃음을 팔던 여인들은 사라졌지만, 층층계단을 따라 늘어선 '주펀의 옛집'들은 색(色)과 향(香)과 맛(味)으로 사람들을 유혹한다. 그중 영화 이름을 그대로 딴 '비정성시(悲情城市)'를 비롯 '아매다주관(阿妹茶酒館)', '주펀다방(九份九茶房)', '구호차어(九戶茶語)' 등 옛 정취를 그대로 간직한 찻집들이 지친 여행자들을 반긴다.

찻집과 더불어 '시간 여행자'의 낭만을 더 느끼고 싶다면 승평희원(昇平戱院 : 승평극장)에 가봄직하다. 구호차어(九戶茶語) 지근에 1914년 '희대자(戱臺仔)' 라는 이름으로 문을 연 극장으로 1927년 승평희원으로 이름을 바꿨다. 당시 600석 규모의 대만 북부 최대 시설의 극장이었던 이곳은 지금은 관광객이 찾는 소향(小鄕)이지만, '작은 상하이' 혹은 '작은 홍콩'으로 불렸던 주펀의 황금 시절을 기억나게 하는 건물이다. 태평성대(太平聖代)라는 뜻의 '승평(昇平)'을 지나 황혼기에 접어든 오늘날 주펀의 모습을 보여주는 상징적인 건물이다. 주펀의 전성기 때 이곳에서 영화를 관람한 사람들로 수치로가 입추의 여지없이 메워졌다는 전설이 전해진다. 1986년 극장은 문을 닫았고, 세월의 풍파에 건물도 무너져내려, 지금은 이끼 가득 긴 '승평희원'이라는 돌에 새긴 간판과 아마도 극장에서 상영한 마지막 히트작이었을 허우샤오셴(侯孝

賢)의 1986년 작품 '연연풍진(戀戀風塵)'의 빛바랜 포스터만이 '바람 속의 먼지' 같은 세월의 무상함을 말해준다.

비록 주펀의 진짜 '황금 시대'는 더 이상 금이 나오지 않음으로써 역사의 한 페이지 속으로 사라졌지만, 오늘날 주펀은 관광객들로 인하여 새로운 '황금 시대'를 맞이하고 있다. 영화 속 정취를 느끼고 싶어, 잃어버린 시간을 찾고 싶어, 삭막한 도시를 벗어나고 싶어서 주펀을 찾는 사람들로 넘쳐나기 때문이다. 특히 주말이면 수치로의 좁디좁은 계단 길과 주펀 옛거리는 '시간 여행'을 즐기는 관광객들로 인산인해를 이루기에 '작은 상하이'로 불리던 주펀의 화려한 옛 모습은 더 이상 영화 속 한 장면만은 아니다. 한동안 폐허로 방치되었던 승평희원도 새로이 단장하여 사람들을 반기고 있다.

▶
주펀의 상징이 된
수치로.

협궤열차가 지나는 마을에서 천등을 날리다

스펀

허우샤오셴의 1986년 영화 '연연풍진(戀戀風塵)'의 첫 장면은 '아득히 알 수 없는 미래를 상징하듯' 길고 긴 터널을 지나가는 기차다. 후에 기차가 나오는 거의 모든 아시아 뉴웨이브 영화의 전형이 된 유명한 장면이다. 주인공들의 '결코 밝지 않은 현실과 미래를 암시하듯' 어두운 터널을 지나면 쇠락의 기운이 여실이 느껴지는 탄광 마을이 펼쳐진다. 마을의 이름은 스펀(十分)이다.

주인공 아문의 아버지도, 그의 첫사랑 아운의 아버지도 탄광 노동자였다. 우리네 부모님 세대가 그랬듯이 어려운 집안 형편 때문에 아문과 아운은 중학교를 마친 후 청운의 꿈을 안고 대도시 타이베이로 올라간다. 아문은 영세 인쇄소 노동자로, 아운은 방직공장 여공으로 어린 나이에 힘겨운 도시 삶을 이어간다. '가난의 굴레' 속에 살아가야 하는 이들에게 낭만적인 데이트는 사치일 뿐, 간간히 같은 처지의 친구들과 모여 술을 마시는 것이 사는 낙의 전부다. 어려운 삶 속에서 풋풋한 사랑을 이어가던 아문에게 피해갈 수 없는 고비가 찾아왔다. 입영영장이 날아든 것이다. 입대하는 날 아문은 차마 입영열차에 오르지 못하고 애타게 아운을 찾고 있었다. 열차가 출발하는 순간까지 아운의 모습은 보이지 않고, 아문은 쓸쓸히 입영열차에 몸을 실어야 했다. 입대 후 중국과 마주한 최전방 진먼도(金門島)에서 복무하게 된 아문은 편지를 교환하며 첫사랑의 연을 이어나간다. 그러다 제대를 얼마 앞둔 어느 시기, 아운의 편지가 뜸해지고, 아문은 아운이 자신의 편지를 전해주던 집배원과 결혼하게 됐다는 소식을 접하게 된다. 후에 제대한 후 다시 고향으로 돌아온 아문은 허공을 향해 소리치며 '쓰디쓴 첫사랑의 추억'을 허공으로 날려버리는 것으로 영화는 끝이 난다.

'석탄의 시대'가 지나고 쇠락의 흔적만 남은 옛 탄광 마을 스펀은 옛 기억을 찾는 사람들로 붐빈다. 본디 석탄을 실어 나르기 위해 놓은 협궤(狹軌) 철로 위로는 관광객들을 태운 열차가 다닌다. 선로의 길이는 정확하게 12.9㎞, 루이팡(瑞芳)역에서 징퉁(菁桐)역까지 9개의 간이역을 이어주는 핑시선(平溪線)은 찾는 이를 아련한 추억 속으로 안내한다.

누군가 "하루 중 핑시선을 타고 스펀으로 가기 가장 좋은 시간은 언제인가요?"라고 묻는다면, 나는 "핑시역에 오후 3시 정도에 도착하세요."라고 말해줄 것이다. 물론 여름에는 조금 덥긴 하지만, 그 시간에 도착하여 스펀으로 가는 협궤 열차를 타고, 역마다 내려서 비슷한 듯 다른 풍경들을 감상하거나, 열차 선로를 따라 거닐다 땅거미가 질 때쯤 스펀에 도착해야 한다. 이때가 낭만을 즐기기에 딱 좋은 시간대이기 때문이다. 여기에 52NTD(2,000원)의 1일 승차권을 사면, 핑시선 구간에 한해서 하루 동안 자유롭게 기차를 이용할 수 있다. 타는 것도 내리는 것도 모두 자유다.

어둠이 감싸안기 시작할 무렵 스펀에 도착했다면 반드시 해야 할 일이 있다. 바로 천등(天燈)을 날리는 일이다. 경상남도 진주의 명물로 자리한 유등이 등잔을 강에 띄우는 것이라면, 천등은 등잔을 하늘로 날리는 것이다.

한지로 만든 천등은 아홉 가지 색깔이 있다. 그중 중화권 사람들이 가장 좋아하는 색깔이기도 한 빨간색은 평안과 건강 운, 파란색은 일과 직업 운, 황금을 연상시키는 노란색은 금전과 재물 운, 보라색은 학업과 시험 운, 주황색은 애정과 결혼 운, 초록색은 길 운, 흰색은 광명 운, 분홍색은 행복 운, 다홍색은 인연 운을 각각 상징한다. 단색으로 된 천등도 있고, 여러 색깔로 된 천등도 있다. 다양한 색깔로 여러 소원을 비는 천등은 단색으로 된 것보다 조금 더 비싸다.

소원이나 취향에 맞는 색깔을 고른 후 천등에 '구체적인 소원'을 글로 써서 심지에 불을 붙여 하늘로 날린다. 친구들과 어울려 스펀에 갔을 때, '당연히' 천등을 사서 소원을 빈 적이 있다. 다른 친구들이 각자의 소원을 주저리주저리 적을 때 나는 나름 폼 잡느라 한자로 '천하위공(天下爲公)'이라 썼더니, 친구들이 "외국인 주제(?)에 그런 글귀도 아냐?"며 놀라워하면서도, 한편으로 "너 또 잘난 척한다"며 핀잔을 주기도 했다. ('천하위공'은 중산 쑨원이 즐겨 썼던 휘호다.)

이런 소소한 즐거움을 주는 천등이 만들어내는 장관을 제대로 볼 수 있는 때는 음력 정월 보름이다. 중화권에서는 원소절(元宵節)이라 하는데, '원(元)'은 첫 번째 달인 정월(丁月)을 상징하고 '소(宵)'는 밤(夜)의 옛말이다. 이는 다른 말로 등절(燈節), 등화절(燈火節), 등롱절(燈籠節) 등으로 불리기도 하는데, 이는 모두 이날 등(燈)을 내다 걸었기 때문이다.

원소절은 서한(西漢 : 전한) 무제(武帝)의 즉위를 기념한 데서 시작되었다. 정월은 음력의 첫 번째 달로 옛 사람들은 이를 소(宵)라고 부른 것에서 이름이 유래하였다. 옛 중국인들은 1년 중 첫 번째로 둥근달을 맞이하는 원소절을 대지가 회춘하는 밤이라 여겼다. 무제는 정월 15일을 원소절이라 이름 붙이고, 전 우주를 관장하는 태일신(太一神)에 대한 제사를 모셨다.

이런 유래를 가지는 원소절은 시간이 흐르면서 점점 축제로서의 의미를 더해 한(漢)대에는 당일이었던 것이, 당(唐)대에는 3일, 송(宋)대에

①

②

③

④

⑤

는 5일로 늘어났고, 명(明)대에는 10여 일 간 지속되었다. 이후 청(淸)대에는 기간이 4~5일로 단축되었으나, 각종 춤사위가 더해져서 명절은 더욱 성대해졌다.

원소절에 등을 밝히는 풍습이 시작된 것은 동한(東漢 : 후한) 2대 황제인 명제(明帝)때 부터다. 불심(佛心)이 깊었던 그는 승려들이 등을 밝혀 부처님을 공경하는 것을 보고, 원소절에 황궁과 사찰에 등불을 밝혀 부처님을 공경하도록 명령하였다. 본디 "세상의 어두움을 밝히고 중생의 번뇌를 없애라"는 뜻을 담은 불교식 예법이 칙령(勅令)으로 인해, 민간의 풍습으로 자리잡은 것이다.

'등축제'라는 별칭을 가진 원소절 기간 동안 중화권 각지에서는 각종 등축제가 열리는데, 스펀에서는 국제천등제가 열린다. 시기는 보통 음력 설인 춘절(春節), 원소절, 원소절 1주일 후 세 차례 정도다. 이때마다 신베이시 정부에서 매번 3,000개 정도의 천등을 지원하는데, 어두운 밤하늘을 향해 저마다의 소원을 안고 올라가는 천등들은 감탄을 불러일으킨다.

핑시선을 탔다면, 놓치지 말아야 할 즐거움이 또 있다. 각 역마다 파는 기념품을 사는 것이다. '철도 문화'가 발달한 대만은 각 역마다 저마다의 개성을 담은 기념품을 파는 가게가 역 구내에 꾸며져 있어, 여기에 들러 아기자기한 기념품을 챙기는 즐거움도 쏠쏠하다. 그중 가장 권하고 싶은 것은 기념 엽서를 사서 그리운 사람에게 부치는 것이다.

부록1   한눈에 보는 타이베이

공식 명칭	행정원(行政院) 타이베이직할시(臺北直轄市)
통상 명칭	타이베이(臺北, Taipei), 베이시(北市)
면적	271.7997㎢
인구	2,688,140명
인구 밀도	1㎢당 9,915.49명, 대만 제1위
행정구역	12개 구
	중정구(中正區), 다퉁구(大同區), 중산구(中山區) 완화구(萬華區), 신이구(信義區), 쑹산구(松山區), 다안구(大安區), 난강구(南港區), 베이터우구(北投區), 네이후구(內湖區), 스린구(士林區), 원산구(文山區)
시청 소재	신이구
시화	진달래
기후	북위 25도 부근위치, 아열대 기후
계절 구분	봄 3~4월, 여름 5~9월, 가을 10~11월, 겨울 12월~2월
평균 기온	연평균 23.0℃
대한국 관계	서울특별시, 대구광역시와 자매결연

부록2 타이베이 연표

1709년	취안저우(泉州) 출신 진뢰장(陳賴章)이 오늘날 완화구, 다퉁구, 쑹산구 일대 개발.
1714년	청(淸) 강희제 황여전람도(皇輿全覽圖) 완성, 청 지도에서 처음으로 타이베이 표기.
1740년	장저우 출신 곽석류(郭錫瑠) 등 대량 이주.
1759년	대만 북부 일대 관할하는 단수이청(淡水廳) 청사를 오늘날 완화구에 설치.
1808년	오늘날 완화구가 대만부(臺灣府) 멍자현으로 승격.
1824년	'타이베이(臺北)'라는 지명 청 공식 문건에 첫 등장.
1846년	장저우-창저우 출신 간 계투 발생.
1859년	영국 정부 오늘날 완화구에 해관(海關) 설치.
1875년	청 정부 북부 대만 지역을 1부(府), 3현(縣)으로 개편.
1882년	타이베이성(臺北城) 기공.
1884년	타이베이성(臺北府) 완공.
1887년	철로총국(鐵路總局) 개국.
1894년	대만성 순무(巡撫) 염주청(廉奏請) 타이베이에서 정식 업무 개시.
1895년	일본 통치 시작, 대만총독부(臺灣總督府) 설치.
1899년	대만총독부의학교(臺灣總督府醫學校) 개교. 현 국립대만대학 의과대학 전신.
1900년	타이베이성 성벽 철거, 4개 성문 제외.
1904년	대만 최대 인구 도시로 집계.
1910년	타이베이-위안산(圓山) 간 버스 운행 개시.
1928년	다이호쿠제국대학(臺北帝國大學) 개교.
1935년	일본 통치 40주년 기념 대만박람회(臺灣博覽會) 개최.
1945년	대만 광복, '다이호쿠(臺北)'를 '타이베이'로 변경.
1947년	2.28사건 발생.
1951년	지방선거 실시. 민선 우싼롄(吳三連) 시장 당선.
1957년	류쯔옌(劉自然)사건 발생. 주대만미국대사관 시위대 공격.
1967년	대만 첫 번째 행정원직할시(行政院直轄市) 승격.
1987년	대만지구 계엄령 해제.
1990년	3월학생운동 발생, 학생시위대 국립중정기념당 점거.
1994년	시장 직선제 복원, 민주진보당 천수이볜(陳水扁) 시장 당선.
1996년	타이베이 도시철도시스템(MRT, 捷運) 무자선(木柵線) 개통.
1998년	세계수도논단(世界首都論壇) 개최, 국민당 마잉주(馬英九) 시장 당선.
1999년	9.21지지(集集)대지진 발생, 타이베이시도 대규모 피해 발생.
2004년	타이베이101빌딩 정식 개장.
2006년	국민당 하오룽빈 시장 당선.
2009년	타이베이 데플림픽(Deaflympics) 개최.
2010년	국제화훼박람회(國際花卉博覽會) 개최.
2014년	무소속 커원저(柯文哲) 시장 당선.

부록3 타이베이 개관

'타이베이(臺北)'의 의미를 그대로 풀이하자면, '대만(臺灣)섬의 북(北)쪽'이라는 뜻이다. 보통 '타이베이'라고 하면 행정구역상 대만의 6개 행정원(行政院) 직할시―타이베이, 신베이(新北), 가오슝(高雄), 타이중(臺中), 타이난(臺南), 타오위안(桃園)―중 하나인 타이베이시(臺北市, Taipei City)만을 가리키지만, 넓은 의미의 '타이베이'는 또 다른 광역도시권 신베이시(新北市, New Taipei City)와 외항(外港)이라 할 수 있는 지룽시(基隆市, Keelung City)를 포함한다. 이를 묶어 '대타이베이(大臺北)'라 하거나, 3개 도시 이름에서 한글자씩 따서 '베이베이지(北北基)'라 부른다. 이 중 타이베이시를 둘러싸고 있는 신베이시는 원래 타이베이현(臺北縣, Taipei County)이었으나, 2010년 12월 25일 시행된 행정구역 개편으로 새로운 행정원 직할시 신베이시로 개편되었다.

타이베이시의 면적은 271.8㎢로 대만의 22개 지방자치단체 중 16번째에 불과하지만, 인구는 269만 명으로 대만에서 4번째로 많으며, 단위 면적당 인구 밀도는 가장 높다. 타이베이를 둘러싸고 있는 신베이시 인구는 395만 명으로 대만에서 가장 많다. 여기에 37만 명의 지룽시를 합친 대타이베이 인구는 701만 명으로 대만 인구의 약 1/3을 차지한다.

'대타이베이'에 속하는 타이베이시, 신베이시, 지룽시는 생활권도 같아 지하철이나 상수도 시설, 쓰레기 처리장 등을 공유하고 있다. 이런 이유로 3개의 도시를 하나로 묶어 대타이베이시(大臺北市, Grand Taipei City)를 만드는 방안도 여러 차례 검토되었다. 다만 이를 시행에 옮길 경우 수도에 지나치게 집중되는 문제점과 힘이 더욱 강력해질 시장과 중앙정부가 마찰을 빚을 위험성이 지적되어 실행에 옮겨지지는 않았다. 이를 행정학 용어로는 '옐친 이펙트'라고 한다. 구 소비에트연방(USSR) '간선' 대통령 고르바쵸프와 연방 내에서 가장 큰 러시아공화국 '직선' 대통령 옐친이 갈등을 벌였던 사례에서 유래하였다. 그럼에도 행정효율성 제고와 '규모의 경제' 실현을 통한 도시 경쟁력 향상을 위해 '대타이베이시'를 만들어야 한다는 주장은 지속적으로 제기되고 있다.

원래 타이베이는 대만원주민 중 평포족(平埔族, 평지 거주 원주민) 중 하나인 케타갈란족(凱達格蘭族)의 생활 터전이었다. 명(明) 대부터 중국 본토에서 건너온 한족(漢族)들이 본격적으로 터를 잡고 살기 시작했다. 17세기부터 본격적인 한족 이주와 대만섬 개척이 시작되면서 원주인이던 케타갈란족은 점점 터전을 잃어갔다. 1709년부터 대부분 푸젠성(福建省)을 원고향으로 하는 한족들이 타이베이 분지에 조금씩 자리 잡고 살기 시작했다.

당시 오늘날 타이베이를 포함한 대만 북부 지역의 이름은 단수이(淡水)였다. 타이베이가 본격적인 도시로 개발되기 시작한 것은 19세기부터였는데, 단수이가 대외무역항으로 발전함으로서, 상품의 중간 집산지인 완화(萬華)와 다다오청(大稻埕, 오늘날 다퉁구) 일대가 번성하기 시작했다. 자연적으로 거주 인구도 늘어나 본격적인 도시권이 형성되기 시작하였다.

인구 팽창으로 행정구역 조정의 필요성을 느낀 청 정부는 1875년 북부 대만 지역을 대만부

(臺灣府)로 분리하였고, 타이베이는 대만부 단수이현(淡水縣)에 속하게 하였다. 이 시절 이미 지금의 '올드 타이베이' 지역인 완화(萬華)와 다다오청(大稻埕)은 도심으로 번창하고 있었고, 이후 청 정부의 행정기구들이 들어섰다. 1885년 종래 푸젠성에 속했던 대만 섬 전체가 대만성(臺灣省)으로 승격되자, 타이베이는 대만성의 성도(省都)가 되었고, 지방장관 순무(巡撫)의 관청도 여기에 자리했다. 이로서 타이베이는 명실상부하게 대만의 정치·경제·행정의 중심지로 자리매김하였다.

1895년부터 시작된 50년 간 일본 통치 기간에도 일본식으로 '다이호쿠' 라 불리던 타이베이는 대만총독부 소재지로 '식민지 근대화' 를 상징하는 도시로 발전하였다. 서부 완화구(萬華區)와 다퉁구(大同區)를 중심으로 본격적인 도시화가 진행되었고, 타 지역으로부터 인구 유입과 근대식 위생법 도입으로 영아 사망률은 감소하고 평균 수명은 늘어나 타이베이 거주 인구는 폭발적으로 늘어났다. 1938년 오늘날 쑹산구(松山區) 지역을 편입하여 도시를 확장하였다.

1945년 대만 광복 이후 중화민국 정부는 타이베이를 대만성의 성도로 삼았고, 1949년 국·공내전에서 패하여 중화민국 정부가 대만으로 천도한 후부터 타이베이는 본토의 난징(南京)을 대신하는 '임시 수도' 가 되었다. 중화민국 정부의 천도로 인하여 본토로부터 약 190만 명의 외성인(外省人)이 이주하였고, '임시 수도' 였던 타이베이의 인구도 다시 한 번 크게 늘어난다.

비록 헌법상의 '임시 수도' 였지만 실질적인 중화민국(대만)의 수도가 된 타이베이는 여전히 정치·행정·경제·문화 중심지로 번영을 누렸다. 1960년대 고도성장기에 접어든 대만의 발전과 궤를 같이하여, 동아시아의 대표적인 대도시 중 하나로 성장하였다.

대만 정부는 1967년 행정조직 개편을 단행, 대만성(臺灣省)에서 독립된 대만의 첫 번째 행정원직할시(行政院直轄市)가 되었고, 부장(장관)급 시장은 주민직접선거제에서 임명직으로 바꾸었다. 이듬해인 1968년 타이베이현(臺北縣)에 속했던 스린(士林), 베이터우(北投), 네이후(內湖), 난강(南港), 무자(木柵)를 합병, 오늘날 타이베이시 면적을 확정하였다. 이후 1990년 종전의 16개 구(區)를 통합, 12개 구로 조정하여 현재에 이르고 있다. 1994년부터는 새로운 '지방자치법' 시행으로 시장직선제가 부활하여 주민직접선거로 시장을 선출하고 있다.

인구 면에서는 1960년대 초반 100만 명을 넘었고, 1967년 직할시 승격 이후 인구 팽창이 지속되어 1970년대 중반 200만 명을 넘어섰다. 1990년대 이후 타이베이 도시권(타이베이시)의 인구 증가세는 둔화되었으나, 광역 타이베이권의 인구 증가는 지속되어 오늘날 신베이시는 인구 면에서 대만 최대 지방자치단체가 되었다.

도시의 정식 명칭은 '행정원타이베이직할시(行政院臺北直轄市)' 로 다소 길다. 지방자치단체도 'ㅇㅇ정부' 라고 쓰는 대만식 작명에 따라 '타이베이시정부' 라고 하며, '시청' 이라 하지 않고 '시정부(市政府)' 청사라 한다. 12개로 이루어진 구(區)의 행정 책임자는 구장(區長)인데, 4년 임기의 선출직 시장이 직접 임명한다. 다만 구장은 임명직인데 비해 한국의 동장(洞長)에 해당하는 촌장(村長)·이장(里長)은 지방선거 시 시장, 시의원과 더불어 주민직접선거로 선출한다. 이는 구청장은 선출하고, 동장은 임명하는 한국과는 반대다.

참고문헌

■ 한국어 도서

곽철환 / 시공 불교 사전 (시공사, 2003)
기 소르망 / 박혜영 외 역 / 중국이라는 거짓말 (문학세계사, 2006)
김명호 / 중국인 이야기 3 (한길사, 2014)
김경하 / 타이베이 일상 산책 (알에이치코리아, 2014)
김원동, 중국CCTV다큐멘터리제작팀 / 루브르에서 중국을 만나다 (아트북스, 2014)
김학관 / 손중산과 근대 중국 : 중국근대사의 이해 (집문당, 2004)
레이 황 / 구범진 역 / 장제스 일기를 읽다 (푸른역사, 2009)
레지널드 존스턴 / 김성배 역 / 자금성의 황혼 (돌베개, 2008)
리덩후이 / 이궁희 역 / 최고 지도자의 조건 (까치, 2008)
리콴유 / 류지호 역 / 내가 걸어온 일류 국가의 길 (문학사상사, 2001)
마리우스 B. 잰슨 / 김우영 역 / 현대 일본을 찾아서 1 · 2 (이산, 2006)
마크 C. 엘리엇 / 양휘웅 역 / 건륭제 : 하늘의 아들 현세의 인간 (천지인, 2011)
박수연 / 우리는 지금 대만으로 간다 (아이생각, 2013)
백영서 외 / 대만을 보는 눈 (창비, 2012)
성기인 / 중국 도자기 : 고대 과학과 예술의 절정 (한울, 2013)
쑨원 / 김승일 역 / 삼민주의 (범우사, 2000)
신서희 / 디스 이즈 타이베이 (TERRA, 2013)
아사히신문 특별취재반 / 백영서 역 / 동아시아를 만든 열 가지 사건 (창비, 2008)
엔도 슈사쿠 / 홍문혜 역 / 침묵 (홍성사, 2003)
양소희 / 타이베이에 반하다 (혜지원, 2011)
왕단 / 송인재 역 / 왕단의 중국 현대사 (동아시아, 2013)
유민주 / 뤼슈롄 : 운명을 거슬러 삶을 지배하라 (은행나무, 2006)
이광주 / 동과 서의 차(茶) 이야기 (한길사, 2002)
이스라엘 엡스타인 / 이양자 역 / 20세기 중국을 빛낸 위대한 여성 송경령 상 · 하 (한울, 2000)
이지상 / 나는 지금부터 행복해질 것이다 : 타이완 희망 여행기 (좋은생각, 2011)
장싱주 편 / 한인희 역 / 대만 현대정치사 상 · 하 (지영사, 1992)
전원경 / 런던 : 숨어 있는 보석을 찾아서 (리수, 2008)
정해경 / 처음 타이완에 가는 사람이 가장 알고 싶은 것들 (원앤원스타일, 2014)
조너선 펜비 / 노만수 역 / 장제스(蔣介石) 평전 (민음사, 2014)
조을순 / 이기섭 편저 / 내사랑 타이완 (좋은씨앗, 2014)
조현숙 / 아시아의 작은 마을 : 어느 날 문득 숨고 싶을 때 (비타북스, 2013)
조현숙 / 프렌즈 타이완 (중앙북스, 2013)
중녠황 / 강명상 역 / 휠체어를 탄 퍼스트 레이디 (태명, 2001)
진정일 / 이양자 역 / 송미령 평전 (한울, 2004)
천첸우, 왕원싱 외 / 김상호 역 / 꿈꾸는 타이베이 (한걸음더, 2010)
한국중국현대문학학회 / 영화로 읽는 중국 (동녘, 2006)
허영섭 / 대만, 어디에 있는가 (채륜, 2011)
현태준 / 현태준의 대만 여행기 (시공사, 2008)
황윤, 김준성 / 중국 청화자기 (생각의나무, 2010)
황쥔지에 / 임대근 외 역 / 대만의 대학 교육 (한국외국어대학교출판부, 2014)

■ 중국어도서

가오융커(高永課) 주편 / 臺灣通史 (漢子國際文化, 2009)
고궁박물원(故宮博物院) 편 / 故宮博物院 50年入藏文物精品集 (紫禁城出版社, 1999)
란위춘(藍玉春) / 中國外交史 (三民書局, 2007)
랴오이팡(寥宜方) / 圖解臺灣史 (易博士, 2004)
롄헝(連橫) / 臺灣通史 1-3 (臺灣省文獻委員會, 1992)
리덩후이(李登輝) / 臺灣的主張 (遠流, 1999)
리쑹린(李松林) / 蔣介石的臺灣時代 (風雲時代, 1993)
리쑹린(李松林) / 蔣經國的臺灣時代 (風雲時代, 1993)
리아오(李敖) / 李登輝的眞面目 (李敖出版社, 2000)
리젠룽(李建榮) / 連戰風雲 (時報文化, 1998)
리처드 카(Richard C. Ka) / 臺灣政治家李登輝 (前衛, 2008)
린싱런(林興仁) / 臺北縣志 1-3 (臺北縣文獻委員會, 1960)
린이푸(林毅夫) / 臺灣人症頭 : 受虐性格的心理分析 (前衛, 2010)
샤전(夏珍) / 自由自在宋楚瑜 (時報文化, 1998)
셰궁빙(謝公秉) / 挑戰 : 宋楚瑜傳奇 (日臻, 1994)
쉐화위안(薛化元) 편 / 臺灣開發史 (三民書局, 1999)
스밍더(施明德) / 總指揮的告白 (財團法人施明德講座基金會, 2009)
스털링 시그레이브(Sterling Seagrave) / 宋家皇朝(繁體本) 上 · 下 (風雲時代, 2005)
야오자원(姚嘉文) / 臺灣建國論 (前衛, 2010)
우메이지(吳美枝) / 臺北咖啡館: 人文光影紀事 (五南, 2007)
원류대만관(遠流臺灣館) 편저 / 臺北歷史深度旅遊 (遠流, 2000)
원류대만관(遠流臺灣館) 편저 / 臺灣史小辭典 (遠流, 2010)
장난(江南) / 蔣經國傳 (前衛, 2001)
장쉬신(張緒心) / 孫中山 : 未完成的革命 (時報文化, 1993)
장융밍(莊永明) / 臺北老街 (時報文化, 2012)
장잔펑(庄展鵬), 황성린(黃勝璘) / 臺北歷史散步 : 艋舺, 大稻埕 (遠流, 1991)
저우위쿼(周玉蔻) / 蔣方良與蔣經國 (麥田, 1993)
저우위쿼(周玉蔻) / 總統內戰 : 李登輝爲何被陳水扁擊敗? (印刻, 2007)
쥐징원(鄒景雯) / 李登輝執政告白實錄 (印刻, 2001)
천룽청(陳榮成) / 被出賣的臺灣 (前衛, 1991)
천이치(陳奕齊) / 黨國治下的臺灣草民史 (前衛, 2010)
천훙투(陳鴻圖) / 臺灣史 (三民書局, 2007)
천수이벤(陳水扁) / 臺灣之子 (晨星, 1999)
판샤오팡(范小方) / 國民黨兄弟教父 (靈活文化, 2008)
황준밍(黃俊銘) / 總督府物語 : 臺灣總督府　官邸的故事 (向陽文化, 2004)
황칭슝(黃慶雄), 천주핑(陳竹平) / 臺北王 : 自遊台北終極指南 (經要文化, 2010)
허인미(何思瞇) / 臺北縣眷村調查研究 (臺北縣政府文化局, 2001)